Zwischen 2 Herzschlägen

Dreizehn düstere Kurzgeschichten

Sarah Drews
Katharina Gerlach
Kim Rylee

Inhaltsverzeichnis

Gespiegelte Wut 7
Wiedergeburt 29
Die Schreibblockade 43
Trautes Heim, Glück allein? 63
Der mysteriöse Horrorfilm 85
Glitzernde Scherben aus Dunkelheit 99
Phi Beta 117
Ausreißerin 143
Der Abschiedsbrief 161
Eine Nacht in Whitechapel 165
Die Horrorpuppe 167
Kettenreaktion 189
Von Albträumen und Nachtmahren 201
Über die Autorinnen 224

Gespiegelte Wut
Katharina Gerlach

Als der Kühlschrank in den späten Sechzigern gekauft wurde, war er rot – blutrot. Aber inzwischen versteckte sich seine absplitternde Farbe unter Schichten verblasster Zeitungsausschnitte und Fotos, die mit ehemals bunten Magneten in Form von Herzen, Buchstaben und sogar einem Einhorn befestigt waren. Nur der oberste Flyer – eine glänzende Werbung mit Bildern von Jahrmarktsattraktionen, Fahrgeschäften und Clowns – war glatt und neu. Das Weiß der Schrift stand in schönem Kontrast zum schwarzen Hintergrund.

Ein runder, glänzend schwarzer Magnet presste ihn gegen das Metall. Er passte gut zum Inhalt des Ausschnitts.

Karneval der Nacht – wieder da, lautete die Schlagzeile mit dem Untertitel *Magie, fremde Welten und Dunkelheit.*

Darunter stand in viel kleineren Druckbuchstaben:

Nicht jeder findet uns.

Die, die es schaffen, umsorgen wir.

Erlebe Außergewöhnliches und Wunder.

Nur nachts sind wir hier!

Eine gedruckte Notiz am Rand besagte: *Hauptgewinn der Tombola ist eine Reise in eine fantastische Welt, Verlosung in der letzten Nacht des Jahrmarktes. Geh zum Parkplatz an der Autobahn. Von da führt ein Feldweg zum Jahrmarkt. Bring Celina mit.*

»Du hast ja keine Ahnung von Spaß! Wahrscheinlich bist du so fett, weil du nie ausgehst …« Jakobs Stimme schnitt ins Celinas Herz und riss alte Wunden auf. Gedankenverloren schob sie eine Strähne ihrer langen braunen Haare hinter ihr linkes Ohr, während sie an ihrem Kaffeebecher vorbei starrte. Sie sah den wackeligen Tisch in der engen, aber langen Küche ihrer WG nicht, denn sie wünschte sich zu sehnlich, dass ihre Mitbewohnerin Susie endlich heimkäme. Sie war die einzige Freundin, die sie noch hatte. Stattdessen gruben sich die Schrauben des Metallrahmens ihres Stuhls durch den durchgesessenen Sitz in ihr Gesäß. So sehr sie es auch versuchte, sie konnte Jakobs Gemecker nicht ausblenden. Ihr Kaffee wurde langsam so kalt wie seine Stimme. »Alles, was ich will, ist eine Nacht voll Spaß. Was ist so falsch daran?«

Celina klammerte sich an ihren Becher, als ob ihr Leben davon abhinge. Warum konnte er nicht alleine gehen?

»Sag schon, warum willst du nicht mitkommen?« Er boxte gegen ihre Schulter und erwischte eine wunde Stelle. Sie zuckte zusammen.

»Ich mag keine Menschenmassen.« Das war natürlich die Untertreibung des Jahrhunderts. »Ich würde lieber zu Hause bleiben.«

»Quatsch. Das redest du dir nur ein, um mich zu ärgern.« Er wischte ihr Argument beiseite, als würde es nicht existieren, und sie spürte den Knoten in ihrem Magen zu Eis werden. Ihre Worte waren wohl nicht überzeugend genug gewesen. Ganz gleich wie oft ihr Psychiater das mit ihr übte, sie schaffte es nie, sich gegen Jakob aufzulehnen. Nicht wenn sie um jeden Preis ihre Wut zurückhalten wollte. Und sie hatte geschworen, dass sie sich nie wieder aus der Fassung bringen lassen würde.

Ihr Protest wäre sowieso vergeblich. Wenn Jakob beschlossen hatte, nachts die Kirmes zu besuchen, würden sie gehen, selbst wenn es bedeutete, dass er sie dort hin schleifen musste. Sie versuchte es trotzdem noch einmal.

»Ich gehe nicht gerne im Dunkeln raus, und der Jahrmarkt ist anscheinend mitten im Nirgendwo.«

»Sei nicht dumm. Ich bin ja bei dir, und niemand wagt es, sich mit mir anzulegen.« Er kauerte sich vor sie hin, seine etwas zu langen schwarzen Haare waren mit Gel geglättet – wahrscheinlich ihrem Styling-Gel. Der Duft des teuren Parfüms nach Tabak und Leder, das sie ihm letztes Jahr zu Weihnachten gekauft hatte, stieg ihr in die Nase und machte sie krank. Dabei hatte es ihr damals so gut gefallen.

Mit einem bittenden Gesichtsausdruck sah er aus eisblauen Augen zu ihr auf. Die Geste beruhigte sie kein bisschen. Stattdessen regte sich die Wut tief unten in ihren Gedärmen, die sie so erfolgreich unterdrückt hatte, seit ihre Schwester Lucia gestorben war. Um das Brennen in ihren Eingeweiden zu löschen, starrte Celina an Jakob vorbei auf das gesprenkelte graue Linoleum und die ehemals weißen Türen der Küchenschränke und zählte von zehn rückwärts.

Hoffentlich bemerkte er nicht, wie sich die Haare auf ihren Armen vervielfältigt hatten. Sie würde dem Drang der Verwandlung nicht nachgeben. Sie würde ihrer Wut nicht die Kontrolle überlassen. Absolut niemand wusste um ihr Problem, und so sollte es auch bleiben. Zum Glück half die langweilige Eintönigkeit des Bodens, ihr Gleichgewicht wieder herzustellen.

Jakob tätschelte sanft ihr Knie, und sie zuckte erneut zusammen. Noch eine wunde Stelle – warum hatte sie je gedacht, sie sei in ihn verliebt? Sie wusste es nicht mehr, aber ihr war klar, dass sie nur von ihm wegkommen würde, wenn sie ihre wahren Gefühle zulassen würde. Und das war etwas, das sie auf gar keinen Fall zulassen konnte. Nicht nach dem, was beim letzten Mal geschehen war.

Jakob runzelte die Stirn.

»Ist mir gleich. Du kommst mit, ob du willst oder nicht.«

Panik schwappte wie eine Welle durch Celina und drohte, sie zu verschlucken. Wenn er sie zwang, würde die animalische Wut die Fassade ihrer Sanftmütigkeit durchbrechen. Sie schloss die Augen und atmete tief durch, wie es ihr der Psychiater gezeigt hatte. Wo blieb Susie, wenn sie sie brauchte? Ihre beste Freundin wirkte stets beruhigend auf sie und hielt den Wahnsinn von ihr fern. Natürlich verabscheute sie sich dafür, dass sie Jakobs Wünschen immer nachgab, aber der Gedanke, die versteckte Bestie herauszulassen, jagte ihr noch mehr Angst ein als eine Menschenmenge.

Die Erinnerung an die Stimme ihres Psychiaters ließ die Panik ein wenig abklingen.

»Es wird Zeit, dass du dich für dich selbst einsetzt, ruhig und gefasst, wie es für eine Erwachsene angemessen ist«, hörte sie ihn sagen. Und er hatte Recht. Sie zwang ihr brennendes Herz die Kehle hinunter, öffnete die Augen und sah Jakob ins Gesicht.

»Während du Spaß hast, stehe ich dumm herum und sehe zu. Und Menschen stoßen gegen mich, was dann einen meiner Wutanfälle auslösen könnte. Ich kann wirklich nicht gehen, Jakob. Bitte zwing mich nicht.«

Jakobs Augenbrauen zogen sich zusammen und formten eine haarige Sturmwolke über seinen wütend funkelnden Augen. Celina hielt die Luft an. Würde er sie wieder kneifen? Oder schlimmer? Aber der Moment verging, und dann erhellte ein überraschendes Lächeln sein Gesicht wie ein Sonnenstrahl.

»Ich weiß was«, sagte er. »Wir nehmen Susie mit. Sie kann die Menschen von dir fernhalten. Außerdem ist sie gut darin, dich zu beruhigen. Sie ist die perfekte Begleitung. Und mit zwei Dicken im Schlepptau bin ich der König des Jahrmarkts.«

Sein Gelächter hallte durch die kleine Küche und prallte von hellgelb tapezierten Wänden mit lange verblassten Regenbogen und Blumen ab. Celina blinzelte die Tränen weg. Mit Hilfe eines Online-Programms hatten Susie und sie in den letzten zwei Jahren viel Gewicht verloren. Sicher sahen sie nicht wie Supermodels aus, aber sie ähnelten auch nicht mehr Bällen auf Beinen. Warum musste Jakob sie immer wieder beleidigen? Wenn er sie so sehr hasste, konnte er ruhig gehen. Sie wäre sicher froh, ihn los zu sein, und das würde sicherlich ihre Wut im Zaum halten. Anschließend könnte sie mit ihrem Psychiater an der Wutkontrolle arbeiten. Aber sie traute sich nicht, ihre Gedanken auszusprechen. Das Biest war längst zu dicht an der Oberfläche.

»Ich werde so viel Spaß haben.« Jakob grinste, und helle Flecke tanzten in seinen babyblauen Augen.

Celina hoffte nur, dass Susie zustimmen würde. Mit ihrer besten Freundin an der Seite könnte sie die Kirmes vielleicht ertragen. Sie versuchte ein Lächeln, aber ihre Mundwinkel bewegten sich kaum.

Eine halbe Stunde nach Einbruch der Nacht kamen sie an dem Autobahnparkplatz an. Susie klammerte sich an Celinas Arm, während Jakob das GPS seines Handys nutzte, um den Weg zu finden. Die Bäume, die den einsamen Parkplatz umgaben, waren zu hoch, um mehr als einen Blick auf den Himmel zu erhaschen. Sie verschluckten alle Lichter und Geräusche, die Celina von einer Kirmes erwartete. Das laute Zirpen der Grillen und die warme Sommerbrise auf ihrer Haut gaben ihr das Gefühl, willkommen zu sein. Trotz des konstanten Brummens der Autobahn war es, als wäre sie heimgekommen. Das erste Mal in ihrem Leben fühlte sie sich entspannt – innerlich und äußerlich. Und das war wirklich seltsam, schließlich war sie schon oft im Stadtpark gewesen und kannte Natur. Außerdem müssten ihr beim Gedanken an die Kirmes eigentlich die Knie zittern.

»Ich glaube nicht, dass das hier eine gute Idee ist.« Susie packte ihren Arm fester. »Das ist alles viel zu gespenstisch.«

»Jakob sagte, es wäre sicher.« Celina war überrascht von ihrer eigenen Ruhe. Sie atmete die laue, mit Abgasen der nahen Autobahn versetzte Nachtluft ein, die immer noch besser war als die Luft in der Stadt. Sie seufzte. Vielleicht sollte sie öfter mal ins Freie gehen.

»Hey!«, rief Jakob. »Ich hab ihn. Hier rüber.«

Widerwillig folgten die Mädchen seiner Stimme. Als sie näher kamen, schwenkte er das Licht der Taschenlampe seines Smartphones, um einen schmalen Trampelpfad mit Brombeersträuchern auf beiden Seiten zu beleuchten, auf dem sie gezwungenermaßen hintereinander gehen mussten. Jakob schob sie darauf zu. Susie ging voran, klammerte sich aber an Celinas Hand, als hinge ihr Leben davon ab. Celina folgte ihr, dankbar für die Wärme der Hand. Immerhin erwartete sie am anderen Ende des Weges eine Menschenmenge. Ein leises Rascheln an ihrer rechten Seite ließ sie zusammenzucken. Ging da jemand … oder etwas … neben ihnen her?

Zu ihrer Überraschung, nahm Jakob ebenfalls ihre Hand. Seine eigene zitterte leicht.

Mit angehaltenem Atem gingen die drei auf Zehenspitzen durch das Wäldchen. Je weiter sie kamen, desto weniger hörten sie die Autobahn. Als es totenstill geworden war, blieben sie stehen. Für einen Moment dachte Celina, sie hätte einen seltsam leuchtenden Mann zwischen den Bäumen gesehen, aber als sie erneut hinsah, war da niemand. Ihre Fantasie musste ihr einen Streich gespielt haben.

»Bist du sicher, dass dies der richtige Weg ist?« Susie flüsterte und presste sich rücklings gegen Celina.

»Laut App schon«, antwortete Jakob und presste sich ebenfalls gegen Celina. Es fühlte sich merkwürdig an, die einzige Person zu sein, der das stille Wäldchen keine Angst machte. Insbesondere da sie normalerweise diejenige war, die bei jedem Windhauch zusammenzuckte.

Fetzen einer unheimlichen Melodie trieben in die Richtung der drei. Die Erinnerung daran, dass sie auf dem Weg zu einem Jahrmarkt waren, ließ Celina schaudern, aber Jakob spitzte die Ohren.

»Hört ihr das? Beeilt euch.«

Als sie weitergingen, wurde die Musik lauter. Gleichzeitig verkündete das Smartphone mit einem durchdringenden Piepsen das Ende der Batterieladung. Celinas Herz rutschte ihr nicht nur in die Hose, es galoppierte vermutlich weit unter ihren Füßen. Jeder Schritt, den sie tat, ließ ihr eisige Schauer über den Rücken laufen, und das Atmen fiel ihr schwer.

Bald gesellte sich ein bläuliches Leuchten zur Musik, das durch die Lücken zwischen den Stämmen fiel und mit jedem Meter heller wurde. Als sie schließlich vom Waldrand auf einen Feldweg traten, der zu einer Wiese führte, blendete sie die Helligkeit für einen Moment.

Celina ballte die Hände zu Fäusten, schloss die Augen und versuchte, den Frieden des Wäldchens festzuhalten, während Jakob sie weiterzog.

»Gott, war das dumm, sich so zu fürchten«, sagte er. »Und das nur, weil wir im Dunkeln durch einen Wald gehen mussten.«

Celina antwortete nicht. Als sie die Augen wieder öffnete, stand sie vor einem gewöhnlichen Jahrmarkt. Autoskooterwagen prallten gegeneinander, Hau-den-Lukas-Glocken klingelten und die Gewinner prahlten lautstark, auf einer Achterbahn schrien Leute, bunte Lichter blinkten an jedem Stand und überall wimmelte es von Menschen. Es roch nach Zuckerwatte und gebrannten Mandeln.

Alles schien normal, bis Celina bemerkte, dass eine aus ihrer kleinen Gruppe fehlte.

»Wo ist Susie?« Ihre Stimme verriet die Panik. Wie sollte sie sich ohne ihre Freundin dem Gedränge stellen?

»Susie?« Jakob runzelte die Stirn. »Ich wette, dass sie schon im Bett ist, die Schlampe. Mit einer Tasse Kakao und ihrem neuen Freund, das Miststück. Dabei hab ich ihr sogar angeboten, ihre Fahrten zu bezahlen. Bin ich froh, dass du trotzdem mitgekommen bist.«

»Aber …« Sie wollte darauf hinweisen, dass Susie vor einer Sekunde noch dagewesen war, doch Jakob hörte nicht zu.

»Oh Mann, halt die Klappe. Ich will nicht über Susie reden.«

»Ich bin mir ganz sicher, dass sie mit uns gekommen ist.« Celina sah sich verwirrt um.

Susie hatte eben noch ihre Hand umklammert und war nun wie weggezaubert. Es irritierte sie auch, dass Jakob eine völlig andere Erinnerung an die letzten Minuten zu haben schien als sie. Wurde sie langsam verrückt?

»Hör mit dem blödsinnigen Gequatsche auf.« Jakob starrte sie wütend an. »Sie wollte von Anfang an nicht mit. Aber wir sind hier, um Spaß zu haben!«

Sie öffnete den Mund, um zu widersprechen, schloss ihn aber sofort wieder. Sich jetzt mit ihm zu streiten würde sie nur beide wütend machen, und das war etwas, das sie mehr fürchtete, als den Jahrmarkt ohne Susie zu betreten. Trotzdem fragte sie sich, was mit ihrer Freundin passiert war.

»Unwillkommene Gäste werden heimgeschickt.« Ein Clown mit roter Nase und roten Haaren in bunter Kleidung lächelte sie an und enthüllte dabei spitze Zähne. Er hielt ihnen eine Dose mit Losen entgegen. »Möchtet ihr bei der Tombola mitmachen?«

»Deshalb sind wir doch hergekommen.« Jakob zahlte, und sie erhielten je zwei Lose.

»Viel Glück damit und genießt den Nachtjahrmarkt«, sagte der Clown, drehte sich um und verschwand in der Menge. Celina sah ihm nach, aber Jakob schenkte ihm keine Beachtung mehr.

»Lass uns sehen, was es hier so gibt.« Er packte ihr Handgelenk und zog daran – heftig – er zog so stark, dass es wehtat. Er schleifte sie mit sich. Ihren Protest ignorierte er. Der größte Teil der Schmerzen kam von einem versehentlichen Zusammenstoß mit einer Tür vor ein paar Tagen, aber das Herumgezerre machte es nicht gerade besser. Mit zusammengebissenen Zähnen kämpfte sie einen Moment gegen Jakobs grobe Behandlung an, aber nach einigen Metern gab sie auf. Widerstand verschlimmerte nur das Ziehen an ihrer Schulter.

»Guck dir die Achterbahn an.« Jakobs Augen glänzten, als er auf eine Struktur zeigte, bei der einzelne Sitze, die denen eines Skilifts ähnelten, frei hängend an einer einzelnen dünnen Schiene entlang schossen. Der Schienenstrang drehte sich in unterschiedliche Richtungen und verschwand letztendlich in dem klaffenden Maul einer nicht identifizierbaren Kreatur mit scharfen Zähnen und einem einzelnen blutroten Auge. Es zwinkerte Celina zu, als wäre die Kreatur echt. Aber das konnte nicht sein, oder? Das Auge zwinkerte erneut, und sie schnappte nach Luft. Natürlich interpretierte Jakob das Geräusch falsch, ließ sie aber nichts erklären.

»Du musst dich nicht fürchten. Hier ist alles ungefährlich, oder sie hätten es nicht aufbauen dürfen.«

»Selbstverständlich.« Der Clown tauchte wieder auf – Celina war sich absolut sicher, dass es derselbe Mann war, obwohl seine Haare und

Nase jetzt in sattem Grün erstrahlten und seine Kleidung zu verschiedenen Grautönen verblasst war. Das Biest in ihr stellte die Haare auf und knurrte. Sie unterdrückte ihr Schaudern und trat näher zu Jakob, wobei sie auf ihre Arme schielte, um zu sehen ob sich ihre Haare schon wieder vermehrt hatten. Zum Glück blieb ihre Haut glatt.

Der Clown grinste, und dieses Mal wurden mehrere Reihen gezackter Zähne sichtbar.

»Ich schlage vor, du zeigst der jungen Dame zuerst eine weniger aufregende Attraktion. Wie wäre es mit dem Spiegelkabinett?« Er deutete auf eine Bude ein Stück den Weg entlang. Zu Celinas großer Überraschung waren keinerlei Menschen zu sehen. Es schien, als hätte jeder Besucher der Kirmes für diesen Augenblick einen anderen Ort gefunden, an dem er sich aufhielt. Das passte Celina gut. Sie betrachtete die Attraktion und fühlte sich wesentlich ruhiger als befürchtet. An der Fassade prangte ein Wolf, der den Mond anheulte, umringt von mehreren nicht identifizierbaren Tieren mit blutigen Wunden, die so ziemlich alles hätten sein können.

Zu Celinas Überraschung gab es keine Warteschlange. Die Frau mit dem gebräunten Gesicht vor dem Kassenhäuschen lächelte freundlich. Ihre schwarzen Locken standen im Kontrast zu der weißen Bluse und dem roten Rock, den sie trug. Beides betonte das Klischee, sie sei Zigeunerin – wahrscheinlich eine Marketingmaßnahme, denn ihre Gesichtszüge waren eindeutig europäisch.

»Willkommen im Spiegelkabinett. Es zeigt euch was war, was hätte sein können, und was noch möglich ist«, sagte sie. Jakob trat wortlos und wie in Trance zu ihr und zog Celina mit sich. Diesmal störte es sie nicht. Wenigstens konnten ihr Spiegel nicht schaden, oder?

»Wie viel?« Jakob starrte der Frau ins Dekolleté und sabberte dabei fast. In ihr Lächeln mischte sich eine Spur animalischer Freude.

»Für dich verzichte ich auf das Eintrittsgeld, wenn du … mich küsst.« Die Frau fuhr sich mit der Zunge über die Lippen, die Celina plötzlich äußerst rot vorkamen, legte eine Hand auf Jakobs freien Arm, beugte sich vor, um ihren Ausschnitt noch besser zur Geltung zu bringen, und lächelte noch einmal. Ohne zu zögern bot er ihr seinen Mund.

Als sich die Frau auf Zehenspitzen stellte und ihre Lippen gegen seine drückte, erstarrte Celinas Herz. Würde die Wut sie jetzt übermannen? Eifersucht war schließlich ein Auslöser. Sie hielt die Luft an, aber das Brennen, das in ihren Eingeweiden loderte, reagierte nicht auf diese

Demütigung. Vielleicht lag das daran, dass sie eigentlich immer gewusst hatte, dass Jakob ihr nicht treu sein würde. Sie entspannte sich etwas.

»Aua!« Jakob sprang zurück. Blut tropfte von seiner Lippe auf sein T-Shirt. »Das tat weh.«

Beim Anblick der dunkelroten Perle auf der Unterlippe der Frau stellten sich die Haare auf Celinas Armen auf, und ein Gefühl freudiger Erwartung durchfuhr sie. *Ja,* flüsterte etwas in ihr. *Endlich!*

»Du darfst jetzt eintreten.« Mit einem Lächeln wie dem der Grinsekatze aus »Alice im Wunderland« leckte sich die Frau Jakobs Blut von ihren sinnlichen, vollen Lippen und schob ihn von sich. »Dein Opfer wurde akzeptiert. Deine Freundin kann gehen, wohin sie will. Ein warnendes Wort noch. Trittst du durch einen Spiegel, wirst du deinen Körper zurücklassen. Also wähle mit Bedacht. Und jetzt darfst du gehen!«

Die kryptische Warnung irritierte Celina. Niemand konnte durch einen Spiegel treten, ohne ihn zu zerschmettern, oder? Sie erwartete, dass Jakob Fragen stellen, protestieren oder sogar an der Frau vorbeistürmen würde, immerhin war sie viel kleiner als er, aber er stieg gehorsam die wenigen Stufen zu der mit Wolfsaugen bemalten Eingangstür hinauf. Dort drehte er sich zu Celina um und runzelte die Stirn.

»Los jetzt. Ich hab nicht die ganze Nacht Zeit.« Seine Stimme klang trotz der harten Worte tonlos, und seine Augen schienen durch alles hindurchzusehen. Hatte ihn die Frau betäubt? Celina machte einen zögernden Schritt auf ihn zu. Die Frau hielt sie zurück.

»Du könntest jetzt einfach gehen. Bist du erst einmal drinnen, musst du bei ihm bleiben, bis eine Entscheidung über deinen Platz getroffen ist.«

Celina starrte für einen Augenblick in die hellbraunen Augen der Frau, und ihr Herz hämmerte, als wäre sie einen Marathon gerannt. Seltsamerweise kam ihr die Frau wie eine Freundin vor. Sie konnte es kaum erwarten, das Spiegelkabinett zu betreten, obwohl sich ein Teil von ihr danach sehnte, umzukehren und sich in ihre Wohnung zu flüchten. Ein weiterer Ruf von Jakob brach das Schweigen zwischen den Frauen. Celina zwang sich, nicht davonzulaufen, und ebenfalls die Stufen hinaufzusteigen. Sobald sie nah genug war, packte Jakob ihre Hand und zog sie weiter. Sie hatte keine Chance mehr, ihm zu entkommen, und wollte es auch nicht. Diese Attraktion war ihre Rettung oder ihr Verhängnis. Dessen war sie sich sicher. Zum ersten Mal in dieser Nacht fragte sie sich, ob sie den Jahrmarkt jemals lebendig verlassen würde.

Die ersten Spiegel waren genau das, was Celina erwartet hatte. Sie verzerrten das Paar, ließen sie übermäßig fett oder lang aussehen, schlaksig oder kurzbeinig, und spiegelten sich endlos ineinander, bis Celina völlig die Orientierung verloren hatte. Bei jedem neuen Spiegel lachte Jakob lauthals, zeigte auf sie, machte sich über sie lustig. Sie wurde immer stiller. Es kostete sie alle Kraft, das Knurren zu unterdrücken, das ihrer Kehle entschlüpfen wollte. Sie glaubte die Reißzähne und das Fell bereits zu spüren. Daher ging sie schweigend neben ihm, konzentrierte sich auf ihre Atmung und hoffte, dass die Tortur bald vorbei wäre.

Da!

Etwas bewegte sich durch die Spiegel. Etwas, das weder Jakob noch sie selbst war. Auch zeigten die Spiegel nicht mehr das Besucherpaar. Stattdessen erschienen andere Szenen, die Celina von ihrer Wut ablenkten.

In einem Spiegel saß Susie – wenigstens zehn Jahre älter als jetzt – auf einem Sofa und stillte ein Baby in einem luxuriös ausgestatteten Wohnzimmer, während sie einem Krabbelkind beim Spielen zusah. Ein übergroßes Hochzeitsbild hing an der Wand über dem Sofa.Als sich Celina in einem pfirsichfarbenen Kleid neben Susie, deren Ehemann und dessen Trauzeugen erkannte, schnappte sie nach Luft. Wie war Susie nur in diesen Spiegel gekommen? Sie drehte sich um.

Der Spiegel auf der anderen Seite zeigte Jakob, der in einer dunklen Gasse am Boden lag. Seine blauen Augen starrten ohne zu sehen in den bewölkten Himmel, und Ratten liefen über seine Beine. Er zuckte nicht einmal.

»Geil!« Jakob starrte wie gebannt in einen der Spiegel. Als sich Celina zu ihm umdrehte, erhaschte sie einen Blick auf seinen nackten Körper und drei ebenfalls nackte, großbusige Frauen in einem übergroßen, runden Bett, bevor sich die Szene veränderte. Nun saß Jakob auf einem Metallbett in einer leeren Gefängniszelle und starrte durchs Fenstergitter in den Himmel.

»Heh«, sagte er, ging aber weiter, als sich die Szene nicht noch einmal veränderte.

Wenig später stand Celina wie gebannt vor einem Spiegel, der sie und ihre Jugendliebe bei einer leidenschaftlichen Umarmung zeigte. Einerseits füllte sie die Szene mit Sehnsucht, andererseits mit Angst. Woher wussten die Besitzer des Spiegelkabinetts von ihm, oder von Susie? Hatten sie Videobildschirme hinter Glas gestellt, damit sie wie Spiegel wirkten? Das hätte sie gerne untersucht, konnte sich aber nicht von der Illusion vor sich lösen.

»Trödel nicht so.« Jakob schnappte sich ihren Arm und zog sie mit sich. Szenen mit Alternativen aus Celinas Leben blitzten auf, während er sie weiter zerrte. »Mir reicht's. Lass uns gehen.«

Sie sah an ihm vorbei. Die Spiegel auf seiner Seite zeigten ihn in einem Schusswechsel mit der Polizei. Oder er stand über ein ermordetes Mädchen gebeugt, oder war bis auf die Knochen abgemagert, oder von ein paar Jugendlichen mit Baseballschlägern zu Brei geprügelt. Die Ähnlichkeit von ihrem Jakob mit dem Kerl, der in den Spiegeln seine Rolle übernommen hatte, war unheimlich.

Sie bogen um eine Ecke, und Celinas Blick fiel auf die Szene, die sie schon so lange als Albtraum begleitete. Lucia stand in der Küche ihrer Mutter, wedelte mit ihrem nagelneuen Führerschein und grinste von einem Ohr zum anderen. Oh, wie gut sich Celina an diesen Moment erinnerte. Ihr Herz wurde so schwer, dass Jakob sie nicht mehr bewegen konnte, egal wie sehr er zog.

Die Mädchen im Spiegel schienen sich zu streiten, und Celina erkannte den wachsenden Ärger im Gesicht ihres Alter Egos. Nein! Wollte sie sich zurufen. Wenn sie ruhig geblieben wäre, wäre Lucia nicht davongerannt.

Rasende Wut verzerrte die Züge ihres Spiegel-Ichs, während sich in ihrem Magen ein Eisklumpen bildete. Der Schrei blieb ihr in der Kehle stecken, und sie konnte sich nicht abwenden. Das Gesicht ihres Alter Egos begann, sich zu verändern. Ihr Gesicht wurde länger, Reißzähne wuchsen und Haare überzogen ihre Wangen und Stirn, während die Ohren an ihrem Kopf nach oben wanderten, spitzer wurden und ebenfalls Fell auf ihnen wuchs.

Zu Celinas großer Überraschung lachte diese Lucia nur, streichelte ihre felligen Ohren und sagte etwas, das Celina außerhalb des Spiegels nicht hören konnte, bevor sie die Küche verließ.

»Sie ist nicht …« Der Rest des Satzes blieb ihr in der Kehle stecken, denn Jakob hatte ihre Schultern gepackt, riss sie herum und schüttelte sie.

»Bist du verrückt, oder was?« Seine Augen funkelten vor Wut. »Ich verbiete dir, einen anderen Mann anzusehen. Auch wenn's nur im Spiegel ist.«

Celina öffnete den Mund, um halbherzig zu protestieren, aber als sie zum Spiegel zurückblickte stand dort ein junger Mann. Er wirkte verwegen in seiner altmodischen Kleidung mit Spitze und Rüschen und Bundhose. Mit einem Zwinkern verschwand er und ließ nichts als einen leeren Rahmen zurück.

Celinas Augen füllten sich mit Tränen. Was war mit Lucia geschehen? War die Vision real gewesen? Aber wie war das möglich? Lucia war tot. Wie konnte jemand genau diese Szene nachspielen? Absolut niemand kannte die Details jener Nacht – niemand – nicht einmal ihr Psychiater oder Susie. War es möglich, dass sie ohne ihre Erlaubnis hypnotisiert worden war und sich jetzt nicht mehr erinnern konnte? Sie spürte die altbekannte Wut aus den Tiefen ihrer Eingeweide aufsteigen.

»Glotz nicht so.« Jakobs Finger gruben sich in ihren Bizeps. »Es wird langsam langweilig hier. Lass uns den Ausgang suchen und mit der Achterbahn fahren.«

Es kostete Celina größte Anstrengung, nicht nach ihm zu schnappen. Was, wenn er darin verwickelt war? Ihr Blick fiel auf ihre Arme, wo die Haare wieder dichter wurden. Ein dünnes, flaumiges Fell war bereits zu sehen. Sie schloss die Augen und erlaubte es Jakob, sie weiterzuziehen, während sie sich die Ruhe ins Gedächtnis rief, die sie im Wäldchen oder an Susies Seite gefühlt hatte. Beides half ihr, die Veränderung zu unterdrücken, die ihre haarigen Arme ankündigten. Als sie ihre Wut im Griff hatte, öffnete sie die Augen wieder.

Die Spiegel auf ihrer Seite zeigten weit offene Wiesen entlang eines Flusses, auf denen wie hingesprenkelt Kühe standen. In der Ferne gab es ein winziges Dorf. Wälder bedeckten die Kuppen der sanft gewellten Hügel, und ein Schloss schimmerte im Licht des Vollmondes.

Das Biest in ihr kämpfte gegen seine Ketten, als wäre dies der Platz, an dem es sein wollte. Celina ignorierte es, so gut es ging. Auch Jakobs Zerren an ihrem Arm ignorierte sie.

Der Anblick war magisch, wunderschön, und er beruhigte ihre angespannten Nerven … bis ein breitschultriger, muskulöser junger Mann, nur mit einer kurzen Hose bekleidet, wie aus dem Nichts auftauchte. Er sah ihr direkt in die Augen und bot ihr die Hand. Ihr Herz setzte einen Schlag aus. Es war derselbe Mann, den sie vorhin in einem der Spiegel gesehen hatte. Ihr inneres Biest bestand darauf, dass die Szene vor ihr real sei, aber war das möglich?

War es mehr als ein Video? Was, wenn der Mann wirklich existierte und sie wirklich ansah? Mit einem Mal fiel ihr das Atmen schwer. Nie in ihrem Leben hatte jemand, der so gut aussah, sie beachtet oder sogar angelächelt. Was, wenn dies kein Video, sondern ein magischer Spiegel war? Verspottete er sie? Oder zeigte er ihr ihre geheimsten Träume, unerfüllbare Wünsche? Das Blut rauschte in ihren Ohren, als hätte ihre tierische Seite den Mann erkannt und würde danach schreien, herausgelassen zu werden. Celina zwang sich, noch eine Atemübung durchzuführen. Sie senkte den Kopf und ging weiter, konnte aber nicht aufhören, den jungen Mann aus den Augenwinkeln zu beobachten. Wenn *er* echt war, war es die Szene mit Lucia auch gewesen? Oder die, in der sie Susies Brautjungfer gewesen war?

Der junge Mann lächelte weiter, und die ganze Landschaft bewegte sich mit ihm durch die Spiegel und passte sich dabei ihrer Geschwindigkeit an. Das war so irreal, dass sich Celinas Magen verkrampfte. Was, wenn Jakob bemerkte, dass der Mann sie ansah? Es würde ihm kein bisschen gefallen, selbst wenn es ein Trick auf einem Video war. Dabei fiel es ihr immer schwerer, das Tier in sich zu beherrschen. Wenn es wütend wurde, wusste sie nicht, was geschehen würde. Der Fremde brachte ihre wahren Gefühle gefährlich nahe an die Oberfläche.

Ein Wutschrei Jakobs lenkte ihren Blick von dem gutaussehenden Mann und der wunderschönen Landschaft zu den Spiegeln auf Jakobs Seite. Ihr Atem stockte, und sie nahm sein Schimpfen nicht mehr wahr.

Grelles Sonnenlicht erhellte eine karge Steppe. Vergilbtes Gras klammerte sich an ausgedörrte Erde. Knochen und halb verfaulte Kadaver lagen auf den langsam ansteigenden Hügeln, und die Eiskappen der Berge wirkten durch die große Entfernung blau. Aber was ihr wirklich das Blut in den Adern gefrieren ließ, war der zottelige Wolf, der sie aus gelben Augen anstarrte. Mit blutigem Fang stand das Tier über seiner frisch geschlagenen Beute, dem Aussehen nach einem Hasen. Einen Moment war sich Celina sicher, dass sie den stinkenden Atem des Wolfs in der Luft schmecken konnte, aber dann schoss ein scharfer Schmerz durch ihren Arm. Als sie aufstöhnte, wurde Jakobs Griff sogar noch fester.

»Hörst du?« Seine Augen waren vor Wut geweitet, und seine Wangen glühten. »Ich hab die Schnauze voll. Wir gehen.«

»Warum? Was ist denn los?«

»Sag mir nicht, dass du dieses Arschgesicht nicht gesehen hast, das mit dir rumgemacht hat.« Er zog sie abrupt vorwärts, und seine Stimme wurde zu einem Flüstern. Sein nach Kaugummi riechender Atem wärmte Celinas Ohr. »Ich hab dir doch gesagt, dass ich dich umbringe, sollte ich dich je mit einem Mann erwischen – einem anderen Mann als mir, meine ich. Du Schlampe!«

Des Fremdgehens beschuldigt zu werden, nach allem, was sie mit Jakob durchgemacht hatte, machte Celina wütend. Zu ihrer Überraschung begann ihr Blut nicht zu kochen, und sie sah nicht rot. Es war, als wüsste ihr Biest, dass seine Zeit nahe war und es daher in Ruhe abwarten konnte. Das Gefühl seiner bevorstehenden Ankunft drohte diesmal nicht, sie zu überwältigen. Stattdessen wirkte es wie der lang ersehnte Besuch eines Freundes. Es gab ihr die Kraft zu protestieren. »Aber ich hab mich nie mit jemandem ge…«

»Schnauze!« Jakob zerrte sie weiter, und sie musste sich abstützen, um nicht gegen einen Spiegel zu knallen. Er zog noch einmal an ihrem Arm. »Wir verschwinden von hier, und bete zu Gott, dass die Betreiber erklären können, warum die Schlampe im Video genauso aussah wie du.«

»Wen du auch gesehen hast, ich war es nicht.« Celina wusste, dass sie die Wahrheit sagte. Aber das Eis in Jakobs Augen und das schmerzhafte Puckern in ihrem Arm, wo sich seine Finger in ihren Bizeps gruben, machten klar, dass er ihr nicht glaubte.

Etwas flackerte in ihrem Magen auf, brannte langsam und wuchs dabei. Bald würde es ausbrechen, und dann war es nicht mehr länger aufzuhalten. Tränen liefen über Celinas Gesicht, aber sie schluchzte nicht. Wenn nur der Mann in den Spiegeln echt wäre. In seinem Blick hatte etwas gelegen, das sie beruhigte und sie glauben ließ, dass es eine Verbindung zwischen ihnen gab. Vielleicht war es ja ihre Fantasie, aber tief in sich, wo ihre Wut immer begann, wusste sie, dass sie Seelenverwandte waren.

»Wann haben sie es aufgenommen?« Jakob zerrte sie um eine weitere Ecke. »War es, als ich meine Beförderung gefeiert habe?«

Celina antwortete nicht. Es hatte keinen Sinn. Er würde sowieso nicht zuhören. Wenn sie eine Chance haben wollte, von ihm wegzukommen, ohne ihn zu verletzen, musste sie ihr inneres Biest unterdrücken, bis sie den Ausgang erreichten. Und dann musste sie die

Flucht ergreifen, sobald sie sich aus seinem Griff befreit hatte. Wäre sie Jakob erst einmal los, würde sie den Jahrmarkt nach dem Fremden in den Spiegeln durchsuchen. Oder sie würde sich in dem Wäldchen verstecken und den Frieden genießen.

Obwohl sie die Tränen über ihre Wangen laufen fühlte, wandte sich ihr Verstand einem anderen Problem zu. Wie hatte Jakob etwas so grundsätzlich anders sehen können als sie? Sie ließ den Kopf hängen, ignorierte sein Schimpfen und sah sehnsüchtig in die mondbeschienene Landschaft, die ihr die Spiegel zeigten. Wenn sie nur an so einen Ort fliehen könnte. Wie schade, dass er nicht real sein konnte. Aber eine Projektion war das Einzige, das einen Sinn ergab. Aber warum hatte sie dann den Wolf und die Landschaft mit den Kadavern gesehen, wo doch Jakob offensichtlich etwas ganz anderes erblickt hatte?

Ein lang anhaltender Strom von Flüchen brachte sie dazu, aufzublicken. Sie standen in einem dunklen Raum mit schwarzen Wänden, der von einem Kreis aus Spiegeln dominiert wurde. Es war eine Sackgasse. Der einzige Weg war der, auf dem sie gekommen waren. Die beiden unterschiedlichen Landschaften füllten die Spiegel zu beiden Seiten des Durchgangs. Sie trafen sich in dem Spiegel gegenüber von Jakob und Celina. Doch statt einer klaren Trennlinie, wie sie bei zwei nebeneinander hängenden Bildern zu erwarten wäre, waberte die Grenzregion hin und her wie eine Fata Morgana.

Celina war klar, dass dies ein Ort war, an dem außergewöhnliche Dinge geschahen. Vor Aufregung zitternd sah sie zu Jakob, der den Spiegel direkt vor sich anstarrte. Eine Ader an seiner Schläfe pulsierte, und er knirschte mit den Zähnen. Er stand kurz vor der Explosion. Würde er sich gegen sie wenden? Und würde das ihre eigene unterdrückte Wut auslösen? Ihr Mund war so trocken, als wäre sie stundenlang durch eine Wüste gerannt. Und überhaupt, wie viel Zeit war eigentlich vergangen, seit Susie verschwunden war?

Ein Gedanke, den sie zuvor noch nie gehabt hatte, schoss ihr durch den Kopf. Was würde geschehen, wenn sie Jakob genau hier und jetzt den Laufpass gab? So sehr sie ihre tierische Seite auch fürchtete, der wahre Albtraum in ihrem Leben war Jakob. Seit ihre Schwester gestorben war, seit sie die Wut unterdrückt hatte, die ihren Tod verursacht hatte, machte er ihr das Leben zur Hölle. Er sagte verletzende Dinge, durch die sie sich klein und ungeliebt fühlte. Er kniff sie, bis sie grün und blau war, und machte sich vor ihren Freunden, wenn man die so nennen konnte, über sie lustig. Es wurde wirklich Zeit, ihn zu verlassen. Ihr Seelenverwandter aus den Spiegeln und der Frieden des Wäldchens würden ihr helfen, sich zu retten und dabei ihre innere Bestie im Zaum zu halten.

»Wie kannst du es wagen!«, schrie Jakob den Spiegel an und rannte mit erhobenen Fäusten darauf zu. Für einen Sekundenbruchteil erblickte Celina sich selbst aus vielen Wunden blutend und voller blauer Flecke mit Jakob, der mit einer scharfkantigen Glasscherbe in der Hand und seltsam leeren Augen über sie gebeugt stand. Dann krachte der echte Jakob durch das Glas, und Scherben flogen in alle Richtungen davon.

Sie schrie, aber der Laut erstarrte in ihrer Brust, als die Zeit zunächst anhielt und dann rückwärts lief. Die Scherben hielten mitten im Flug an und kehrten schließlich in ihre Rahmen zurück, während Jakob mit erhobenen Fäusten aber in Zeitlupe zurück zu der Öffnung stürmte, durch die sie vor Kurzem getreten waren. Sie war die einzige, die sich in dieser merkwürdigen Szenerie nicht bewegte.

Das war Magie. Es musste Magie sein.

Celinas Knie wurden weich. Unter Schock sah sie an dem näher kommenden Jakob vorbei zu dem Wolf, der mit Fressen fertig war und jetzt sein Fell pflegte. Es lag ein belustigtes Glitzern in seinen gelben Augen, als er sie ebenfalls ansah und seine rote Zunge aus dem Maul hängen ließ. Hinter dem Tier begann die Sonne langsam unterzugehen. Sie übergoss die Landschaft mit rötlichem Licht, bis sie zu brennen schien. Die Kadaver begannen zu zucken. Nonchalant erhob sich der Wolf, streckte die Beine und ging zur Grenze zwischen den beiden Welten, als warte er auf etwas.

Celina drehte sich zu dem gutaussehenden Mann in der traumhaften Nachtszene zu. Er lächelte sie an, ballte eine Hand zur Faust und legte sie auf seine Brust. Sie interpretierte es als ‚alles wird gut‘ und wagte es, sich etwas zu entspannen. Vielleicht reichte ihr Mut ja doch, um sich endlich zu befreien, ohne von der Wut beherrscht zu werden.

In diesem Moment ging die Sonne über der graubraunen Landschaft endgültig unter. Die ehemals toten Tiere standen auf, Knochen vereinten sich mit Knochen, und Fleisch und Fell wuchsen nach. Mit offensichtlich panischen Schreien, die Celina aber nicht hören konnte, kämpften sie sich auf die Beine und flohen in das Meer aus neu belebtem Gras, das jetzt von einem Sichelmond beleuchtet wurde. Das

Hochgefühl ihres inneren Biests ließ sie zittern. Wenn sie doch dort jagen gehen könnte.

Der Wolf flackerte, streckte sich und nahm menschliche Gestalt an. Wenige Sekunden später trat die junge Frau vom Eingang des Spiegelkabinetts durch die Grenze zwischen den beiden Landschaften und umarmte den gutaussehenden Mann. Sie sagte eindeutig etwas zu ihm, aber Celina interessierte sich nicht für die Worte. Ihr Herz verkrampfte. Warum zur Hölle hatte sie gedacht, dass es eine Verbindung zwischen ihr und dem Mann gäbe? Warum hatte sie erwartet, dass er ihr gegen Jakob beistand? Sie hätte wissen müssen, dass er bereits ein Mädchen hatte … und was für eines. Trotzdem schmerzte ihr Herz so sehr, dass sie sich am liebsten hingelegt hätte, um darauf zu warten, dass die Wölfin sie fraß, sobald sie sich wieder verwandelt hatte. Warum der Fremde sie so heftig reagieren ließ, wusste sie nicht. Es schien unnatürlich, doch sie fühlte sich, als hätte man ihr das Herz herausgerissen.

Sie drehte sich um und sah zu Jakob. Zum ersten Mal, seit sie ihrer Wut erlaubt hatte, die Schwester zu verjagen, die sie liebte, war der Funke des Zorns verloschen, der normalerweise in ihrem Magen loderte. Das Biest war weg. Es war, als hätte es ihr dieser winzige Moment entrissen … und jetzt vermisste sie es. Ohne das Tier war nichts mehr wichtig. Ob sie den Jahrmarkt mit Jakob verließ oder nicht, war völlig egal. Sie hatte ihren inneren Wolf verloren. Da konnte sie auch gleich sterben. Eine Träne lief ihr über die Wange.

Die Zeit kehrte zu ihrem normalen Verhalten zurück. Jakobs Schrei hallte in ihren Ohren. Seltsamerweise hielt er jetzt eine große Glasscherbe in der Rechten. Wo kam die mit einem Mal her? Celina blieb keine Sekunde, um sich zu wundern. Jakob hob den Arm, bereit zuzustechen. Dankbar, dass sie ihrem Biest ins Nichts folgen konnte, legte Celina den Kopf zurück, so dass er ihre Schlagader nicht verfehlen konnte, aber er schoss an ihr vorbei.

Ihr Blick folgte ihm, und ihre Kinnlade fiel herunter. Der Fremde war aus dem Spiegel getreten. Ihr Herz dröhnte wie ein Vorschlaghammer. Celina hielt die Luft an. Er war also doch gekommen … und er stellte sich Jakob, der ihn mit seinem behelfsmäßigen Messer angriff. Zu ihrer unbändigen Freude spürte sie das Biest in sich zu dem Fremden drängen. Es war wieder da! Sie hätte jubeln mögen. In ihrer Freude trat sie unwillkürlich einen Schritt auf den Mann zu.

Ein Schrei entwich ihrer Kehle, als Jakob die Scherbe herunter sausen ließ, und ihre Hände flogen an ihren Mund. Aber das Blut, das sie erwartete, kam nicht. Die Klinge glitt durch den Fremden, als wäre er aus Luft.

Vom Schwung getragen stolperte Jakob seiner behelfsmäßigen Waffe hinterher.

»Du verdammter Hundesohn. Bleib wo du bist!« Er fing sich und drehte sich für einen weiteren Angriff um. »Ich werd' dir beibringen, deine dreckigen Finger von meinem Mädchen zu lassen.«

»Ich habe sie nicht angefasst.« Die Stimme des Fremden war tief und melodisch, und sie füllte Celinas Herz mit Frieden und Mut. Das Feuer in ihrem Magen kehrte zurück, aber dieses Mal kam es ihr nicht wie ein Feind vor. Sie lächelte dem Mann zu, der zurück lächelte, bevor er erneut mit Jakob sprach. »Und meine Schwester auch nicht. Das war alles nur in deinem Kopf.«

»Lügner! Ich bring euch alle um.« Jakob drehte sich im Kreis und schlug wild um sich, aber seine Klinge fuhr durch nichts. Der Fremde, so echt er Celina auch vorkam, war ein Geist.

Es überraschte sie nicht. Unter dem Beifall ihres inneren Biests atmete sie tief durch und sagte das, was sie vor langer Zeit hätte sagen sollen; das, was Jakob verrückt machen würde; das, wovor sie sich so lange gefürchtet hatte.

»Es ist aus, Jakob. Ich werde nicht länger deine Freundin sein.«

»Du wirst mich erst verlassen, wenn ich es erlaube!« Jakobs Stimme kratzte, aber er drehte sich nicht einmal zu ihr um. Noch vor kurzem hätte sie sein wütender Tonfall zum Zittern gebracht. Sie hätte sich aus Angst vor dem zurückgezogen, was es mit ihrem inneren Biest tun würde. Aber jetzt tröstete sie die Tatsache, dass es magische Welten in Spiegeln gab, mit einem Mann, der ihr Seelenverwandter war. Sie sammelte all ihren Mut, beherrschte die Wut, die erneut in ihrem Magen brannte, und ging zu dem Fremden.

»Lass ihn in Ruhe, Jakob.« Sie kreuzte die Arme vor der Brust als versuche sie, ihr Herz davon abzuhalten herauszuspringen, denn es pumpte schwer. Immer noch fühlten sich ihre Beine an, als wären sie aus Gelee. Es war das erste Mal überhaupt, dass sie entschieden auftrat, ohne dabei wütend zu werden. »Um die Wahrheit zu sagen, alles, was wir hier erlebt haben, so unheimlich es auch war, war nicht einmal halb so schlimm, wie du es all die Jahre gewesen bist.«

Da, sie hatte es gesagt. Ein riesiger Felsen fiel ihr vom Herzen, und die Flammen ihrer Wut hatten sie noch nicht Rot sehen lassen. Ganz gleich was jetzt noch kommen würde, sie hatte ihm die Wahrheit gesagt, und das fühlte sich gut an.

Die Finger des Fremden umschlossen ihre Hand wie ein zarter Windhauch, und sie wendete sich ihm zu.

»Ich bin stolz auf dich«, sagte er in dem Augenblick, als die Sonne auf seiner Seite der Spiegel über die Hügel am Horizont stieg. Tageslicht flutete die Landschaft und den Bereich vor den Spiegeln, wo er stand. Der Fremde krümmte sich, griff nach seinem Magen und begann zu schrumpfen. Seine Hände wurden zu Pfoten, an seinem Körper wuchs dunkelgraues Fell, und sein Gesicht streckte sich zu einem Maul mit den glänzenden, langen Reißzähnen eines Raubtiers. Trotz seiner Wolfsform schien er sie anzulächeln.

»Was für ein mieser Trick ist das denn jetzt?« Jakob stolperte rückwärts und streckte die Hände nach Celina aus. Aber ob er das tat, um sich selbst zu trösten, oder um sie von dem Wolf fortzuziehen, konnte sie nicht sagen. Er war blass geworden.

»Das ist Magie.« Celina trat dichter zu dem Wolf, bis sie neben ihm vor dem Spiegel mit der verschwommenen Grenze zwischen den beiden Landschaften stand, und sah Jakob an. Die Sonne wärmte ihren Rücken und lockte das Feuer in ihren Eingeweiden. Sie spürte, wie es sie von innen nach außen veränderte, und dieses Mal fürchtete sie sich nicht. Es begeisterte sie zu sehr, dass sie endlich sein konnte, was ihr vorherbestimmt war. Natürlich würde sie sich immer schuldig fühlen für das, was mit Lucia geschehen war, aber sie würde ihr Biest nicht länger unterdrücken. Sie zeigte auf den Durchgang zwischen den Spiegeln.

»Du solltest besser gehen, Jakob. Bevor es zu spät ist.«

Hunger raste durch ihre Adern, und ihr Körper schmolz. Es schmerzte ein wenig, aber sie blickte Jakob trotzdem weiter an. Er roch so köstlich wie gebratenes Huhn oder frisches geschnittenes Roastbeef. Gerade als die Veränderung die Oberfläche ihres Körpers erreichte, griff Jakob an.

Sie krümmte sich unter dem Schmerz der Verwandlung. Er stolperte über sie und flog durch den Spiegel in die jetzt mondbeschienene Landschaft, in der Celina vorher die Kadaver gesehen hatte. Verwirrt drehte er sich um und starrte sie an. Sein Mund bewegte sich, aber seine Worte erreichten ihre Seite des Spiegels nicht.

Der Fremde stupste sie an und deutete mit dem Maul auf die Szene, dann sprang er mit einem einzigen Sprung hinein. Jakob kämpfte sich auf die Füße, ging rückwärts und schwang seine Scherbe. Der dunkle Wolf schien zu lachen. Celina folgte ihm durch das Glas. Ein Stück seitlich stand die Schwester des Wolfmanns in ihrem menschlichen Körper und lächelte.

»Los, flieh«, sagte sie, schnippte mit den Fingern, und die Scherbe verschwand.

Mit einem Schrei drehte sich Jakob um und rannte. Der Drang, ihm zu folgen, war stark, aber Celina widerstand.

»Ist das hier real?«, fragte sie, obwohl sie die Antwort bereits ahnte. »Werde ich für immer hier bleiben können?«

»Sieh zurück.« Die Frau grinste. »Ich habe dir den Preis gesagt, den man zahlt, wenn man in die Spiegel geht.«

Ein Blick über die Schulter zeigte ihr den Kreis aus Spiegeln wie durch eine Tür, die einfach so im Raum stand. Ihr Körper lag am Boden und blutete aus einer Wunde in der Brust. Jakob stand mit seiner Glasscherbe über sie gebeugt und starrte mit leerem Blick vor sich hin.

»Was ist mit ihm?« Sie nickte in Richtung des Jakobs, den sie zurückgelassen hatte.

»Ich denke, die Spiegel werden ihm gestatten, von Zeit zu Zeit in seinen Körper zurückzukehren.« Die Frau lächelte und zeigte dabei alle Zähne. »Manchmal handhabt die Magie das so, obwohl niemand mit Gewissheit sagen kann, wann und warum.«

Celina zuckte mit den Schultern und sah noch einmal zurück. Ein Spiegel hinter Jakob zeigte Susie in einem schwarzen Kleid, die sich weinend an ihren neuesten Freund klammerte. Der Werbeflyer für den Kirmes am Kühlschrank hinter ihr sah anders aus als vorher, aber das interessierte Celina nicht mehr. Mit einem letzten Blick auf ihre trauernde Freundin sagte sie: »Ich werde sie vermissen.«

»Wir können sie gelegentlich sehen, wenn sie in den Spiegel guckt«, sagte ihr Seelenverwandter. »Bist du soweit?«

Celina wandte sich wieder der Geruchsspur zu, die Jakob im Gras hinterlassen hatte, und der Drang ihre Schnauze in seinen warmen Eingeweiden zu vergraben wurde unerträglich.

Ihr Seelenverwandter signalisierte den Beginn der Jagd. Ein letztes Mal blickte sie zurück, wo ihr ein merkwürdiges Rechteck ein Stück blutgetränkter Wiese zeigte. Dann verschwand die Öffnung und Celina drehte sich um, um ihrem Partner zu folgen. Gemeinsam genossen sie die Jagd.

Der Kühlschrank stand lautlos in einer Wohnung, in der nichts zu hören war als das Schluchzen einer Frau. Das Papier, das an seine Oberfläche geheftet war, sah jetzt ganz anders aus als vorher.

Mann ermordet Freundin, sagte die Schlagzeile.

Auf einem Feld in der Nähe der A666 tötete ein junger Mann aus unbekannter Ursache seine Freundin mit einer Glasscherbe. Der Mann ist nur zeitweise vernehmungsfähig und redet dann von einem Spiegelkabinett und von Wölfen, die ihn fressen würden. Er befindet sich derzeit in der geschlossenen Abteilung des örtlichen Krankenhauses, spricht aber bisher nicht auf die Behandlung an. Die Polizei untersucht den Fall. Hinweise nimmt jede lokale Polizeidienststelle entgegen.

Unterhalb des Artikels war ein Teil einer Anzeige sichtbar. Da stand: *Vielen Dank für den Besuch des Nachtjahrmarkts. Wir sehen uns wieder, wenn du dich traust …*

Wiedergeburt

Kim Rylee

Henry Mancinis Welthit ›Moon River‹ erklingt blechern aus den Boxen, die in der Decke der Abflughalle kaum sichtbar eingelassen sind.

Ich sitze allein an einem kleinen runden Tisch im hiesigen Café, das den Charme einer Bürokantine versprüht, und nippe an meinem Pappbecher, dessen Inhalt alles andere als nach Kaffee schmeckt. Wieder einmal bewahrheitet sich das Gerücht, dass die Amerikaner keinen Kaffee kochen können. Seufzend starre ich auf den Inhalt, und obwohl der Becher halb voll ist, kann ich fast bis auf den Boden sehen. *Wo sind all die Café-Ketten geblieben, wenn man sie mal braucht?*

In der Hand halte ich eine Fachzeitschrift über Archäologie, lese erneut die von Inge verfasste Reportage über den Fund des Jahrhunderts. Die Mayas – mit ihrer hochentwickelten Kultur – sind noch immer ihre Schwäche. Mit ihrem Team hat sie die Ausgrabungsstätte für den Tempel errichtet.

Der eigentliche Grund, weshalb mich mein Weg nach Mexiko geführt hat: Meine Studienfreundin Inge brauchte die Expertise einer Assyriologin, um eine Tafel mit Keilschrift zu entziffern. So kam ich ins Spiel. Nach drei Wochen Aufenthalt in Mexiko ist meine Arbeit getan. Zeit, nach Hause zu fliegen.

Noch immer fasziniert mich das Foto. Es zeigt einen Raum im Tempel. Darin fanden die Forscher einen Blut-Altar, der Ah Puch – einem Dämon der Zerstörung – gewidmet ist. Eine Sensation! Neben dem Altar lag eine goldene Tafel, gespickt mit Piktogrammen. Es hat mich viel Mühe gekostet, die Bilderschrift zu entziffern. Noch immer bin ich mir nicht sicher, ob ich sie korrekt übersetzen konnte, was ihrem schlechten Gesamtzustand zuschulden ist. Einige Piktogramme lassen Spielraum für Interpretationen. Ein Teil beinhaltet eine Botschaft, die in mir noch immer ein mulmiges Gefühl hervorbringt. Die Nachricht enthält eine Warnung.

Langsam fahre ich mit dem Zeigefinger über das Bild, lese bedächtig die Worte auf der Tafel vor mir, um mich zu vergewissern, dass ich mich nicht geirrt habe.

Mein Brustkorb beginnt zu vibrieren. Die Vibrationen verstärken sich, es folgt ein Grollen. Das tosende Geräusch zerrt mich in das Hier und Jetzt. Ich hebe den Kopf. Durch die Fensterfront sehe ich, dass Starkregen eingesetzt hat. Mein Blick schweift in die Ferne.

Gerade steuert eine Boeing 747 die Startbahn an. Das Getöse der Düsentriebwerke scheint die gesamte Halle mit sich zu reißen, während gleichzeitig ein tiefes Brummen durch meinen Körper fährt, als der Jet in den Himmel emporsteigt. Auf Wiedersehen. Bis zum nächsten Mal. Beklommen stelle ich fest, wie sich Wasser in meinen Augen sammelt.

Tränen?

Wieso sollte ich denn jetzt weinen? Warum werde ich in diesen melancholischen Zustand versetzt? Hat es etwas mit dem Song zu tun?

Moon River. La, la, la, la, la …

In Gedanken summe ich die Melodie mit. Audrey Hepburn – Frühstück bei Tiffany – was für ein schöner Film.

Erinnerungen kommen in mir hoch: an die Uni, an meine beste Freundin Inge und mich. Oh Mann! Wie ich das alles vermisse. Es ist noch keine zwanzig Minuten her, seit ich mich von meiner besten Freundin verabschiedet habe. Meine Arbeit als Assyriologin ist beendet. Es geht wieder nach Hause.

Mit den Händen fächere ich mir etwas Wind zu, will verhindern, dass die Tränen sich ihren Weg über mein Gesicht bahnen. Doch es ist zu spät. Zwei Tropfen haben bereits die Rutschpartie über meine Wangen angetreten und verfehlen nur knapp den Becher, bevor sie auf der Tischplatte auftreffen und sich in ein Kaleidoskop von Hunderten, noch kleineren Tropfen, verwandeln.

Die Abflughalle ist ziemlich leer. Mein Flug startet erst in siebzig Minuten. Ich habe noch etwas Zeit. Mein Blick wandert erneut in die Ferne. Dunkle Wolken verschleiern den Himmel. Das Dröhnen eines Donners ist zu hören, doch der scheint sehr weit weg zu sein.

Meine Gedanken reisen in die Vergangenheit. Zurück ins Jahr 1994 zum Campus der Uni.

»Wie findest du Visage?«, eine weibliche Stimme hat die Frage an mich gerichtet. Ich drehe mich um. Vor mir steht eine junge Frau. Wir haben beide dasselbe Alter. Ihr langes, dunkel gewelltes Haar fällt locker über die Schultern, dazu trägt sie ein eher auffälliges Make-up. Hellblau leuchtender Lidschatten, schwarz umrandete Augen und kirschrote Lippen zieren ihr Gesicht. Sie wirkt wie ein Paradiesvogel. Ihre weiße Rüschenbluse mit Schulterpolstern ist ein Relikt aus den 80ern, dazu trägt sie einen engen, schwarzen Minirock, sowie eine Netzstrumpfhose. Mit den Highheels wirkt sie noch größer, sodass sie mich um eine Kopflänge überragt.

»Äh, die finde ich toll«, entgegne ich, verdutzt darüber, dass jemand diese Gruppe überhaupt noch kennt. Steht sie auf Bands und Musik der 80er? Wie ich. »Was hältst du von Ultravox?«, schieße ich zurück.

»Die sind klasse!«, ruft sie voller Begeisterung, dabei fasst sie sich mit ihren Händen ans Herz.

So geht es einige Minuten hin und her. Es scheint, als wären unsere Seelen miteinander verwandt. Wir haben dieselben Interessen, denselben Musikgeschmack.

»Sag mal, wie heißt du eigentlich?«

Sie sieht mich überrascht an. Unisono beginnen wir beide laut zu lachen. »Oh Mann! Da reden wir die ganze Zeit über Musik und Mode und kennen noch nicht einmal unsere Namen. Ich heiße Inge Miller. Du?«

»Janet Behrens«, entgegne ich knapp. Das Gefühl, wir würden uns seit Geburt kennen, lässt uns in die Arme fallen.

Aus den Lautsprechern ertönt krächzend eine Ansage. Die Übertragung ist so mies, dass ich noch nicht einmal erkennen kann, ob eine Frau oder ein Mann spricht. Wurde soeben mein Flug aufgerufen?

Unsicher warte ich auf die Wiederholung der Ansage, die nicht folgt. Also schnappe ich mir mein Handgepäck, um mich zum Gate zu begeben. Dort hat sich bereits eine lange Menschenschlange gebildet. Viele meiner Mitreisenden sind ungeduldig. Einige geben ihren Unmut laut kund, denn der Flieger ist mit einer dreißigminütigen Verspätung angekommen. Die Stewardess nimmt mein Ticket entgegen, legt es an den Scanner, dabei wünscht sie mir einen guten Flug.

Als ich die Tür des Flugzeugs erreiche, stockt mir der Atem. Damit soll ich nach Hause fliegen? Die Kiste ist doch schon ein Oldtimer! Mir wird ganz flau im Magen. Ich atme einmal tief durch. Immerhin hat die Kiste den Weg hierher geschafft.

»So schlimm wird es wohl nicht werden«, spreche ich mir selbst Mut zu, bevor ich den Kabinenraum des Fliegers betrete.

Sofort fallen mir die alten, hohen, kunstledernen Sitzplätze auf.

Oh je! Solche Sitze habe ich seit zwanzig Jahren nicht mehr gesehen. Wie viele Flugmeilen diese Seifenkiste wohl bereits hinter sich gebracht hat? Ich studiere das Ticket in meiner Hand, suche nach meinem Sitz.

Ah. Dort ist er. Reihe 9 Platz A.

Nachdem ich das Handgepäck über der Sitzreihe verstaut habe, setze ich mich auf meinen Platz am Fenster. Es ist bereits 22:50 Uhr. Der Flieger hätte schon vor zwanzig Minuten abfliegen sollen. Nicht nur meine Geduld wird auf eine harte Probe gestellt, auch die anderen Passagiere wirken angespannt.

Vermutlich hoffen sie – wie ich – dass wir rechtzeitig ankommen, damit wir den Anschlussflug nicht verpassen.

Mein Blick geht zum schmalen Fenster. Noch immer regnet es wie aus Kübeln. Ein großer See hat sich um das Flugzeug gebildet und droht, sich langsam in einen Ozean zu verwandeln.

Warten.

»Meine Damen und Herren!« Die Stimme des Piloten erklingt aus dem Lautsprecher über mir. »Wir bitten Sie, die Verspätung zu entschuldigen. Leider haben wir zu wenig Gepäck an Bord und müssen noch einige Sandsäcke einladen, damit unser Flieger in der Balance bleibt. Sobald alles verstaut ist, warten wir auf das Signal vom Tower. Dann können wir losfliegen.«

Zu wenig Gepäck? Balance? Sandsäcke an Bord nehmen? Wo bin ich denn hier gelandet? Kurz kommt mir der Gedanke, dass ich wohl besser aussteigen sollte, doch es ist bereits zu spät. Ich vernehme ein dumpfes Geräusch. Die Stewardess hat soeben die Tür der halbleeren Boing 737 geschlossen. Aus den Augenwinkeln erkenne ich, wie die Gangway zurückgefahren wird.

Ich sitze fest.

Weitere fünfzehn Minuten später erfreut uns der Pilot erneut mit seiner Stimme.

»Meine Damen und Herren! Die Sandsäcke sind nun verstaut, wir können das Flugzeug perfekt ausbalancieren. Der Tower hat uns Startfreigabe erteilt. Wir begeben uns jetzt in die Warteschlange für den Abflug. Vielen Dank für ihre Geduld.«

Warteschlange? Stau auf dem Rollfeld? Zu dieser nachtschlafenden Zeit? Ich traue meinen Ohren kaum.

Endlich setzt sich der Flieger in Bewegung, nur um kaum eine Minute später erneut zum Stillstand zu kommen.

Voll innerer Unruhe blicke ich aus dem Fenster, sehe zu, wie diverse Flugzeuge abheben. Ich zähle zwölf an der Zahl, bis die Reihe schließlich an uns ist und wir nun tatsächlich in Richtung Startbahn rollen. Noch vier weitere Flieger, dann sind wir an der Reihe.

Die Triebwerke beginnen zu brüllen, gefolgt von einem starken Ruck. Ich werde in den Sitz gepresst. Aus dem Lautsprecher erklingt ein hohles »take off«.

Wir heben ab. Das Rumpeln unter meinem Sitz sagt mir, dass soeben das Fahrwerk eingefahren wurde.

Während wir versuchen, die dicke Wolkendecke zu durchbrechen, ächzt der Rumpf des Fliegers. Der Flug ist alles andere als vertrauenerweckend.

»Meine Damen und Herren. Wir erwarten schwere Unwetter auf unserem Flug und bitten Sie, erst einmal angeschnallt zu bleiben. Wir bitten um Ihr Verständnis.«

Obwohl ich nicht unter Flugangst leide, macht sich ein leichter Anflug von Panik in mir breit. Ich schlucke trocken. Gibt es weitere Passagiere, die derselben Meinung sind, dass das hier nicht normal ist?

Der junge Mann in der Reihe neben mir holt seinen Ebook-Reader hervor. Als er ihn einschaltet, wirkt sein Gesicht, durch das Licht, das ihn anstrahlt, fast geisterhaft. Wenig später ist er in seiner Fantasiewelt gefangen.

Ganz im Gegensatz zur Dame mittleren Alters in der Reihe vor ihm. Auch ihre Gesichtsfarbe verändert sich zusehends. Sie wird blasser und blasser, während sie ein Stoßgebet nach dem Anderen von sich gibt. Dabei lässt sie einen Rosenkranz durch die zitternden Finger gleiten.

Trotz fortgeschrittener Stunde erscheint der Himmel wegen des Gewitters taghell.

Ich stelle mir vor, die vielen Blitze werden durch ein Geschwader an Paparazzi verursacht. Jeder von ihnen will das beste Bild von uns Stars und Sternchen schießen, um es dann meistbietend an die Boulevardpresse verkaufen zu können.

Die Ablenkung ist nicht von Dauer. Als sich die dicke, schwarze Wolkendecke über uns mehr und mehr verdichtet, kehren meine gedanken in die Realität zurück. Mir bietet sich ein atemberaubendes Naturschauspiel. Alle ein bis zwei Sekunden blitzt es. Ich zähle mit.

Unvermittelt beginnt das Kabinenlicht zu flackern. Kurz darauf erlischt es gänzlich. Die Dame mit dem Rosenkranz stöhnt und betet lauter.

Die spärliche Notbeleuchtung lässt die zuckenden Blitze, die wild vor meinem Fenster tanzen, wie ein immenses Feuerwerk auf einer Mega-Party erscheinen.

Auf einmal spüre ich, wie sich mein Magen Richtung Hals zu bewegen scheint. Der Flieger sackt abrupt einige Meter ab. Doch mein Magen hat es nicht verstanden, will an dem Ort verharren, an dem er eben noch war. Ein Gefühl, wie in einer Achterbahn! Doch freudiges Juchzen kommt diesmal nicht über meine Lippen, als wir in ein weiteres Luftloch fallen. Von der Dame vernehme ich ein beständiges Wimmern.

Der Flieger taucht in die Wolkendecke ein, nur um kurz darauf wieder aus ihr heraus zu preschen. Unter mir knirscht es gespenstisch. Der Rumpf ächzt bedrohlich, während wir heftig in unseren Sitzen hin und her geschüttelt werden. Mein Herz macht einen Sprung, während Ausrufe des Erschreckens durch die Kabine gellen. Stürzen wir ab?

Einige Passagiere bekreuzigen sich. Andere krallen sich mit den Fingern in die Armlehnen oder lehnen ihren Kopf gegen die Rückenlehne des Vordersitzes.

Ein Herr im Businessanzug, in der Reihe vor mir, zückt sein Stofftaschentuch, um sich den Schweiß von der übermäßig hohen Stirn zu wischen. Mit geübten Griffen schafft es die Stewardess, sich ihren Sicherheitsgurt zu schnappen, um sich ebenfalls anzuschnallen.

Ohne Vorwarnung läuft mir ein eiskalter Schauer den Rücken herunter. Gänsehaut überzieht meine nackten Arme. Gleichzeitig verwandeln sich meine Füße in Eiswürfel. Ich beobachte, wie Eisblumen an den Außenfenstern aufblühen.

An der Außenhülle bildet sich eine dicke Eisschicht, auf der man problemlos Schlittschuh fahren könnte. Das gesamte Flugzeug scheint sich in eine Gefriertruhe zu verwandeln.

Wieso habe ich Trottel meine Jacke nur im Gepäckfach über der Sitzreihe verstaut? Aufstehen ist nun nicht mehr möglich. Das Flugzeug schlägt Kapriolen, als würde es in einer Zirkusvorstellung auftreten.

Meine Finger umklammern die Armlehnen. Immer wieder schaue ich mich um, bis meine Aufmerksamkeit erneut auf der Tragfläche klebt, als hätte ich mit der Zunge gefrorenen Stahl berührt. Ich spüre, wie sich mir die Nackenhaare aufstellen.

Bilde ich mir das gerade ein?

Auf der Tragfläche entdecke ich …

Moment. Die Sinne spielen mir einen Streich. Der lange Tag macht sich bemerkbar. Oder nicht? Ich riskiere einen weiteren Blick.

Der nächste Lichtbogen bestätigt es. Wie eine Seiltänzerin balanciert eine Frau auf der Tragfläche. Mit ausgebreiteten Armen vollführt sie elegante Sprünge.

Wie hypnotisiert beobachte ich ihr langes Haar sowie das rote Seidenkleid. Der seichte Stoff weht im Wind, umschmeichelt ihre Hüfte. Als sie das Ende des Flügels erreicht, dreht sie sich langsam um.

Im Blitzlichtgewitter wirkt die Frau, als würde sie gerade den roten Teppich auf der Oscarverleihung entlang schreiten. Ein weiterer Blitz folgt. Sein gleißendes Licht blendet mich, sodass ich die Augen mit dem Unterarm bedecken muss.

Als mich die Dunkelheit wie ein Leichentuch umhüllt, nehme ich den Arm herunter, reiße die Augen auf. Inges Gesicht nimmt das gesamte Flugzeugfenster ein.

»Hallo Janet.« Die Worte kleben dumpf am Fenster. »Hast du mich vermisst?«

Ich will schreien, doch kein Ton verlässt meine Lippen. Der Schock sitzt zu tief. Meine Augen suchen hektisch die Kabine ab, die plötzlich nicht mehr existiert. Ich bin allein. Allein in einer Schwärze gefangen, in der nur meine Sitzreihe und das Fenster Bestand haben.

Wo sind all die anderen Passagiere hin?

Ein wahres Gewitterfeuer erhellt den Himmel, nimmt meine Aufmerksamkeit gefangen. Das Blut gefriert in den Adern. Was immer da draußen ist, es ist *nicht* Inge! Unmöglich. Diese Kreatur kann nicht meine beste Freundin sein.

Ihr Körper verwandelt sich nun in ein Skelett. Der Rücken gleicht dem eines Krokodils. Während ihr Schwanz über die Tragfläche peitscht, stimmt das Metall ein Klagelied an. Funken sprühen, Risse entstehen.

Ich zerre am Sicherheitsgurt, versuche krampfhaft, die Schnalle zu öffnen. Doch meine zitternden Finger sind alles andere als brauchbar.

Dies ist ein böser Traum, aus dem ich gleich erwachen werde. Aber nichts dergleichen passiert. Ich bin in dem Albtraum gefangen.

»Wer bist du?«, keuche ich. Kalter Atem beschlägt das Fenster von innen.

Die Frau biegt den knöchernen Zeigefinger, um damit eine schwarze Haarsträhne zu entfernen, die ihr der Wind in den Mund geweht hat. Ein groteskes Bild, da die Kreatur nur aus Knochen besteht.

»Mein Name ist Ah Puch.«

In mir schrillen alle Alarmglocken.

»Ah Puch. Der Dämon der Zerstörung.« Ich kann nicht sagen, ob ich die Worte laut ausspreche oder nur denke.

Ah Puch tritt einige Schritte zurück. Dabei macht er eine alles umfassende Geste, die keinen Zweifel über seine Macht mehr zulässt.

Es donnert, ein Feuerwerk an Blitzen folgt, während der Dämon laut lachend auf der Tragfläche auf und ab springt. Immer wieder schlagen Blitze in seinen Körper ein. Sie verleihen dem Dämon augenscheinlich Kraft.

Mit lautem Krachen bricht der Flügel ab.

Heißer Atem streift über meine Wange.

»Frau Behrens kann Sie hören«, sagt eine mir unbekannte männliche Stimme.

»Janet versteht mich?« Die weibliche Stimme erkenne ich. Es ist Inge.

»Sie hat das apallische Syndrom.«

»Das apallische Syndrom?«, wiederholt Inge verblüfft.

»Frau Behrens liegt in einem Wachkoma«, erklärt er weiter.

»Es ist alles meine Schuld«, schluchzt Inge.

»Ihre Schuld? Wie meinen Sie das?«

»Bei den Ausgrabungen des Tempels fanden wir eine Tafel. Darauf war eine Warnung eingraviert. Ich bat Inge, die Piktogramme zu enträtseln. Der Fluch …« Einem herzzerreißendem Schluchzen folgt das Schnäuzen in ein Taschentuch.

»Ein Fluch? Das ist doch Unsinn, Frau Miller. So etwas gehört ins Reich der Mythen.«

»Schauen Sie, Herr Doktor. Janet weint! Janet! Bitte! Sag was! Kannst du mich hören?«

»Machen Sie ruhig weiter. Vielleicht können Ihre Worte etwas bewirken. Ich lasse Sie mit ihrer Freundin jetzt alleine.«

»Janet! Bist du wach? Kannst du mich verstehen?«, schlagen mir ihre Fragen im Stakkato entgegen, dabei drückt sie meine Hand, dass es schmerzt.

Bunte Punkte schwirren um mich herum, verwandeln sich in einen Nachthimmel voller Sterne. Das Bild verschwimmt. Verändert sich zu einer Gestalt. Ein Gesicht wird erkennbar.

Nein. Kein Gesicht.

Ein Totenschädel mit langen schwarzen Haaren.

»Hallo Janet.« Inges Stimme verebbt in der Ferne, weicht der eines Mannes. »Wie ich sehe, erinnerst du dich an mich.« Sein Ton wird härter. »Ich hoffe, der Flug in mein Reich war unangenehm. Ein erster Eindruck, was dich hier unten erwartet.«

Ein heftiger Ruck durchfährt meinen Körper, als die Kreatur mich aus dem Bett zerrt. Die Umgebung um mich herum verwandelt sich. Auf den wundervollen Sternenhimmel folgt gleißende Helligkeit, dazu unerträgliche Hitze.

»Niemand kann dir mehr helfen. Du hast die Schwelle soeben überschritten.«

Eine Tür schließt sich lautstark. Um mich herum tobt ein Inferno. Und ich stehe mittendrin. Allein. Alle Schreie werden von der Feuersbrunst übertönt.

Ich starre auf meine Hände. Die Haut verkohlt, zieht sich zurück, das Fleisch kocht, verbrennt, tropft herab, bis nur noch Knochen übrig sind.

Aus der Feuerwand tritt Ah Puch hervor, dem die Flammen nichts ausmachen.

»Eigentlich sollte ich dir dankbar sein.« Über Ah Puchs Schädel breitet sich ein Grinsen. »Du hast mich wieder zum Leben erweckt. Jetzt dürstet es mich nach Blut. Bring mir ein Menschenopfer.« Hinter dem Dämon der Zerstörung erscheinen schemenhaft sechs Tore in der Feuerwand. »Für den Fall, dass du dich weigerst, erwartet dich eine meiner Höllen.« Die knöchrige Hand weist auf eines der Tore. Er schnippt mit den Knochen. Das Tor öffnet sich einen Spalt.

»Ich habe eine Wahl?«, frage ich mit erstickter Stimme.

»Die Wahl mir zu dienen, oder unaussprechliche Qualen auf ewig zu erleiden.«

Unerträgliche Schreie gefolterter Seelen gellen durch den Spalt. Ah Puchs höllisches Lachen durchflutet meinen Brustkorb, lässt ihn schmerzhaft erbeben. Keuchend sinke ich auf die Knie.

Das Tor schließt sich, doch die Schreie verstummen nicht. Sie scheinen sich an mir festzukrallen. Ich versuche sie abzuschütteln, aber es will mir nicht gelingen.

»Diese gequälten Seelen sind lästig. Nicht wahr?« Wie ein Tiger schleicht der Dämon um mich herum. »Sie werden dich nie wieder loslassen.« Ah Puch klingt gelangweilt. »Es ist immer die alte Leier. Wieso unterwerft ihr Menschen euch nicht bedingungslos?«

»Inge. Was ist mit ihr geschehen.«

»Ah. Jetzt kommen wir zum springenden Punkt. Sie hat sich ihr Plätzchen in der Hölle wirklich verdient.«

»Inge ist … in der Verdammnis gelandet? Wieso?«

»Sie war eine sehr patente Anwärterin. Im Gegensatz zu den meisten anderen verlorenen Seelen hat sie mich nicht angefleht. Es war sogar ihre Idee, dich dazu zu bringen, die Tafel zu entziffern.«

Im Feuer bildete sich ein Thron aus Flammen. Ah Puch setzt sich gemächlich, schlägt die Gebeine übereinander, legt den linken Ellenbogen auf der Lehne ab, um mit den Zeigefingerknochen seinen Schädel unter dem Kinn abzustützen. »Weißt du, es fehlten ihr nur sieben Worte, für meine Wiedergeburt. Inge brachte es nur so weit, dass ich mich in ihrem Geist einnisten konnte.«

»Aber ich habe nichts Böses getan. Weshalb bin ich in der Hölle gelandet?« Sein dämonisches Lachen übertrumpft die Schreie in meinem Kopf, sodass es mir schier den Verstand raubt. Es nützt nichts, auch mit den Handflächen schaffe ich es nicht, die hämmernde Lautstärke in meinem Kopf zu mildern.

»Nichts Böses getan?«, entgegnete Ah, nachdem er sich ein wenig beruhigt hatte. »Du hast doch die Warnung auf der Tafel gelesen. Und dennoch konntest du nicht drum herum, die verbotenen Worte laut auszusprechen.«

»Es war für die Wissenschaft.«

»Rechtfertigungen«, verächtlich spuckte Ah einen Feuerball auf den Boden, »sind hier unten nutzlos. Die helfen nur in der oberen Etage.«

Knisternd kam der Feuerball vor meinen Füßen zum Stehen. Wie lange würde er brennen?

»Du bist, wie deine Freundin, kein unbeschriebenes Blatt. Ihr Forscher habt vielen Toten die letzte Ruhe genommen. Ihre Gräber zerstört, deren Gebeine in Museen ausgestellt.«

Daher wehte also der Wind.

»Die Toten rächen sich?«

»Nein. *Ich* bin der Rächer. Die Seelen versorgen mich nur mit Informationen.«

Mein Überlebenswille beginnt sich bemerkbar zu machen. Krampfhaft überlege ich, wie ich diesem Schicksal entkommen kann. Noch immer brennt der Feuerball vor meinen Füßen. Inzwischen hat die Hitze meinen ganzen Körper so verbrannt, dass nur noch Knochen übrig sind. Kann ich diesem Teufel ein Schnippchen schlagen? Wenn ja, wie? Immerhin ist dieser Dämon durchtrieben.

»In Ordnung. Ich werde dir helfen.«

Wenn in Ah Puch das Gefühl der Verwunderung aufsteigen sollte, so ist sie auf seinem Schädelgesicht nicht sichtbar.

»Ich habe nichts anderes von dir erwartet«, entgegnet er selbstgefällig.

»Doch ich benötige dafür Hilfe.«

Ah Puch legt den Schädel schief.

»Meinetwegen.«

»Ich benötige einige Seelen aus deiner Hölle. Die Schlimmsten, die du entbehren kannst.«

Heftiges Keuchen ertönt, gefolgt von mehreren kleineren Feuerbällen, die aus seiner Mundhöhle in meine Richtung schießen. Nur knapp gelingt es mir, ihnen auszuweichen.

»Was hast du vor?« Ah Puchs Schädel knickt leicht zur rechten Seite ab. »Eine Invasion?«

»Nicht so viele«, winke ich ab. Dabei versuche ich, gelassen zu bleiben. Hoffentlich gelingt mir das. »Aber genug, damit mein Plan funktioniert.«

»Wie viele benötigst du?« Seine Stimme verrät weder Zweifel noch Misstrauen.

»Sechs. Aus jedem Tor eine.«

Ohne Vorwarnung springt Ah Puch auf.

»Sechs?«, hallt es durch die Unterwelt.

Mein Schädel will fast zerbersten, durch den Druck, der sich darin aufbaut. Es folgt ein grässlicher Gestank nach konzentrierter Jauche, der in mir einen Würgereiz hervorruft.

»Zu viele?«, bringe ich mit letzter Kraft heraus.

Majestätisch erhebt sich der Dämon von seinem Thron. Während er sich mir nähert, verfliegt der Druck, ebenso der Gestank. Als er vor mir steht, wirkt er gar nicht mehr so riesig, kaum einen Kopf größer als ich. Dennoch sieht er mich von oben herab aus leeren Augenhöhlen an, während sein Schwanz hin und her peitscht.

»Nein«, entgegnet er nach einer gefühlten Ewigkeit. Seine Anwesenheit löst in mir Beklemmungen aus. Er wendet sich den sechs Toren zu. Hitzewellen strömen aus seinen knöchernen Fingern. Für einen Wimpernschlag öffnen sich die Tore. Ich bekomme es kaum mit. Wie durch Magie steht vor jedem Tor eine Kreatur, als würde sie Wache stehen. »Darf ich vorstellen: Caligula, Timur, Phokas, Sanherib, Ying Zheng, Mulai Ismail.«

Ich schlucke unweigerlich. Diese Personen hatten sich in der Tat während ihrer jeweiligen Herrscherzeit einen grausamen Namen gemacht. Aber wäre ich in der Lage, sie zu befehligen? Es waren alles Männer. Die würden vermutlich nie einer Frau folgen.

»Es sind Seelen«, riss Ah Puch mich aus meinen Gedanken. »Sie werden dir gehorchen.«

»Okay«, entgegne ich zögernd. »Dann schicke uns auf die Oberfläche, damit ich meinen Plan angehen kann.«

»Welcher Ort? Welches Jahr?«

»2019 – Meine Wohnung.«

Ich kann nicht mit Bestimmtheit sagen, wie lange die Reise gedauert hat. Gemessen an dem Schmerzpegel in der Brust, der – wie ich feststelle – nicht nur mir widerfahren ist, knien auch meine sechs tyrannischen Begleiter mit vorgebeugtem Oberkörper auf dem Teppich. Es ist, als wäre man zu rasch aus dem tiefen Ozean aufgetaucht.

Während die Tyrannen sich noch erholen, schaue ich mich um. Das Wohnzimmer ist noch immer makellos aufgeräumt. Meine Putzfrau hat wieder einmal ihr Bestes gegeben.

Ich gehe zum Stubenschrank. In der Schublade finde ich die Bibel. Ich durchsuche die Seiten. In der Zwischenzeit beginnen die Seelen unruhig zu werden. Wenn ich die Passage nicht bald finde, bin ich verloren.

Caligula, Timur, Phokas, Sanherib, Ying Zheng und Mulai Ismail umkreisen mich, knurren und murren in einer mir unverständlichen Sprache. Die Geräusche werden lauter, gefolgt von Verwünschungen. In ihren Mienen entdeckte ich Zorn und …

»Haltet ein!«, befehle ich. »Eure Loyalität soll euer Schaden nicht sein.«

Alle sechs halten inne.

Endlich! Dort ist die Passage, nach der ich suche.

»Der Teufel ist schlau. Niemals ist er für immer vertrieben, erst am letzten Tag wird er es sein«, zitiere ich aus dem Evangelium. »Wenn der unreine Geist den Menschen verlassen hat, wandert er durch die Wüste und sucht einen Ort, wo er bleiben kann. Wenn er keinen findet, sagt er: Ich will in mein Haus zurückkehren, das ich verlassen habe. Und wenn er es bei seiner Rückkehr sauber und geschmückt antrifft, dann geht er und holt sieben andere Geister, die noch schlimmer sind als er selbst.« Bewusst lasse ich einen Teil weg. Ich gehe davon aus, dass kaum einer von ihnen mit dem Evangelium bisher in Berührung gekommen ist. Veni … vidi … und …

Die Männer verstummen, sehen mich fordernd an.

»Also, meine Herren. Der Zeitpunkt ist eingetreten, an dem *wir* uns die Hölle untertan machen. Jeder von euch hat in einer der sechs Höllen von Ah Puch geweilt. Ihr seht, mein Haus ist aufgeräumt und geschmückt.«

Sofort beginnt ein heftiges Stöhnen. Jeder der Tyrannen flucht in seiner Sprache. Erneut hebe ich die Hand. Es dauert einen Moment, bis wieder Stille eintritt.

»Jeder von euch holt nun weitere Seelen aus seiner Hölle hierher. Wir fegen die Hölle, bis sie sauber ist, und nur noch Ah Puch übriggeblieben ist. Am Ende wird keine Seele mehr vorhanden sein, die er rekrutieren kann. Seine Vernichtung steht unmittelbar bevor. Lasst uns zur Tat schreiten, damit jeder von euch wieder in sein Höllenreich zurückkehren kann, um dort zu herrschen.«

Caligula macht einen Schritt auf mich zu.

»Hinter jedem großen Mann steckt eine starke Frau. Du überlässt jedem von uns sein eigenes Reich?«

»Das ist korrekt.«

»Und über welchen Teil wirst du herrschen, wenn Ah Puch nicht mehr existiert?«

»Ich überlasse euch die sechs Höllen, wenn ihr mir diese Wohnung überlasst.«

Caligula geht zu den anderen Fünf, die unserer Unterredung aufmerksam lauschen. Mit einem Nicken bestätigen wir unseren Vertrag.

»Dann geht und sammelt die Seelen ein«, gebe ich den Befehl.

Ohne eine weitere Sekunde zu verschwenden, schreiten Caligula, Timur, Phokas, Sanherib, Ying Zheng und Mulai Ismail zur Tat. Innerlich beginne ich zu grinsen.

»Und vici. Ah Puch, du bist Geschichte.«

Die Schreibblockade

Sarah Drews

»So kann es nicht weitergehen!« Mikes Verleger tigerte hinter seinem Schreibtisch von einem Ende zum Anderen. »Seit Wochen versprichst du mir dieses Manuskript. Und was lieferst du mir? Wieder eine faule Ausrede.« Mit dem Rücken zum Büro blieb er stehen. In der spiegelnden Fensterfront beobachtete er Mike. Bei dem Anblick stieg es ihm säuerlich auf.

Mit zusammengesunkenen Schultern saß er da. Fettige Haare, unrasiert – ein Geruch wie eine Hafenkneipe am frühen Morgen. Was war nur aus dem strahlenden jungen Mann geworden, den er vor fünf Jahren unter Vertrag genommen hatte? Ja, er hatte ihm jede Menge Geld eingebracht, aber es war nicht zu übersehen, dass der Zug abgefahren war. Selbst die Penner auf seinem morgendlichen Fußweg ins Büro wirkten gepflegter.

»Ich weiß nicht, ob dir bewusst ist, dass uns langsam die Zeit davonrennt. Deine Leser dürsten nach einem neuen Bestseller. Ich erwarte ihn!« Vor Wut schnaubend drehte er sich um und beugte sich über den Schreibtisch, sodass sein Gesicht nur noch wenige Zentimeter von seinem Gegenüber entfernt war. Speicheltropfen landeten auf Mikes roter Nase, als er weitersprach. »Wir haben einen Vertrag. Soll ich ihn dir vorlesen? Buchstabieren? Für den Fall, dass dein Gehirn vom Saufen schon so benebelt ist, dass du nicht einmal mehr weißt, was das ist?«

»Unterstellst du mir, ein Alki zu sein?«, er vermied dabei jedoch jeglichen Blickkontakt. »Ich trinke nicht im normalen Maß. Abends ein Glas Wein zum Essen. In der Woche höchstens zwei Gläschen

Scotch.« Er kniff die Lippen zusammen, ehe er hinzufügte: »Ich weiß, dass ich dir ein gottverdammtes Manuskript schulde, aber …«

Augenblicklich unterbrach er Mike. »Da, schon wieder dieses Wort – aber! Setz dich auf deinen Hintern und schreib!«

»Was meinst du, was ich jeden Tag versuche?«, fragte Mike zerknirscht. »Ich würde alles tun, um endlich einen klaren Kopf zu bekommen.«

Vor ihm saß ein Haufen Scheiße. Es war Zeit etwas zu unternehmen. Ein Seufzer entschlüpfte seiner Kehle. Er wandte sich ab, um sich zu setzen. »Wenn das so ist. Ich habe eine abgelegene Hütte in den Bergen. Die kannst du für eine Woche haben. Dafür erwarte ich allerdings einen neuen Bestseller. Für dich heißt das - Kein Handy! Keinen Laptop! Eine klassische Schreibmaschine mit stapelweise Papier. So, wie schon die großen Meister vor dir. Das wird deiner Schreibblockade auf die Sprünge helfen, da bin ich mir todsicher.«

Hoch motiviert setzte sich Mike an den Schreibtisch. Ein paar Minuten blieb er andächtig sitzen, ehe er nach einem Blatt Papier griff und die erste Seite behutsam in die uralte Schreibmaschine einspannte. Ehrfurcht erfüllte ihn, als sich seine Finger auf die kühlen Tasten legten. Er drückte das M. Prompt ertönte ein Klacken. Zögernd folgten weitere Zeichen – bis Mike Harrison das Blatt zierte. Ein warmes Gefühl von Glück durchströmte ihn. Der Anfang war vollbracht. Zufrieden lehnte er sich mit im Nacken verschränkten Händen zurück. Sein Blick wanderte zum Fenster zu den schneebedeckten Baumkronen.

Er hatte die richtige Entscheidung getroffen und auf seinen Verleger gehört. Kein Internet, kein Fernsehen, aber vor allen Dingen keine Menschen – hier war er vor jeglicher Ablenkung sicher. In dieser Hütte konnte er sich in aller Ruhe dem Manuskript widmen. Schon jetzt liebte er die Schreibmaschine. Dazu das prasselnde Feuer des Kamins. Für einen Moment schloss er die Augen. In Gedanken stellte er sich vor, wie seine Finger über die Tasten flogen.

Ein tiefes Knurren holte Mike in die Wirklichkeit zurück. Irgendetwas hatte sich geändert, nur was, konnte er nicht sagen. Seine Blase duldete keinen weiteren Aufschub. Zum Glück hatte er nach der Ankunft den

Rat des Verlegers in die Tat umgesetzt. Einen Eimer für die Notdurft zu benutzen, war eine angenehmere Vorstellung, als bei eisigen Temperaturen das Plumpsklo aufzusuchen.

Während er sich Erleichterung verschaffte, begriff er, was sich verändert hatte. Ein Blick auf die Uhr bestätigte seinen Verdacht – kurz vor Mitternacht. Ganze neun Stunden hatte sein Augenschließen gedauert. Kein Wunder, dass das Kaminfeuer erloschen war und draußen Dunkelheit herrschte.

Eine Viertelstunde später prasselte das neue Feuer.

Mike wusste nicht, ob es an der Wärme lag oder an dem Knistern. Müdigkeit kroch in ihn empor. Sein Blick wanderte zur Schreibmaschine.

Das Deckblatt mit seinem Namen starrte ihn mahnend an.

»Morgen … ja, morgen da wird eine Geschichte auf dir geschrieben. Du hast mein Wort«, versprach Mike ohne den Elan von vor wenigen Stunden. Der schale Beigeschmack einer faulen Ausrede breitete sich aus. Tief in seinem Inneren wusste er, dass am nächsten Tag das Blatt genauso leer aussehen würde. Nach acht Bestsellern hatte er den Biss verloren. Er fühlte sich nur noch ausgelaugt.

Da half weder die Aussicht auf das viele Geld, die leidenschaftliche Art seines Verlegers, noch diese verdammte Berghütte.

»Morgen«, murmelte er erneut, bevor er mit hängenden Schultern in Richtung Bett schlurfte. Auf dem Weg dorthin legte er einen kurzen Halt bei seinem Rucksack ein und kramte eine volle Flasche Jack Daniel's heraus. »Ein Schlückchen.« Angezogen warf er sich aufs Bett, bevor er sich dem tröstenden Begleiter widmete.

Ein stechender Schmerz jagte durch Mikes Schläfe und ließ ihn aufwachen. Er öffnete die Augen. Nur einen winzigen Moment. Die grelle Sonne, die durch das Fenster schien, blendete ihn. Sie war so strahlend, dass er direkt wieder die Lider senkte. Mit einem Stöhnen zog er das Kissen unter seinem Kopf hervor, um es auf sein Gesicht zu legen. Von der Anstrengung erschöpft, ließ er den Arm sinken. Dabei stieß er gegen etwas Hartes.

Im nächsten Moment hörte er das Klirren der leeren Flasche, die auf dem Fußboden landete. Das Geräusch verstärkte den Schmerz ins Unerträgliche. Als wäre das nicht genug, erfasste ihn eine Welle der Übelkeit.

Nie wieder, schwor er sich.

Nach ein paar Minuten versuchte er, sich langsam aufzurichten. Alles um ihn herum fing sich zu drehen an, aber darauf konnte Mike keine Rücksicht nehmen. Taumelnd erreichte er die notdürftige Toilette, ehe sich ein Schwall Galle in den Eimer ergoss.

»Nie wieder!«, murmelte er. »Das war die letzte Flasche.«

Eine Stunde, zwei Aspirin und jede Menge Wasser später gelang es Mike endlich, ohne stechende Kopfschmerzen die Augen offen zu halten. »Du bist selbst schuld! Warum hast du gleich die ganze Flasche ausgetrunken?« Die Antwort darauf kannte er: Julie, seine Ex-Frau, die er nur so vergaß.

Was hatte der Fitnesstrainer, was er nicht hatte?

Er schrieb erfolgreich Bücher, besaß eine Villa mit Blick auf den Atlantik und hatte ihr sogar einen eigenen Stern gekauft. War es das Sixpack?

»Jetzt hör auf mit dem Grübeln. Holz legt sich nicht von …«

Der Rest vom Satz blieb ihm im Hals stecken. Mit offenen Mund starrte er auf den Schreibtisch, wo sein Blick hängengeblieben war. Dort lag, fein säuberlich gestapelt ein Stoß Blätter.

Wo kam der nur her? Wo war das Deckblatt? Seine Sinne mussten ihm einen Streich spielen. Mike schloss den Mund und rieb sich über die geschlossenen Augen. An dem Anblick änderte sich nichts. Der Stapel lag am gleichen Platz.

»Was zur Hölle …?«, sagte er zu sich selbst, während er langsam zum Schreibtisch schlich. Eine Armlänge davor blieb er misstrauisch stehen. Das war nicht nur ein leerer Haufen Blätter. Der oberste Zettel war komplett beschrieben.

»Unmöglich«, murmelte er. »Du träumst.« Wie, um es sich zu beweisen, kniff sich Mike in den Arm. »Aua!«

Nein, der Schmerz war echt - er wach. Aber was bedeutete das?

Selbst jetzt erinnerte er sich an die letzten Stunden mit der Flasche in der Hand. Unmöglich nach der Menge einen klaren Satz zu schreiben. Ein großer Kloß verschloss seinen Hals. Mit zitternden Fingern bückte sich Mike. Bewaffnet mit dem rechten Schuh in der Hand, verharrte er einen Augenblick. Sein Herz pochte unerträglich in der Brust. Endlich traute er sich. Er versetzte den Stapel mit der Schuhspitze einen Stoß. Die Zettel verrutschten leicht. Sonst passierte nichts. Die Seiten verschwanden nicht. Zerfielen nicht zu Staub.

Zwei, drei, vielleicht auch 15 Minuten zogen ins Land ohne das Mike sich bewegte oder etwas sagte. Dann ging ein Ruck durch seinen Körper. Bevor er es sich überlegen konnte, griff er nach dem Stapel. Argwöhnisch blätterte er sich durch die insgesamt 51 Seiten. Sie waren allesamt gefüllt mit Buchstaben. Nicht nur wirr aneinandergereiht, sondern komplette Sätze. Logisch und mit einem harmonischen Syntax.

Mike zog sich den Stuhl heran. Schon nach den ersten Zeilen war er mitten in der Geschichte. Ein Schauer lief ihm über den Rücken, als er fertig gelesen hatte.

»Wow!« In all den Jahren hatte er schon viele Bücher verschlungen, aber das war ein Meisterwerk. Leichtfüßig und zugleich mit einer düsteren Atmosphäre.

Das sollte er verfasst haben?

Mike sah vom Manuskript zur Schreibmaschine, dann wieder auf die Seiten.

Beim besten Willen, er erinnerte sich an nichts. Nicht ein Wort kam ihm bekannt vor.

Mike kratzte sich am Hinterkopf. Das passte alles nicht zusammen. Da war kein Rechtschreibfehler, nicht einmal ein fehlendes Komma - perfekt lektoriert. Niemand schrieb so makellos. Schon gar nicht nach einer ganzen Flasche.

Es gab nur eine Erklärung dafür. Jemand anderes war der Verfasser dieses Textes. Das wiederum bedeutete, dass ein Fremder in der Hütte gewesen sein musste. Bei ihm, während er geschlafen hatte.

Eine unsichtbare Hand legte sich um seine Kehle.

Wer ist diese Person? Wie ist sie hereingekommen? Was hat sie alles angestellt? Tausende Gedanken überfluteten Mikes Gehirn. War sie womöglich noch im Haus?

Augenblicklich sprang er auf und drehte sich langsam im Kreis. Sein Herz schlug ihm bis zum Hals. Erste Schweißperlen bildeten sich auf seiner Stirn. Jeden Zentimeter betrachtete er. Der Schreibtisch am Fenster, in der Ecke der große Kamin. Daneben der kleine Holzofen zum Kochen, darüber zwei Hängeschränke mit Geschirr, sowie den Lebensmitteln. Ein altes Waschbecken an der Wand, der Tisch mit den beiden Stühlen, das Bett auf der anderen Seite vor dem zweiten Fenster.

Niemand außer ihm war hier.

Er rannte zur Tür, riss sie auf. Der Schnee, der draußen vor der Hütte lag, war nicht neu. Es gab ein paar Fußabdrücke. Seine Spur, die direkt vom SUV zum Eingang führte.

»Mein Gott, wirst du jetzt paranoid?« Mit einem nach wie vor mulmigen Gefühl im Bauch schloss er die Tür und widmete sich ein weiteres Mal dem Buchanfang. Der Text blieb ihm fremd. Dazu die ganzen Zweifel.

»Wo sind die fehlenden Seiten? Es kann nicht sein. Wie oft hab ich getrunken. Dabei kam nicht ein vernünftiger Satz zustande. Aber eine fremde Person, hier in der Einöde, die für mich ein Buch schreibt? Das ist doch alles Blödsinn.« Er schüttelte den Kopf. »Das ist definitiv die letzte Flasche gewesen.«

Er las den Text ein drittes Mal. Am Ende war er sich sicher. All das stammte aus seiner Feder. Die Schreibblockade war überwunden.

Mit einem Lächeln auf den Lippen spannte er eine neue Seite ein.

Seine Augen brannten vom stundenlangen Anstarren der leeren Seite. Der Magen knurrte und als er sich erhob, zog ein stechender Schmerz durch den Rücken. Dabei stieß er gegen die Lehne vom Stuhl, der daraufhin polternd umfiel.

»Verflucht!« Mike bückte sich. Mit einem Knall stellte er ihn wieder auf.

»Was zur Hölle war gestern anders? Warum ist es mir da gelungen, etwas Anständiges aufs Papier zu zaubern?« Er hatte nicht mehr getrunken, als schon die letzten Monate. Warum gelang es ihm nüchtern nicht, an das alles anzuknüpfen?

Der Anblick der leeren Seite erzeugte unsagbare Wut – auf sich selbst, seine dämliche Ex-Frau, die ganze Welt. Vor lauter Selbsthass riss er das Papier heraus und zerknüllte es. Den so entstandenen Ball schleuderte er direkt in den Kamin.

Immer musste alles perfekt sein, aber was war schon vollkommen? Abgesehen von den Seiten, die er letzte Nacht geschrieben hatte. Jede Idee für den nächsten Abschnitt hatte er direkt im Kopf verworfen. Wenn sie schon für ihn minderbemittelt und unwürdig klangen, wie hätten seine Leser erst reagiert.

Er gab auf. Heute würde er mit Sicherheit nichts mehr hinbekommen. Das sah sein Magen nicht anders.

»Ja, du hast Hunger!«, murmelte er.

Aufgezehrt vom Nichttun schwankte er in die behelfsmäßige Küche, um sich eine Dose Erbsensuppe aufzuwärmen. Doch schon das Herausholen eines Topfes erschöpfte ihn zusätzlich. Mike stellte ihn wieder zurück.

»Morgen … morgen ist ein neuer Tag. Ein ausgiebiges Frühstück, dann klappt es sicher mit dem Schreiben.«

Mit letzter Kraft legte er Holz im Kamin nach, verriegelte die Tür von innen und schleppte sich zum Bett.

»Morgen«, murmelte er. Mit geschlossenen Augen versuchte er, zur Ruhe zu kommen. Doch so sehr er den Schlaf herbeisehnte, er ließ auf sich warten. Mike wälzte sich angespannt von einer Seite auf die andere. Nicht einmal die Flasche Wodka, die er nach einer gefühlten Ewigkeit aus seinem Rucksack zauberte, half.

»Jezz schlaf enlisch«, lallte er, »Sonscht wird das nischts mitm Buch.« So, wie zu Hause, fügte er in Gedanken hinzu.

Er schloss die Augen und …

Das fahle Licht der Morgendämmerung ließ unheimliche Schatten in dem Raum tanzen, als Mike die schweren Augenlider hob. Hatte er geschlafen? Wie spät war es? Alleine diese beiden Gedanken sorgten dafür, dass sein Kopf anfing zu schmerzen.

Trotzdem setzte er sich auf. 7:30 Uhr! Das war nicht lange, aber besser, als hätte er den ganzen Tag verpennt.

Sofort flogen seine Gedanken zum Manuskript. Obwohl er Kopfschmerzen hatte und die Zunge am Gaumen klebte, fühlte er sich kreativ. Heute würde es klappen.

Sofern er das Skript nicht geträumt hatte. Sogleich wanderte Mikes Blick untermalt von einen wild pochendem Herzen zum Schreibtisch. Da lag, fein säuberlich, noch immer ein Stapel Papier neben der Maschine. Obwohl er ein gutes Stück entfernt war, sah er, dass der Turm höher war. Mit fahrigen Fingern blätterte er sich bis zum Ende. Achtzig Seiten waren hinzugekommen. Er nahm sich nicht einmal die Zeit, sich zu setzen, sondern überflogt eilig den neuen Schluss.

»Genial«, lobte er sich. »Warum bin ich gestern nicht darauf gekommen?«

Wie schon am Tag zuvor, kam ihm keine einzige Zeile bekannt vor. Er hob den Blick. War jemand in die Hütte gelangt?

Das mulmige Gefühl vom Vortag breitete sich aus. Sein Herzschlag beschleunigte sich, als er mit dem neuen Text in der Hand auf die Tür zuging. Der Schlüssel steckte nach wie vor von innen. Einen Augenblick zögerte Mike, dann drückte er die Klinke – verschlossen!

Er überprüfte es ein weiteres Mal, öffnete die Tür, guckte nach draußen - jede Menge Neuschnee, aber keine Fußabdrücke.

Sogleich durchströmte ihn ein Gefühl der Erleichterung. Darüber hinaus gönnte er sich eine große Portion Rührei mit extra knusprigen Bacon. So saß er am Esstisch und las.

»Du bist genial!«, sprach er vor sich hin, während er den neuen Text gründlich las. Am Ende war er sich sicher, dass dieses Buch all seine vorherigen Erfolge toppen würde.

Wenn er sich heute nicht ablenken ließ, dann konnte er morgen Abend packen. Ein Kribbeln breitete sich in den Fingerspitzen aus. Ein Gefühl, das Mike regelrecht vermisst hatte.

Mit fiebrig glänzenden Augen setzte er sich an die Schreibmaschine, spannte eine leere Seite ein und lehnte sich zurück.

Der letzte Abschnitt endete mit einem Cliffhanger. Jetzt galt es den optimalen Einstieg zu finden, um die Spannung aufrecht zu erhalten.

In seinem Kopf überschlugen sich die Ideen. Erste Buchstaben erschienen auf dem Papier. Das war es!

Mike tippte wild auf die Tasten ein. Die Seite füllte sich rasant. Am Ende zog er das Blatt heraus, um es zu lesen.

»Nein … das klingt …«

Zweifel überkamen ihn.

»Das ist nicht perfekt.«

Er zerknüllte den Entwurf.

Die nächste Stunde landete Seite um Seite hinter ihm.

»Das kann doch nicht sein«, brummte er und massierte sich die Schläfen. Genau wie gestern kam ihm jeder Satz, den er festhielt, so abgedroschen vor.

Sein Blick wanderte zum Rucksack, wo noch ein paar Flaschen auf ihn warteten.

»Nur ein Schluck«, sagte er zu sich, nur um sofort den Kopf zu schütteln. Wenn er jetzt nachgab, würde es ausarten. Was er brauchte, war dringend frische Luft.

Er stieß einen langgezogenen Seufzer aus, dann erhob er sich. Bevor er in die Jacke schlüpfte und das Haus verließ, warf er einen letzten Blick auf das Chaos, das er hinterlassen hatte. Die kalte Winterluft, die ihn draußen empfing, weckte sofort seine Lebensgeister.

»Na los, dann wollen wir mal eine Runde drehen, um auf andere Gedanken zu kommen.«

Der Schnee knirschte unter seinen Füßen, als Mike in Richtung Wald stapfte.

Schon nach wenigen Schritten merkte er, wie sein Gedankenknäuel sich löste. Die Winterluft, diese Ruhe – er hatte die richtige Entscheidung getroffen.

Zwei Stunden später, die Sonne verschwand langsam am Horizont, kehrte er um.

Seine Finger fühlten sich steif an, als er im Licht der Taschenlampe der eigenen Fußspur zur Hütte folgte.

Eine Tasse heißen Kaffee. Danach kannst du die neuen Ideen umsetzen, sagte sich Mike, während er die Tür hinter sich schloss. Er öffnete den Reißverschluss und blieb abrupt stehen.

»Wie … Das kann … Unmöglich.«

Der Haufen vom Fußboden war verschwunden. Stattdessen lag auf seinem Schreibtisch fein säuberlich ein großer Stapel. Ungläubig stierte Mike auf das Szenario. Er war nüchtern und sich absolut sicher, dass er alles verworfen hatte, bevor er aufgebrochen war.

War er schon so durch den Wind, dass er sich nicht einmal erinnerte, wenn er schrieb? Hatte er Halluzinationen?

Verwirrt begann Mike zu lesen.

»Grandios«, entschied er nach dem letzten Satz. »Fehlt nur noch ein passender Schluss mit einer überraschenden Wendung und das Buch landet in den Top 10 der Bestseller-Charts.«

Kopfschüttelnd legte er es weg.

Fünfundvierzig Minuten und eine Tasse später, war er sich sicher, dass mit ihm etwas nicht stimmte. Noch immer erinnerte er sich nicht daran, diese Idee gehabt zu haben. Aus dem Grund hatte er alles erneut überprüft. Die Tür war abgeschlossen gewesen. Es gab keine fremden Fußabdrücke vor dem Haus. Er hatte jeden Zentimeter abgesucht, kein Geheimversteck, keine Falltür oder sonst was entdeckt.

Spielten ihm seine Nerven einen Streich?

Sobald er wieder in der Stadt war, würde er direkt einen richtigen Urlaub planen. Am besten in eines dieser Hotels, die sich auf Entziehungen spezialisiert hatten.

Und was ist, wenn dahinter mehr steckt? Ein Tumor wäre eine plausible Erklärung für deine Blackouts, mein Lieber.

Mike schluckte hart bei der Vorstellung.

»Hör auf, dich verrückt zu machen! Niemand hatte Krebs. Das ist der Stress der letzten Monate.«

Erstmal galt es, einen meisterhaften Schluss zu schreiben. Je eher er diesen fand, umso schneller bekam er Antworten auf seine Aussetzer.

»Also, wie geht es weiter«, dachte er laut. Um besser einsteigen zu können, las er den letzten Absatz. Als das nichts half, den ganzen neuen Abschnitt. Er hatte die Hälfte gelesen, da sah er es.

Plötzlich.

Nur ein einziges Wort, das er beim ersten Durchgang überlesen hatte. Eine alltägliche Äußerung, aber sämtliche Nackenhaare stellten sich auf. Sein Blick glitt über die Schulter, nur um sicherzugehen, dass er nichts übersehen hatte.

Ein Schauer erfasste ihn. Obwohl er niemanden sah, wusste er: Da war jemand – denn der Text stammte nicht aus seiner Feder. Irrtum ausgeschlossen.

Wer auch immer dieses Buch schrieb, konnte nicht ahnen, dass Mike auf keinen Fall, unter keinen Umständen das Wort *plötzlich* verwendet hätte.

Es war sein aller erster Bestseller gewesen. Als Neuling hatte er immer auf abwechslungsreiche Satzanfänge und Synonyme geachtet. Dazu gehörte auch das Wort *plötzlich.*

In jenen Tagen hatte ihn sein Lektor zur Seite genommen. Ein tyrannischer alter Mann, der jegliche Art von Widerrede hasste.

»Nur ein Dilettant greift auf dieses Wort zurück! Kein professioneller Autor würde es benutzen. Und du willst doch einer werden, oder?«

Die Standpauke hatte sich ins Gedächtnis gebrannt. Seitdem hatte er dieses Wort aus seinem Wortschatz verbannt.

Mike kämpfte gegen den dicken Kloß an. Versuchte ihn herunterzuschlucken.

Konnte er die Geschichte nutzen, wollte er wissen, wer sie schrieb, oder sollte er besser sofort die Hütte verlassen?

Seine Gedanken überschlugen sich.

Tür auf, ins Auto steigen - ab nach Hause. Eindeutig die beste Option.

Er kannte den Inhalt. Die Sätze waren so harmonisch, voller Überraschungen. Selbst mit einem schwachen Schluss aus seiner Feder würde das Buch ein Erfolg werden, wenn er keine Blockade hätte. Er wusste, dass er niemals die Frist einhalten konnte. Und eine weitere Verzögerung duldete sein Verleger nicht.

Er brauchte das vollständige Manuskript um jeden Preis. Seine einzige Möglichkeit bestand darin, eine letzte Nacht in der Einöde zu verbringen.

Die Vorstellung, dass jemand so Talentiertes hier in die Hütte gelangte – ihm half, ließ sein Herz eine Spur schneller schlagen. Das Adrenalin pumpte durch seine Adern.

Er würde bleiben, und die Möglichkeit nutzen, um mehr über den Unbekannten zu erfahren. Vor allen Dingen, warum er für Mike dieses Buch schrieb. War das eine Falle? Ein Ghostwriter, den sein Verleger bezahlte? Er musste es herausfinden, aber wie?

Die Person war schlau. Sie hinterließ keinerlei Spuren. Ohne den Wortfehler wäre Mike niemals drauf gekommen. Außerdem erschien sie nur, wenn er nicht da war oder schlief. Es gab folglich nur zwei Möglichkeiten. Und die Vorstellung, draußen in der Kälte zu verharren, gefiel ihm gar nicht.

Laut gähnend legte Mike das Manuskript zum restlichen Stapel.

»Die Bergluft macht eindeutig müde«, sagte er unüberhörbar und gähnte ein weiteres Mal demonstrativ. »Morgen ist auch noch ein Tag, um das Buch zu beenden«, fügte er hinzu. Dann rieb er sich die Augen. Im Stillen hoffte er, eine gute Show zu bieten.

Auf dem Weg zum Bett zauberte er eine volle Flasche Jack Daniel's aus seinem Rucksack. Im Stehen gönnte er sich den ersten Schluck, dann legte er sich hin. Es folgte ein weiteres Schlückchen und ein letzter kleiner. Nur, um die flatternden Nerven zu beruhigen.

Das warme Gefühl schaffte dennoch wenig Linderung. Mikes Herz raste, während er laut schluckend vorgab, als würde er die Flasche zügig leeren. Nach einiger Zeit ließ er sie neben das Bett plumpsen.

Er lauschte dem glucksenden Geräusch des Auslaufens. Ein paar Minuten, die sich wie Stunden anfühlten, begann er mit einem leisen Schnarchen, das sich bald schon steigerte.

Im Stillen lachte er darüber, denn genau dieses Brummen hatte dafür gesorgt, dass seine Frau ihn aus dem Schlafzimmer geworfen hatte. Der Anfang vom Ende.

Zwischen zwei lauten Atemgeräuschen lauschte Mike in die ansonsten lautlose Hütte. Die Zeit verging nur langsam. Und schon bald fing sein Fuß an, zu kitzeln. Es kostete ihn all seine Kraft, nicht nach dem Fuß zu greifen, um sich Linderung zu schaffen.

Eine Ewigkeit später ebbte das Kribbeln ab.

Besser fühlte sich Mike dennoch nicht. Sich schlafend zu stellen, während er gleichzeitig auf jeden winzigen Laut achtete, war anstrengender als gedacht. Zumal er nur das Rauschen seines eigenen Blutes in den Ohren hörte. Warum musste dieses verdammte Herz so rasen?

Ob die Person den veränderten Herzschlag bemerkte und deswegen nicht kam?

Beruhige dich!

Nur wie?

Just in dem Moment drang ein Rascheln an sein Ohr. Für einen winzigen Augenblick hörte Mike auf zu atmen. Er lauschte. Nichts. Kein einziger Laut.

Hatte er es sich nur eingebildet?

Bei den angespannten Nerven, wunderte es ihn nicht.

Grunzend drehte er sich auf die Seite und nahm wieder das Schnarchen auf. Ein, zwei Sekunden später, hörte er es erneut. Ein leises Rascheln. Jemand war da. Hier in dieser Hütte.

Eine Maus? Dafür war es zu laut.

Kurz darauf setzte ein Klackern ein, als würden Tasten gedrückt. Gefolgt von dem unverkennbaren Klingeln, wenn eine neue Zeile anfing. Der unbekannte Schreiberling war da. Mike hatte keinerlei Zweifel mehr.

Jetzt galt es nur nichts zu überstürzen. Obwohl jede Faser seines Körpers in Alarmbereitschaft war und regelrecht danach lechzte, aufzuspringen, beherrschte sich Mike.

In Gedanken fing er an zu zählen. Eins … Zwei … Drei …

Bei Hundert hörte er auf.

Erst dann hob er zaghaft die Lider an. Nur so wenig, dass er durch die kleinen Schlitze ein paar Schemen erkannte.

Am Schreibtisch saß jemand über die Schreibmaschine gebeugt.

Sein Verdacht hatte sich bestätigt. Er riss die Augen auf.

Das Bild blieb unverändert. Obwohl Mike jetzt deutlich sah, dass dieser jemand nicht über die Schreibmaschine gebeugt war, sondern stand. Wer auch immer es war, hatte die Größe eines Gnoms – eines stattlichen Gartenzwergs.

Er drückte auch nicht die Tasten, vielmehr tanzte und hopste er, mit dem Rücken zu Mike, über die Schreibmaschine.

Manchmal hielt er inne, schüttelte den Kopf, schien zu überlegen, ehe er nickte und doppelt so schnell über die Buchstaben hüpfte.

Die Art, wie sich der Gnom bewegte, aber auch seine geringe Größe, ließen Mikes Angst schwinden.

Er wollte Antworten. Und die bekam er nicht, wenn er im Bett liegen blieb. Langsam erhob er sich. Auf Zehenspitzen schleichend, mit angehaltenem Atem, schlich er in Richtung Schreibtisch.

Der Zwerg war so vertieft in die Arbeit, dass er Mike gar nicht bemerkte. Nicht einmal, als dieser direkt hinter ihm stand. Von seiner Position aus sah Mike auf das Papier und las Wort um Wort mit.

Der Unbekannte hatte Talent. Das ließ sich nicht leugnen.

»Das ist großartig«, kommentierte er unbewusst eine Wendung, mit der er nie im Leben gerechnet hatte.

Das Wesen zuckte bei seiner Stimme zusammen. Abrupt hielt es inne. Sein rechtes Bein schwebte sekundenlang in der Luft, ehe er es langsam absetzte.

»Oh, bitte nicht aufhören. Es tut mir leid«, entschuldigte sich Mike und suchte nach den richtigen Worten, um seine Begeisterung zu rechtfertigen. »Es war nicht meine Absicht dich zu erschrecken und schon gar nicht, dass du aufhörst. Verzeih mir die Neugier, ich …«

Weiter kam er nicht. Das Wesen versteifte sich. Seine Schultern hoben und senkten sich sichtbar schneller. Hatte es Angst? War es sauer? Was auch immer es zu der überhasteten Atmung veranlasste, war kein gutes Zeichen.

»Ich … Es tut mir leid. Ich sollte … Ich denke …«, stammelte Mike hilflos.

Er zeigte in Richtung Bett. Als ihm bewusst wurde, dass der Gnom nicht sah, wohin er deutete, fügte er hinzu. »Ich … ich lege mich wieder hin und störe Sie nicht weiter. Es tut mir wirklich leid. Und, ähmmmm, tausend Dank für Ihre Hilfe.«

Ein Zittern ging durch den Gnom, als Mike sich gerade abwenden wollte.

»Stören? Wie kommt ihr Menschen darauf, dass ihr mich stört?«, fragte das kleine Wesen mit knarrender Stimme »Es ist mir völlig egal. Was zählt ist die Geschichte.«

»Wenn das so ist«, ergriff Mike die ihm gebotene Chance, »darf ich mich setzen?«

»Daneben sitzen. Beobachten, anstatt selbst zu schreiben? Wie dumm ihr Menschen doch seid. Einfältig und berechenbar.« Ein heiseres Kichern erfüllte den Raum.

»Unfähig selber einer überragenden Idee Leben einzuhauchen. Aber stört euch diese Tatsache? Nein. Warum auch, wenn das Ergebnis stimmt. Der damit verbundene Ruhm. Sonst interessiert euch nichts. Widerlich!«

Mike öffnete den Mund, um darauf zu antworten, aber was? Im Grunde stimmte jedes einzelne Wort.

Der Gnom schien das zu spüren, denn er schüttelte den Kopf und fing daraufhin an, den alten Tanz auf der Tastatur aufzunehmen. Kein einziges Mal drehte er sich um. Mike wartete ein paar Minuten, dann schob er den Stuhl an den Rand, wo er einen besseren Blick auf das Geschriebene hatte.

Jeder Satz, nein, jedes einzelne Wort versetzte ihn ins Staunen. Hier gab es keine Fehler. Alles passte.

Nach knapp zwei Stunden erschienen die Buchstaben E N D E unter dem Text.

»Das ist das Beste, was ich je gelesen habe«, hauchte Mike und stand von seinem Sitzplatz auf. »Wie bist du nur auf all die Wendungen gekommen? Das wirkt lebendig, keineswegs künstlich oder gar langatmig. Hat dich diese Hütte inspiriert?«

»Spielt das eine Rolle, mein Lieber?«, schnarrte der Gnom. »Aber ja, ich passe Geschichten den Umgebungen an. Nur schade, dass du dazu nicht in der Lage warst. Ich finde es immer erstaunlich, was für Versagern ich am Schluss helfe. Keiner schafft es, selbstständig die Erzählung auf meinem Niveau zu beenden. Allesamt unfähig, untalentiert und aufgebraucht. Ohne mich wärt ihr aufgeschmissen.«

Ein dicker Kloß schnürte Mikes Hals zu. Er schluckte ihn herunter.

»Das ist nicht fair. Ich bin nicht untalentiert. Es ist nur ... Die Trennung von meiner Frau hat mich vollkommen aus der Bahn geworfen. Dazu die vielen Termine. Sobald ich zur Ruhe kam, habe ich angefangen zu grübeln. Versucht, alles zu verstehen. Aber du hast recht, ich war unfähig diese Geschichte zu schreiben«, gab er zu. »Und ich bin dir ehrlich dankbar. Sobald ich zu Hause bin, kippe ich den ganzen Fusel weg. Ich besorge mir einen Therapieplatz. Ich ...«

»Ich werde mich bessern. Ehrenwort?«, beendete das kleine Wesen Mikes Satz. »Das sagen sie alle. Nicht eine Ausnahme. Nur die Gründe für das Versagen unterscheiden sich. Aber soll ich dir etwas verraten? Es ist unwichtig, was du daraus lernst. Das gilt gleichfalls für die Dinge, die du gedenkst zu ändern. Weißt du warum?«

Mike schüttelte den Kopf.

»Weil du hier nicht lebend herauskommen wirst. Genauso wie der Schriftsteller aus meiner Geschichte.«

In einer fließenden Bewegung drehte sich der Gnom zu ihm um. Was zur Hölle, dachte Mike.

Vor Schreck stolperte er rückwärts. Seine Füße verhedderten sich und in der nächsten Sekunde landete er unsanft auf dem Hinterteil. Den Schmerz, wenn es überhaupt einen gab, spürte er nicht. Ein Schrei stieg tief aus ihm empor nach oben, aber seine Kehle war wie zugeschnürt. Kein Ton kam heraus.

Das was vom Tisch hüpfte, hatte nichts mit einem liebenswerten Wichtel zu tun, wie Mike es aus alten Kinderbüchern kannte. Dieser hatte blutunterlaufene Augen, die ihr Opfer nicht für einen Wimpernschlag unbeobachtet ließen. Quer übers Gesicht verlief eine wulstige Narbe. Direkt über seinen Mund, den er zu einem bösartigen Grinsen verzog. Dabei entblößte er eine Reihe kleiner scharfer Zähne.

Entsetzt keuchte Mike auf.

Damit schien der Gnom gerechnet zu haben.

»Überrascht? Soll ich Mami für dich rufen?«, witzelte er. Dabei lachte er höhnisch auf.

»Bitte ... Ich ... Ich hab Geld ... Ich ... Diese Geschichte, behalte sie! Oder ...«, krächzte Mike betäubt.

»Bares? Als wenn mich das interessiert. Und die Erzählung? Meinst du, ich schreibe, um das Manuskript in eine Schublade zu legen?« Der Zwerg warf den Kopf in den Nacken. Sein schnarrendes Lachen erfüllte den Raum.

»Egal, was du mir anbietest oder sagst. Dein Schicksal ist es, hier und heute zu sterben. Glaub mir, niemand wird dir helfen. Weißt du, warum ich das weiß? Weil du wertlos bist. Genau aus dem Grund schreibe ich. Um ein letztes Mal das Beste aus dem Namen herauszukitzeln. Aber genug geredet. Lass es uns hinter uns bringen!«

Der Gnom leckte sich genüsslich über seine spitzen Zähne.

Hatte Mike bis eben den Hauch eines Zweifels verspürt, wusste er jetzt, dass das Monster jedes Wort ernst meinte.

Gleichzeitig setzte sein Überlebenswille ein.

Auf keinen Fall sterbe ich hier in dieser Hütte. Es ist nur ein dämlicher Zwerg, oder?

Kann er zaubern? Ist er bärenstark, schnell?

Wenn er aufstand und zum Auto kam …

Etwas Hartes bohrte sich in seinen Rücken.

Mike quiekte erschrocken auf.

Gab es mehr von diesen Kreaturen?

Der Blick über die Schulter beruhigte ihn minimal. Kein Monster – nur die Wand der Hütte.

Ohne es zu merken, war er die ganze Zeit vor dem Gnom weggekrochen. Schweiß bildete sich auf seiner Stirn, lief ihm in die Augen, den Hals hinunter.

Der Zwerg sog hörbar die Luft ein und spuckte angewidert eine zähflüssige braune Masse auf den Boden. »Abartig, wie ihr Menschen stinkt.«

Erst jetzt bemerkte Mike die warme Feuchtigkeit zwischen seinen Beinen.

»Dann … dann lass mich gehen. Ich werde …«, fing er an, aber hörte auf, als der Zwerg unbeeindruckt die Arme vor der Brust verschränkte.

Worte waren zwecklos.

Es blieb nur das Auto. Aber das wartete draußen. Weit weg. Dazwischen standen ein mordlüsterner Gnom, eine verschlossene Haustür und ein Autoschlüssel, der sich in den tiefen seiner Jackentasche versteckte.

Übelkeit erfasste ihn. Galle stieg auf, die Mike mühsam herunterschluckte.

Zu viele Hindernisse, aber wenn er es nicht versuchte.

Auf drei – den Gnom umwerfen, Jacke schnappen, Tür aufschließen, zuziehen, Schlüssel suchen, zum Auto rennen. Es ist machbar.

Eins …

Das Herz in seiner Brust donnerte und schien mit einem Mal zu stolpern.

Zwei …

Jeder Schlag war eine Explosion, die ihn von innen zerriss. Dazu diese unsagbare Übelkeit. Mike versuchte, sich abzustützen, um besser aufzustehen.

Drei …

Er zitterte am ganzen Körper. Schweiß trat aus allen Poren. Sein Oberteil klebte regelrecht auf der Haut. Der Schmerz in seiner Brust nahm zu, raubte Mike die Luft. Wenn er sich nicht beruhigte, kam er nicht einmal an den Zwerg vorbei, der inzwischen direkt vor ihm stand.

Wegtreten … Aufstehen … Dieser verdammte Schmerz.

Der Wicht streckte seine Hand aus und berührte Mikes Fuß.

»Weißt du, was ich an meiner Arbeit so schätze?« Die Stimme des Gnoms drang wie durch Watte zu Mike durch.

Steh auf!

»Es gibt niemanden, der mich aufhält. Seit ich in diese Schreibmaschine verbannt wurde, ahnt nicht einmal mein Meister, dass ich weiterhin kreativ bin.« Er kicherte höhnisch. »Nichts ist befriedigender, als ein Buch zu schreiben – basierend auf einem echten Mord.«

Die Worte des Gnoms hallten ihm im Kopf nach. Gleichzeitig verkrampfte sich etwas in seiner Brust.

Ich muss … fliehen, dachte Mike. Will … nicht … sterben.

Wäre nur nicht der Schmerz, der überall hin ausstrahlte. Bis in die Schläfen.

Eine unbeschreibliche Welle der Übelkeit übermannte ihn. Er schnappte verzweifelt nach Luft, aber diese unsagbare Qual in seiner Brust machte es fast unmöglich.

Die Lippen des Gnoms bewegten sich. Doch das einzige was er hörte, war das Rauschen vom Blut.

Mike veränderte die Position, um den Schmerz auszuweichen, zu verlagern. Nichts half.

»Bitte«, brachte er mit allerletzter Kraft hervor, bevor ihn ein dunkler Nebel einhüllte und mit sich in die Tiefe zog.

»Mike? Mike, hören Sie mich? … Nichts! Brechen Sie endlich die verdammte Tür auf!«, befahl der Verleger dem Polizisten. »Wir hatten abgesprochen, dass er Montag zurückkommt. Jetzt haben wir Sonntag, sein Auto steht hier in der Auffahrt. Worauf warten Sie noch?«

Mit einem lauten Knack brach die Tür aus dem Schloss.

Eine Mischung aus abgestandener Luft, billigen Fusel und einer süßlichen Note entwich aus dem schmalen Spalt, der sich gebildet hatte.

Der Polizist schaute den Verleger an, zog seine Waffe. Dann trat er ein. Keine Sekunde später lief er würgend wieder ins Freie.

»Was ist denn los?«, fragte der Verleger, obwohl er die Antwort kannte. Mit Mühe und Not gelang es ihm, ein ernstes Gesicht aufzusetzen. Damit niemand sein Grinsen bemerkte, hielt er sich ein Taschentuch vor den Mund.

Mike lag an die Wand gelehnt. Die Gesichtszüge schmerzverzerrt. Um ihn herum überall leere Flaschen - den Etiketten nach alles Hochprozentiges.

»Oh mein Gott«, keuchte der Verleger mit gespielten Entsetzen. »Ist er … ist er tot?«, rief er den Polizisten zu.

»Natürlich bist du es, mein Lieber«, flüsterte er in Mikes Richtung. »Ein anderes Ergebnis hätte mich ehrlicherweise enttäuscht.«

Er schaute sich um, als er die Schreibmaschine entdeckte.

Da lag es.

Fein säuberlich aufgestapelt.

Das fertige Manuskript.

Liebevoll strich er über die Tasten.

»Gut gemacht«, flüsterte er und lächelte dabei zufrieden in sein Tuch.

Niemand besaß Kenntnis, woher die Schreibmaschine kam oder wer diesen Zwerg dort eingesperrt hatte. Geschweige denn, warum. Er wusste nur, dass sein Ur-Ur-Großvater sie im Jahre 1870 für ganze drei Dollar erwarb.

Seitdem leistete das Wesen dort drin zuverlässige Arbeit. Wann immer ein Autor seinen Vertrag nicht erfüllen konnte - Ausreden erfand, kam die Schreibmaschine zum Einsatz. Auf sie war verlass.

»Das hast du wirklich gut gemacht, Carienry«, lobte er mit gedämpfter Stimme das Wesen erneut. »Es war an der Zeit diesen trinkenden Nichtsnutz loszuwerden. Mike war so vielversprechend, talentiert. Aber die Scheidung … Dabei hat seine Frau sogar mich rangelassen, wenn er zu beschäftigt war.« Die Erinnerung entlockte ihm ein Lächeln. »Das war eindeutig das erste und letzte Mal, dass ich einen Autor für ganze fünf Bücher an mich binde. Zwei reichen vollkommen aus. Danach kann man immer noch weitersehen, was Carienry?«

Er lachte leise, was für Außenstehende leicht als Schluchzen durchging. »Aber keine Sorge, auf dich wartet schon die nächste Pfeife.«

Aus der Tiefe der Schreibmaschine ertönte ein zustimmendes Lachen, gefolgt von einem knarrenden: »Ich kann es kaum erwarten. Wann lerne ich die neue Niete kennen?«

»Bald. So wie die Sache hier vom Tisch ist.« Damit drehte sich der Verleger um, schwankte nach draußen.

»Ich habe ihm in der letzten Zeit immer gesagt: Mike, du übertreibst es. Du säufst dich sonst am Ende zu Tode. Aber er hat stets gelacht und betont, er recherchiere. Hätte ich doch nur früher nach ihm geschaut. Ihn gar nicht alleine in die Berge fahren lassen. Grundlegende Details für sein neues Werk prüfen.« Der Verleger sah den Polizisten an. »Wissen Sie, wie der Titel lautet?«

Eine gequälte Träne lief ihm die Wange hinunter. Der Polizist schüttelte mit einer Spur aus Mitleid und Neugier den Kopf.

»Tödliche Schreibblockade. Es geht um einen Schriftsteller, dem es an neuen Ideen mangelt. Er findet auf einem Flohmarkt eine alte Schreibmaschine. Sie ist von einem Dschinn oder so etwas ähnlichem besessen. Das Wesen hilft dem Schriftsteller, bis letzten Endes das perfekte Buch herauskommt. Was er nicht weiß, der Lohn dafür ist sein Tod.«

Er legt eine kunstvolle Pause ein. »Und nun stirbt Mike alleine in dieser Hütte. Meinen Sie …«

Der Polizist schüttelte den Kopf. »Quatsch, ich bin zwar ein großer Fan des klassischen Horrors, aber eine besessene Schreibmaschine? Eine brauchbare Idee, allerdings fernab jeglicher Realität.«

Der Verleger schüttelte den Kopf. »In solchen Momenten bevorzuge ich das geblümte Leben. Oder meinen Sie, ein Buch verkauft sich, weil der Autor die Figur keinen tragischen Tod sterben lässt, sondern sie sich am Ende nur zu Tode säuft und höchstwahrscheinlich an ihrem Erbrochenen erstickt?«

Er nickte dem Polizisten zu, während er sich auf den Weg zu seinem Auto machte. Bald, sehr bald, würden sich die Leser über Mikes letztes Buch die Mäuler zerreißen. Er konnte es kaum erwarten.

Trautes Heim, Glück allein?

Kim Rylee

Susan Calamity konnte ihr Glück kaum fassen. Das Lächeln in ihrem Gesicht verbreiterte sich mit jeder Sekunde, während sie vor ihm stand: groß, aber nicht zu groß. Stattlich, mit viel Charme. Und was ihr ganz wichtig war: geistlos.

Der Zufall spielte Susan in die Hände, als sie das entlegene Haus entdeckte. Ein geplatzter Reifen zwang sie zu einem außerplanmäßigen Halt in der Swepy Road. Ihr alter Chevy ›Bel Air‹ besaß keinen Wagenheber. Den hatte sich Nathan, ihr geschiedener Mann, ‚ausgeliehen'. Obwohl Susan ihren Ex-Mann mehrmals dazu aufgefordert hatte, alles Geliehene zurückzubringen, ließ Nathan sich nicht dazu bewegen. Er verbrachte die Zeit lieber mit seiner neuen ›Flamme‹.

Um sich den teuren Pannendienst zu ersparen, marschierte Susan die Straße entlang. Vielleicht würde sich unterwegs jemand finden, der ihr zur Hand gehen konnte.

Da nach fünf Minuten noch immer kein Auto vorbeifuhr, machte Susan sich auf den Weg zurück zum Chevy. Keine fünfhundert Meter von ihrem Wagen entfernt, bemerkte sie auf der gegenüberliegenden Straße einen Schotterweg. Mächtige Eichen säumten beide Seiten des Weges, deren verzweigte Baumkronen kühlen Schatten spendeten. Graues Louisiana-Moos bedeckte die knorrigen Äste. Die meterlang herabhängenden Triebe bildeten einen Vorhang, sodass ihr der Weg nicht sofort aufgefallen war. Er glich dem Zugang zu einem dunklen Loch, das alles andere als einladend wirkte.

»Ich werde es auf einen Versuch ankommen lassen.« Bevor sie es sich anders überlegen konnte, bog sie in den verwilderten Weg ab.

»Als würde man sich in einem verwunschenen Wald befinden«, sprach sie sich selbst Mut zu. Susan wusste, dass es Unsinn war. Und dennoch ... das mulmige Gefühl im Bauch begleitete sie einen Teil des Weges. Nur vereinzelt traf durch das löchrige Blätterdach ein Sonnenstrahl auf den sandigen Boden und spendete etwas Licht.

Am Ende des Weges entdeckte sie das Haus, erbaut im französischen Kolonialstil. Es ähnelte sehr denen im French Quarter. Kunstvoll geschwungene Stahlstreben, die den Balkon zierten, erstreckten sich über die gesamte Breite des ersten Stocks. Es schien unbewohnt, sodass sie einen Seufzer ausstieß. Dennoch, etwas an diesem Gebäude bewirkte, dass Susans Fantasie aufblühte. Die junge Frau konnte sich nicht erklären, was dieses Gefühl der inneren Zufriedenheit in ihr entfachte. Unerwartet dachte sie an die Top-10-Liste, die sie verfasst hatte, nachdem Nathan sie so schändlich hintergangen hatte.

Die Tinte auf dem Scheidungspapier war noch nicht trocken, da hatte Susan bereits den Entschluss gefasst, sich ein eigenes Häuschen zu kaufen. Dieser Punkt stand ganz oben auf der Liste. Sie wollte einen Neuanfang für sich selbst. Zudem endete ihr Homesitting in einer Woche, sodass sie demnächst aus der Wohnung ausziehen musste. Sollte sie das Glück haben, diesen Traum jetzt zu verwirklichen, wäre sie ihrer Ziellinie ein Stückchen näher gekommen.

»Der Zeitpunkt ist perfekt, sich über ein eigenes Haus Gedanken zu machen. Die Immobilienpreise befinden sich momentan auf einem Tiefpunkt. Das sollte ich ausnutzen«, sagte sie zu sich selbst.

Sie hatte bereits die Hälfte der Auffahrt hinter sich gelassen, als das Gebäude in seiner Gesamtheit vor ihr aufragte. Das Haus war äußerlich in die Jahre gekommen, doch mit einem neuen Anstrich würde der alte Charme wiedererweckt werden können.

Abrupt blieb Susan stehen, als sie aus den Augenwinkeln etwas bemerkte. Sie spürte ihr Herz heftig in der Brust schlagen.

»Seltsam? Wie konnte ich das übersehen?«, fragte sie sich.

Das lag wohl daran, dass ihre gesamte Aufmerksamkeit eher dem Gebäude galt, sowie dem Umstand, jemanden zu finden, der ihr aus der Patsche helfen konnte. Doch da stand es im Schatten einer uralten

Sumpfeibe, die auf dem Rasen neben der Auffahrt wuchs. Auf dem Schild stand:

ZU VERKAUFEN
GARANTIERT OHNE GEIST!

In kleineren Buchstaben darunter der Name der Maklerin, Marie Arnaqueuse, sowie eine Handynummer.

In New Orleans ein Haus zu finden, das nicht von einem Geist besessen war, hatte sich als besonders schwierig erwiesen.

Nachdem der Wirbelsturm Katrina 2005 über die Stadt des Jazz hinweggefegt war, hinterließ er ein Schlachtfeld der Verwüstung. Der Hurrikan machte nicht einmal vor dem Saint Louis Cemetery Halt, der bis dahin als einer der schönsten Friedhöfe gegolten hatte. Die Flut zerstörte über die Hälfte der letzten Ruhestätten, auch die prächtigen Gräber. Viele Seelen verloren ihre letzte Unterkunft und mussten sich eine neue Bleibe suchen. Ein Großteil nistete sich ungeniert in den Häusern der Bürger ein.

Seither hatten Voodoo-Priester Hochkonjunktur, konnten jedoch nicht jede Wohnung von den Plagegeistern befreien.

Deshalb zögerte Susan Calamity keine Sekunde. Sie zog das Handy hervor und wählte die Nummer auf dem Schild, um einen Termin auszumachen. Fortuna schien ihr gewogen, denn die Maklerin wollte sich sofort auf den Weg machen. Neben einem guten Preis für das Haus, hoffte Susan auch auf Hilfe bei der Reifenpanne.

Eine Viertelstunde später traf die Immobilienhändlerin ein.

Mit ihrem zerknitterten grauen Rock aus Baumwolle, einer viel zu eng sitzende Bluse in grellem Pink, die sich über ihren üppigen Busen spannte, dazu bunt geblümte Pantoffeln und zerzaustes kurzes Haar, war Marie Arnaqueuse das Gegenteil von dem, was Susan unter einer Maklerin verstand.

»Mrs. Arnaqueuse«

»Miss Arnaqueuse«, verbesserte die Maklerin, eine Frau haitianischer Herkunft, welche die 50 bei weitem überschritten hatte. Ihre helle Stimme mit dem stark französischen Akzent wollte so gar nicht zu ihrer Leibesfülle passen.

»Miss Arnaqueuse«, lächelte Susan verlegen. »Ich weiß, ich hatte Ihnen die Frage bereits bei unserem Telefonat gestellt … Doch ich kann es noch immer nicht glauben. Sie sind sich absolut sicher, dass es in diesem Haus *keine* Geister gibt?«

Die ergrauten Brauen der Maklerin schossen hoch, ihre Augäpfel lugten hervor, sodass ihr Gesicht einen grotesken Ausdruck bekam.

Unweigerlich musste Susan schlucken.

»Ich versichere Ihnen, Mrs. Calamity, hier hat sich bisher noch nie ein Gespenst niedergelassen.« Ein Schulterzucken unterstrich die Worte der Maklerin. »Das Haus ist viel zu abgelegen, sodass die Wesen es wohl übersehen haben.«

Ohne ersichtlichen Grund bereitete Susan das verschmitzte Lächeln von Miss Arnaqueuse Unbehagen. Bevor das Gefühl drohte, sich in ihr auszubreiten, fuhr die Maklerin fort.

»Neben meiner Tätigkeit als Immobilienmaklerin bin ich Voodoo-Priesterin. Bevor ich ein Haus anbiete, wird es von mir noch einmal gründlich gesäubert und …«, ihr erhobener Zeigefinger schnellte nach oben, »erhält einen Schutzzauber. Das ist ein besonderer Service von mir.« Der Ausdruck um ihre Augen wurde weicher. »Aber wieso fragen Sie? Haben Sie einen Hausgeist, der sie belästigt?« Miss Arnaqueuse schien leicht erregt, als wittere sie ein weiteres Geschäft. Geistervertreibungen waren in letzter Zeit weniger angesagt, da viele Besitzer sich mit den eingenisteten Spukgestalten arrangiert hatten.

»Leider«, stöhnte Susan. »Ashley ist ein richtiges Biest. Als ich des Nachts verschlafen in die Küche ging, um mir etwas aus dem Kühlschrank zu holen, ließ sie nichts unversucht, mich aus ›ihrem Territorium‹, wie sie es immer nannte, zu vertreiben. Stellen Sie sich vor, einmal hat sie sogar eine Bratpfanne nach mir geworfen.«

»Oh«, platzte es aus Miss Arnaqueuse heraus. »Wurden Sie verletzt? Mussten Sie danach in ein Krankenhaus?«

»Nur mein Stolz wurde verletzt«, winkte Susan mit deprimierter Miene ab. Die Maklerin nickte verständnisvoll.

»Kommen Sie, Mrs. Calamity. Sehen wir uns das Haus von innen an.« Mit ihrem ausladenden Hinterteil wackelte die Voodoo-Priesterin voraus. »Bitte.« Die Maklerin trat einen Schritt zur Seite, um ihrer potentiellen Käuferin den Vortritt zu lassen. »Nach Ihnen.«

»Ich habe die Nase gestrichen voll, Miss Arnaqueuse.« Susan, noch immer leicht verärgert über den damaligen Vorfall, trat in das Haus.

»Wissen Sie, Ashley hatte sehr viel für Nathan übrig.« Sie schluckte trocken. *Und Nathan ebenfalls für Ashley.* Das Bild in Susans Erinnerung vervollständigte sich. »Als ich sah, wie Ashley die Bettdecke langsam von Nathan herunterzog …« Angeekelt verzog Susan die Mundwinkel.

»Gehen wir doch zuerst in die Küche«, unterbrach die Maklerin, um Susans Aufmerksamkeit wieder auf den Hauskauf zu lenken. Miss Arnaqueuse schien nicht klar zu sein, dass sie mit diesem Raum einen Nerv bei ihrer Kundin getroffen hatte.

»Ich wollte mich nicht mehr von Ashley terrorisieren …«, fuhr Susan mit ihrer Tirade fort, »… und aus meiner Küche vertreiben lassen.« Dem Wort *meiner* mischte Susan eine besondere Betonung bei.

Die Voodoo-Priesterin zuckte zusammen. Dieser unüberlegte Vorschlag konnte den Verkauf zunichtemachen. Rasch überlegte sie, wie sich das Blatt doch noch zum Guten für sie wenden konnte.

»Dieses Haus ist wie für Sie gemacht, Mrs. Calamity. Davon bin ich überzeugt. Kommen Sie, schauen wir uns die anderen Räumlichkeiten an.«

Nachdem die Besichtigung vollzogen war, wusste Marie Arnaqueuse, dieses Haus würde schon sehr bald in einen neuen Besitz übergehen.

Kaum hatte Susan die Haustür zum neuen Eigenheim geöffnet, lief ihr ein Schauder den Rücken hinunter, obwohl es draußen warm und schwül war. Das Gefühl, jemand hätte ihr in den Nacken geblasen, ließ sie frösteln.

»Wieso liegt dieses schäbige Ding noch hier? Vermutlich hat die Umzugsfirma ihn liegengelassen, um den Boden nicht zu beschädigen.« Mit einem beherzten Wurf landete der verschlissene Vorleger im Garten.

»Morgen geht der in den Müll«, entschied sie, während sie den Staub von ihren Handflächen rieb.

Zu ihrer Zufriedenheit waren die Möbel im Wohnzimmer so platziert worden, wie sie es angeordnet hatte. Susan befreite ihren Pferdeschwanz vom Haargummi, fuhr sich mit den Händen durch das blonde Haar.

»Die Spediteure haben wohl bereits die Klimaanlage eingeschaltet. Wie umsichtig von ihnen«, freute sich die neue Eigenheimbesitzerin. Sie schaute sich genauer im Erdgeschoss um, inspizierte jeden Raum.

Auf die modern eingerichtete neue Küche freute Susan sich besonders. Sie zog an der Besteckschublade. Noch gähnte der Besteckkasten vor Leere, doch schon bald würde er seinem Zweck nachkommen.

»Sehr schön. Und morgen kaufe ich mir Besteck sowie einen Satz Küchenmesser.« Ihr Blick fiel auf die drei Kartons auf dem gefliesten Boden neben dem Küchentresen, auf denen ›Küchenutensilien‹ mit einem dicken Filzstift geschrieben stand. Susan gab der Lade einen seichten Schubs mit dem Finger. Wie von Geisterhand schwebte die Schublade lautlos an ihren Platz zurück.

»Endlich bin ich Ashley los!« Susans Herz machte einen Luftsprung.

»Kein Geist, der die Schranktüren zuschlägt, dass es sie fast aus den Angeln hebt. Keine Schubladen, aus denen das Besteck geschleudert wird.« Vor Freude tänzelte sie um den Tresen herum, bis sie vor dem Kühlschrank stoppte.

»Das muss gefeiert werden.«

Sie öffnete die Kühlschranktür, um eine Flasche herauszuholen. Darin befand sich noch ein Rest Rotwein, ein Überbleibsel der Renovierungsarbeiten.

»Wo habe ich denn die Gläser …?« Stirnrunzelnd schaute sie in die Küchenschränke, doch nirgends konnte sie ein Glas finden. »Hm. Vermutlich in einem der Umzugskartons. Dann ist es jetzt wohl an der Zeit, den Inhalt zu inspizieren und einzuräumen«, bemerkte sie voller Tatendrang. Susan schaute in jeden Umzugskarton, in jede Box, doch Gläser fand sie keine.

»Seltsam. Ich weiß, dass ich die sensiblen Sachen extra gut verpackt hatte. Der Karton fehlt!« Die Vorstellung, Ashley hätte ihr einen Streich gespielt, und den Karton versteckt, oder schlimmer – den Inhalt zerstört – ließ Susan die Nackenhaare in die Höhe steigen. Da sie keinen Schlüssel mehr für die alte Wohnung besaß, musste sich sich anderweitig helfen. Sofort griff Susan zum Handy, um den Verantwortlichen anzurufen.

»Mrs. Calamity, es tut mir unendlich leid. Ich verspreche, sobald der Karton aufgefunden wurde, werden wir ihn umgehend an Sie ausliefern.«

»Ich danke Ihnen, Mister Walker. Wissen Sie, diese Gläser bedeuten mir sehr viel«, entgegnete Susan mit Nachdruck.

»In diesem Fall schicke ich sofort einen meiner Mitarbeiter zu Ihrer alten Wohnung. Er wird sich dort noch einmal umsehen.«

Doch so lange wollte Susan nicht warten. Schließlich dämmerte es bereits. Sie sehnte sich nach ihrem ersten Abend bei einem unterhaltsamen Fernsehprogramm in ihrem eigenen Haus entgegen.

»Dann eben aus der Tasse«, entschied sie mit einem Schulterzucken. Sie holte eine Teetasse aus zartem Chinaporzellan heraus. Dahinein goss sie den Wein. Die dunkelrote Farbe wirkte wie Blut in dem schummrigen Licht der Lampe über dem Küchentresen. Susan setzte sich auf den neuen Barhocker und stützte die Ellenbogen auf der modernen Kunststeinplatte des Tresens ab. Beherzt nahm sie einen Schluck aus der Tasse.

»Pfui. Der schmeckt ja wie Essig!« Angewidert verzog sie das Gesicht.

»Am Wochenende war mit dem Wein doch noch alles in Ordnung.« Sofort landete der Rest im Ausguss. Der Blick in den Kühlschrank sowie in die Vorratskammer verriet, dass sich keine weitere Flasche Wein im Haus befand.

Ihre gute Laune sank sprichwörtlich in den Keller.

»Dann werde ich meinen Einzug wohl mit Limonade feiern müssen.«

Um 23 Uhr beschloss Susan, schlafen zu gehen.

Die Renovierungen im ersten Stock dauerten noch an, sodass sie ihr Schlafzimmer vorübergehend im zukünftigen Gästezimmer eingerichtet hatte. Die Sanierung sollte nach ihren Wünschen geschehen. Die Innenausstattung musste modern sein, denn sie wollte nicht auf den Luxus bequemen Mobiliars verzichten, die Außenansicht behielt den Charme des Kolonialstils, ähnlich den Gebäuden, welche die Altstadt von New Orleans prägten. Mit einem Lächeln auf den Lippen schlief Susan ein. Sie freute sich darauf, am nächsten Morgen ihren ersten Tee im eigenen Heim zu genießen.

Der Wecker klingelte um 7 Uhr.

Susan gähnte, ließ jedoch das Licht aus, während sie sich durch das Wohnzimmer zum Bad begab.

Früchtetraum- oder doch lieber einen belebenden Pfefferminztee?, schwirrte ihr durch den Kopf, als sie eine erfrischende Dusche nahm.

Während Susan sich mit dem Handtuch abtrocknete, fiel ihr Blick in den Spiegel. Ihre Stirn legte sich in Falten. Das Spiegelbild gab nur einen Teil des Wohnzimmers preis. Dennoch meinte sie, einen Fremdkörper entdeckt zu haben. Ihr Puls beschleunigte sich spürbar, als sie ein altes, braunes Möbelstück erblickte. Sofort schlang sie das Badetuch um den Körper, eilte ins Wohnzimmer und schaltete das Licht an.

Fassungslos stand sie da, glaubte zu träumen. Mit beiden Fäusten rieb sie sich die Augen, doch das, was sie vor sich sah, wirkte real. Um einen Schrei zu unterbinden, schlug sie die Hand vor den Mund.

»Ashley?« Susans Stimme bebte vor Angst.

»Ashley? B-b-bist du hier?« Für einige Minuten stand Susan wie versteinert da, den Blick fest auf das Sofa geheftet. Sie fröstelte. Gänsehaut bedeckte ihre nackten Arme. »Wenn das deine Art von Humor ist … das ist nicht angebracht.«

Das Sofa hatte nichts mehr von dem modernen Möbelstück, das sie gekauft hatte, sondern war einem klobigen Barocksitzmöbel im Landhausstil mit verschlissenen braunen Sitzkissen sowie zerkratzten hölzernen Armlehnen gewichen.

»Das kann nicht sein?«, hauchte sie voller Entsetzen. Es kam einer Eingebung gleich, als Susan sich daran erinnerte, wo sie dieses Sofa bereits gesehen hatte.

In diesem, in *ihrem* Haus! Während ihres Besichtigungstermins stand das unansehnliche Möbelstück genau an der Stelle, an der es jetzt einen Großteil des Raumes einnahm. Susan erinnerte sich, wie sie der Maklerin erzählt hatte, dass sie keines dieser unmodernen Teile behalten wollte, sondern alles Mobiliar auf dem Müll entsorgen würde.

›Alte Möbelstücke sind wie guter Wein. Mit den Jahren werden sie immer wertvoller. Sie sollten es sich gut überlegen, Mrs. Calamity‹, war Marie Aranqueuses Bemerkung darauf gewesen.

Doch Susan hatte dem keine Beachtung geschenkt. Abrupt wirbelte sie herum. Erleichtert stellte sie fest, dass alle anderen Möbelstücke noch die waren, die sie eigens für das neue Heim gekauft hatte. Nur dieses hässliche Sofa wollte jetzt gar nicht mehr zum Rest der Einrichtung passen. Ihr Griff ging zum Handy auf dem Sofatisch.

»Miss Arnaqueuse«, rief sie ins Telefon, als sich die helle Stimme mit einem »Allo?« meldete.

»Sie sagten doch, in diesem Haus gibt es keine Geister!«

»Nun beruhigen Sie sich erst einmal, Mrs. Calamity. Was ist denn geschehen?«

»Mein neues Sofa hat sich in ein altes Sitzmöbel verwandelt.«

Kurz wurde es ruhig.

»Das kann nicht sein.« Marie Arnaqueuse stieß einmal laut den Atem aus. »Mein Schutzzauber wirkt sieben Jahre«, entgegnete die Priesterin mit einem Eifer in der Stimme, der Susan eine Lügnerin strafte.

»Kommen Sie vorbei. Überzeugen Sie sich selbst!«

Marie Arnaqueuse kam der Aufforderung umgehend nach. Um Susan zu beruhigen, belegte sie das Haus mit weiteren Zaubersprüchen.

»Das wär's dann.« Ihr dicker Zeigefinger wanderte zu ihren wulstigen neonpink geschminkten Lippen. »Ich habe alle Räume noch einmal überprüft.« Vehement schüttelte sie den Kopf. »Es ist definitiv kein Geist in diesem Haus auszumachen.«

»Und Sie haben wirklich *jedes* Zimmer untersucht?« Über Susans Nasenrücken bildete sich eine Falte.

»Natürlich. Halten Sie mich für einen Scharlatan?« Ohne auf eine Antwort zu warten, rauschte die Maklerin aus dem Haus.

Susan starrte der Voodoo-Priesterin hinterher. Erst als sie das Zuschlagen der Haustür hörte, löste sie sich aus der Erstarrung. Sie eilte zum Fenster und beobachtete, wie Marie Arnaquese zur Sumpfeibe in der Auffahrt sprach.

»Diese Frau ist total verrückt. Die sollte sich professionelle Hilfe holen.« Ohne weitere Zeit zu verschwenden, rief sie zwei Arbeitskollegen an, die ihr helfen sollten, das unansehnliche Möbelstück aus der Wohnung zu schaffen.

Kurz nach dem Frühstück kamen ihre Arbeitskollegen Tom und Jim vorbei.

»Weshalb hast du dir denn kein passendes Sofa zum Rest deiner Einrichtung gegönnt?«, stichelte Jim, ein Mann Mitte Vierzig, dessen Vollbart weiße Strähnen durchzogen. Seine Körperfülle zeugte vom vielen fettigen Essen, wie es in Louisiana in jedem Restaurant mit lokaler Küche serviert wurde.

»Das ist nicht lustig«, entgegnete Susan gereizt.

»Ist ja schon gut. Hier.« Jim reichte ihr eine Flasche Wein zur Versöhnung. »Viel Glück mit deinem neuen Heim.«

»Oh.« Verlegen blickte Susan auf den Boden. »Danke. Und entschuldige, dass ich eben so harsch zu dir gewesen bin.«

»Nette Hütte hast du hier.« Tom, Ende Zwanzig, betrat Kaugummi kauend das Wohnzimmer, nachdem er den Rundgang durch das Haus beendet hatte. Seine feuerroten Locken standen in sämtliche

Himmelsrichtungen ab. »Meine Schwester und ihr Mann sind auch auf der Suche nach solch einem Haus. Kannst mir ja mal die Nummer deiner Maklerin geben.«

»Das mache ich gern, sobald dieses scheußliche Teil aus dem Wohnzimmer verschwunden ist«, entgegnete Susan mit zuckersüßer Stimme.

Unter übermenschlichen Anstrengungen landete das Sofa im Garten.

»Ich habe einen Freund, der beim Antiquariat arbeitet.« Jim reichte Susan eine Visitenkarte. »Ruf Victor doch Montag mal an. Vielleicht kann er mit dem Schmuckstück etwas anfangen.«

»Schmuckstück«, schnaubte Susan.

»Wer weiß«, entgegnete Jim achselzuckend. »Ich selbst kenne mich nicht aus. Doch Victor erzählte mir einmal, dass man mit alten Möbeln Geld verdienen könnte.«

»Bestimmt nicht mit diesem verbrauchten Stück. Aber danke.« Susan nahm die Visitenkarte. »Übrigens, demnächst veranstalte ich eine Einweihungsparty. Ihr seid natürlich eingeladen«, verabschiedete sie ihre Kollegen.

»Jetzt benötige ich dringend ein Glas Wein. Besser noch, eine ganze Flasche.« Susan freute sich über die Flasche kalifornischen Rotwein, die ihr Jim mitgebracht hatte. Diesmal verzichtete sie auf das Glas. Stattdessen nahm sie gleich direkt einen kräftigen Schluck, als wäre es Wasser. Dabei überlegte sie ihre nächsten Schritte.

Wenigstens scheint diese Schikane nicht von Ashley herzurühren. Eigentlich sollte dieser Gedanke sie beruhigen, nur ließen es die Umstände nicht zu. Susans Gefühlswelt glich einem Tornado. Sie setzte sich auf den Sessel und fiel in einen unruhigen Schlaf.

Als Susan am kommenden Morgen erwachte, glaubte sie, dem Wahnsinn verfallen zu sein.

»Wie … wie … was?« Nur mühsam kamen Wortfetzen über ihre Lippen.

Sie rannte ins Bad. Als der Wasserstrahl seine niedrigste Temperatur erreicht hatte, spritzte sie sich unentwegt die kühle Flüssigkeit ins Gesicht. Erst als sie ihr erhitztes Gemüt heruntergekühlt hatte, ging sie zurück ins Wohnzimmer. Vorsichtig näherte sie sich dem Glastisch, bis sie wortlos davor stehenblieb. Susan konnte das Pochen ihres Herzschlags förmlich hören.

Das alte Sofa stand wieder an seinem Platz.

»Hier gibt es doch einen Geist«, fiel es ihr wie Schuppen von den Augen. »Warte. Dir werde ich es zeigen!«

Panisch rannte sie hinaus zum Geräteschuppen. Zurück im Wohnzimmer schwang sie die Axt, mit der sie unentwegt auf das Sofa einschlug, bis Holzsplitter und Stofffetzen durch das Zimmer flogen. Sie hörte erst auf, nachdem sie das Sofa zu Kleinholz verarbeitet und alles neben der Einfahrt aufgetürmt hatte. Danach holte sie eine Flasche Grillanzünder. Eifrig schüttete sie die Flüssigkeit über den Müllhaufen. Mit einem Siegeslächeln im Gesicht zog sie ein Stabfeuerzeug aus ihrer Jeans.

»Jetzt ist endlich Schluss damit. Du wirst mir nicht mehr das Leben zur Hölle machen.« In gebührendem Abstand schaute Susan einige Minuten zu wie hungrige Flammen das ungeliebte Möbelstück verzehrten.

»Damit habe ich das eine Problem endgültig aus der Welt geschafft. Jetzt ziehe ich einen weiteren Voodoo-Priester zu Rate. Vielleicht schafft er es, diesen unsichtbaren Quälgeist zu vertreiben, wozu diese Maklerin nicht in der Lage war.«

Mister Moabid war ein hagerer Mann um die vierzig mit grauen Schläfen. Mit nacktem Oberkörper begab er sich auf Geistersuche. In unregelmäßigen Abständen gab der Voodoo-Priester grunzende Laute von sich, während er mit Rauchbomben in jedem Zimmer grünen Rauch entstehen ließ. Beißender Gestank verteilte sich im gesamten Haus, der Susan Tränen in die Augen trieb.

Sie begab sich auf die Veranda, um das Ergebnis dort abzuwarten.

Nach zwanzig Minuten war Mister Moabid fertig.

»Mrs. Calamity?«

»Ich bin draußen, Mr. Moabid. Haben Sie den Geist gefunden und vertreiben können?« Er schaute sie aus schmalen grauen Augen an.

»Ich habe jeden Raum abgesucht. Hier gibt es keinen Geist«, beantwortete er ihre Frage im starken Südstaatenakzent. »Ich wünschte, ich könnte Ihnen eine bessere Nachricht überbringen, doch meine Anwesenheit wäre nicht vonnöten gewesen.«

»Aber wie erklären Sie sich dann, dass dieses Sofa …«, Susans Finger zeigte anklagend auf den rauchenden Aschehaufen in ihrer Einfahrt,

»… am nächsten Morgen wieder im Wohnzimmer stand, obwohl ich es nach draußen gebracht hatte?«

»Dazu kann ich leider nichts sagen. Ich weiß nur, in diesem Haus wohnt kein Gespenst.«

»Das verstehe ich nicht«, entgegnete sie entgeistert.

»Allerdings spüre ich eine Kraft, die dieses Haus ausstrahlt. Das könnte aber auch an der Wasserader liegen, die unter diesem Grundstück verläuft. Wasser hat eine unbändige Kraft. Es gibt Menschen, die sehr sensibel darauf reagieren.«

»Sie meinen, es gibt hier einen Wassergeist?«

»Nein.« Er schüttelte überzeugt den Kopf. »Den hätte ich entdeckt. Ein Houngan kann Ihnen hierbei nicht helfen«, sprach er seinen Gedanken laut aus. »Vielleicht sollten Sie einen Schamanen aufsuchen.«

Mr. Moabid übergab Susan eine handgeschriebene Rechnung, die sie schweigend entgegennahm.

»Einen Schamanen«, murmelte sie. Susan kam eine Sendung über Afrika in den Sinn, die vor gar nicht all zu langer Zeit auf einem Kabelkanal lief. Der Stamm hatte einen Schamanen, der versuchte, mit den Toten in Kontakt zu treten.

Der Voodoo-Priester schien ihre Skepsis zu bemerken. Er sagte: »Ich kann ja noch einmal die Asche untersuchen.«

Susans Miene erhellte sich.

Doch auch hier fiel das Ergebnis negativ aus. Ihr Dasein im ersten Eigenheim hatte Susan sich anders vorgestellt.

Der Tag hatte seine Spuren hinterlassen. Erschöpft sank Susan in den Sessel, schnappte sich die Fernbedienung, um den Fernseher anzuschalten.

Werbung. Nächster Kanal. Wieder Werbung.

Plötzlich stäubten sich ihre Nackenhaare, als das Gesicht der Maklerin auf dem Bildschirm auftauchte.

»Betrügerin!«, schleuderte Susan dem Fernseher entgegen, obwohl sie wusste, dass Miss Arnaqueuse sie nicht verstand. Es war schließlich ›nur‹ Werbung.

»… mit Garantie!«, waren die letzten Worte der Voodoo-Priesterin, bevor der Werbespot ausgeblendet wurde.

»Pfft. Deine Garantie kannst du dir sonst wo hin stecken«, murrte Susan und nahm einen kräftigen Schluck aus der Weinflasche. Trotz der Anstrengung würde sie nicht schlafen können. Also setzte sie sich an ihren Laptop, um zu recherchieren.

Tief in der Nacht entdeckte sie einen Artikel. Damit sie den vollständigen Bericht lesen konnte, musste sie sich erst einmal auf der Seite ›key-to-the-hole‹ registrieren. Seufzend lehnte sich Susan in den Sessel zurück.

»Ein Portal für Voodoo-Priester?« Ungläubig schüttelte sie den Kopf. Ihr Kursor klickte auf den erstbesten Beitrag.

»Um einen Geist in die Flasche zu sperren, ist es wichtig, den Bannspruch in einem auszusprechen. Jegliche Unterbrechung kann zu unerwünschten Nebenwirkungen führen.« Susan schürzte die Lippen. »Kein Wunder, dass es so viele Schwindler gibt. Flaschengeister? Wer glaubt denn an diesen Unsinn?« Sie klickte sich durch weitere Artikel des Blogs.

»Diene deinem Loa und er wird es dir danken«, murmelte Susan. »Was ist ein Loa?« Sie überflog den Artikel. Es war ernüchternd, ein schlecht verfasster Bericht, der nur durch die reißerische Überschrift das Interesse der Leserschaft anlockte, ohne wirklich etwas preiszugeben.

»Super. Ein Loa ist also ein Geistwesen, das dir jeden Wunsch erfüllen kann. Gab es Mitte der 60er nicht eine Fernsehserie?« Sie trank den letzten Schluck Wein, dabei kramte sie in ihren Erinnerungen. »Irgendwas mit bezaubernde Jane … Jenny … oder so ähnlich. Aber dieser Flaschengeist war ja eher nett. Hm. Der Wein ist leer.«

In der Vorratskammer entdeckte sie einen Rest Portwein, den sie zum Kochen von Soßen verwendete.

»Ob der auch schm …«

Das Glas zerbrach klirrend in tausend Scherben, als ihr die Flasche aus der Hand fiel. Der Portwein verteilte sich auf dem Boden. Susan hatte das Gefühl, als wäre sie kurz vor dem Verdursten. Sie hustete trocken. Der Geruch von muffigem Stoff stieg ihr in die Nase, sodass es sie ekelte.

»Das ist verrückt!« Ihrem Ausruf folgte Schnappatmung, denn das alte Sofa stand an seinem angestammten Platz im Wohnzimmer. »Oder … bin ich doch kurz davor wahnsinnig zu werden?«

Voller Panik rannte sie hinaus. Es dämmerte bereits. Ihre Augen suchten hektisch erst den Vorgarten, dann die gesamte Auffahrt bis hin zur Straße ab und zurück.

»Das kann nicht sein!« Völlig außer Atem stoppte sie vor ihrem Chevy, beugte sich vor, die Hände auf den Knien abgestützt.

»Das war bestimmt der Wind. Der muss die Asche weggeweht haben«, versuchte sie sich einzureden, da es vom verbrannten Sofa keine Spur gab. Noch nicht einmal der kleinste Hinweis darauf, der auf ein Feuer in der Auffahrt hingedeutet hätte.

»Hier kann ich nicht länger bleiben. Ich werde das Haus verkaufen. Je schneller, desto besser.« Tränen stiegen ihr in die Augen, als ihr Blick auf das vermeintliche Traumhaus fiel.

Die ehemals weiß gestrichene Fassade erinnerte nur noch vage an ihren Traum. Nichts zeugte mehr von den stundenlangen Arbeiten des Abschleifens, den mühevollen Streicharbeiten der Bretter, die nur noch als morsche Latten ihr Dasein gefristet hatten und auf die Abrissbirne warteten.

Susan taumelte zur Veranda. Mit heftig zitternden Knien trat sie ein, dabei kam sie sich wie eine Einbrecherin in ihrem eigenen Haus vor, als sie mit vorsichtigen Schritten das Wohnzimmer betrat.

Jemand versetzte ihr einen heftigen Stoß, durch den sie das Gleichgewicht verlor. Hektisch suchten ihre Augen nach dem Verursacher, doch sie konnte keine Person entdecken.

»Hilfe!«

Niemand hörte ihren verzweifelten Ruf. Ein weiterer Schlag gegen ihren Rücken raubte Susan den Atem. Sie strauchelte und stürzte. Ihr Kopf prallte gegen die harte Tischkante. Susan versank in tiefer Schwärze.

Blinzelnd öffnete sie die Lider. Sie lag in einem Bett. Die schweren Gardinen an den Fenstern waren zugezogen. Ein schmaler Spalt ließ wenig Licht in den Raum. Während sie gähnend die Beine über die Bettkante schob, schaute sie an sich hinunter. Sie trug ein schlichtes, weißes Leinennachthemd, was definitiv nicht aus ihrem Kleiderschrank stammte.

»Wo bin ich?« Allmählich gewöhnten sich ihre Augen an die Lichtverhältnisse. »Wie lange bin ich schon hier? Meine Haut ist ja ganz blass.« Bevor Susan dem nachgehen konnte, hörte sie aus dem Nebenzimmer seltsame Geräusche. Das Knarren von Holzbohlen.

»Wurde ich entführt? Aber … wer sollte mich …?« Sie verstummte schlagartig.

Stimmen.

Langsam kam die Erinnerung zurück.

»Ich hatte einen Unfall; bin gestürzt.« Zaghaft ertastete sie mit den Fingerspitzen den Kopf. Keine Wunde an der Schläfe. Auch der Schmerz war verschwunden.

Susan wickelte das dünne Betttuch um ihren Körper. Sie musste herausfinden, wo sie sich befand. In ein Krankenhaus hatte man sie definitiv nicht gebracht.

Die Tür war nur angelehnt. Barfuß schlich sie durch den Raum. Vorsichtig öffnete sie die Schlafzimmertür so weit, dass sie einen Blick in das Zimmer erhaschen konnte.

Im Wohnzimmer standen zwei Personen. Weder die junge Frau noch der Mann waren ihr bekannt.

Wurde ich von diesem Pärchen gerettet?, schoss es Susan durch den Kopf. *Dann sollte ich mich wohl bei ihnen bedanken.* Gerade wollte die rothaarige Frau ihren Mann küssen, als sie die Augen aufriss.

»D … d … dort! Ein Gespenst!« Mit unkontrollierten Handbewegungen zeigte die Frau mit dem Finger in Susans Richtung.

»Gott steh mir bei«, durchfuhr es Susan. »Ein Geist?« Sie schreckte zusammen. »Hinter mir?« Abrupt drehte sie sich um, konnte aber keine übernatürliche Erscheinung entdecken.

»Keine Angst, Mr. und Mrs. Moan. Ich sorge dafür, dass er verschwindet.«

Susans gesamter Körper versteifte sich, als sie die ihr bekannte Stimme vernahm. Keine Sekunde später trat Marie Arnaqueuse in Susans Sichtfeld.

»Susan Calamity!« Langsam, mit kontinuierlich verstärkenden Schwingung, gleich einer Migräneattacke, wie Susan sie noch nie erlebt hatte, hämmerte die Stimme der Voodoo-Priesterin in ihrem Kopf. Als wäre sie im Sog eines Wasserstrudels gefangen, begann etwas an Susan zu zerren, während Miss Arnaqueuse ihren Zauberspruch vor sich hin murmelte.

Susan stieß einen spitzen Schrei aus, versuchte verzweifelt, sich mit den Händen an den Türknauf zu klammern, doch sie hatte nicht die Kraft dagegen zu halten. Widerstandslos rutschten ihre Finger durch das holzige Türblatt. Plötzlich war alles um sie herum nur noch verzerrt.

Es folgte ein: Plopp!

Unvermittelt prallte Susan gegen etwas Hartes, bevor der Boden sie abfing. Leicht wackelig auf den Beinen richtete sie sich auf.

»Was ist geschehen?«, wisperte Susan benebelt, doch niemand beantwortete ihre Frage.

»So, Mr. und Mrs. Moan. Nun haben Sie Ruhe. Der Geist wird Ihnen keinen Ärger mehr bereiten.« Rasch verschloss die Voodoo-Priesterin die Flasche mit einem Korken, um sie danach in ihrer Tasche zu verstauen. »Hier sind Ihre Haustürschlüssel.« An dem überdimensionierten Ring klimperten mehrere Schlüssel, wie an dem Bund eines Gefängnisaufsehers. »Doch bevor ich Sie Ihrem neuen Heim überlasse, spreche ich sicherheitshalber draußen noch einen Schutzzauber aus. Ich wünsche Ihnen viel Freude in ihrem Eigenheim.«

Draußen angekommen, rieb Marie Arnaqueuse sich die Hände.

»Nachschub. Sehr gut.«

Wie angekündigt, belegte die Voodoo-Priesterin das Haus in der Swepy Road mit demselben Zauberspruch, den sie bereits verwendet hatte, als die Käuferin namens Susan Calamity das Haus vor einigen Monaten kaufte.

Susan lehnte sich mit dem Rücken gegen die Wand. Ihr schwindelte, als hätte sie zu viel getrunken. Zudem konnte sie nichts erkennen. Um sie herum herrschte tiefste Dunkelheit. Vereinzelt drangen dumpfe Geräusche zu ihr durch. Doch die wirkten sehr weit entfernt.

Mehrmals versuchte Susan, sich auf die Beine zu stellen. Das Gefühl eines wütenden Erdbebens um sie herum, ließ sie immer wieder stürzen. Mehrmals prallte sie gegen etwas Hartes. Zu ihrem Erstaunen spürte sie keinen Schmerz.

»Hilfe! Hilfeeee!« Susan schrie sich die Lunge aus dem Leib, doch niemand gab Antwort.

»Wo bin ich? Was ist passiert?« Die Panik schien Susan fest im Griff zu haben. Noch immer war ihr nicht klar, was gerade mit ihr geschah. Alles ging zu schnell und verwirrte sie.

Ich sitze in einer Falle. Die Gedanken in Susans Kopf schlugen wilde Purzelbäume. *Wo bringt man mich hin? Wie lange bin ich schon …?* Susan war zum Heulen zumute, sie konnte jedoch keine Träne vergießen.

Sie schienen in Marie Arnaqueuses Reich angekommen zu sein, denn die Maklerin stellte das Behältnis mit Susan darin auf ein Regal.

Dutzende Flaschen, dazwischen prunkvolle Karaffen aus diversen Epochen, reihten sich aneinander. Die meisten von ihnen bedeckte bereits eine dicke Staubschicht. Nicht so die bauchige Glasflasche zu Susans Linken, aus der ein neugieriges Augenpaar den Neuankömmling die ganze Zeit über anglotzte.

Offensichtlich stecke ich in einer Flasche. Bin ich tot? Susan saß zusammengekauert auf dem Boden. Sie war viel zu sehr damit beschäftigt, einen Fluchtplan zu entwickeln, um ihrem Nachbarn Aufmerksamkeit zu schenken. *Oder lebe ich gerade in einem Albtraum, aus dem ich hoffentlich bald erwache. Aber was wenn …* Kurz stockte sie. Der nächste Gedanke behagte ihr zwar nicht, doch Susan wusste, dass sie sich der Realität stellen musste, sollte sich ihre schlimmste Befürchtung bewahrheiten. *Wenn ich wirklich ein Geist bin, dann müsste ich doch schweben können.* Sie legte den Kopf in den Nacken. *Vielleicht schaffe ich es ja, den Stopfen zu entfernen.*

Sie startete einen Versuch, unterbrach ihn jedoch, als sie ganz plötzlich ein seltsames Geräusch vernahm. Es klang wie ein Spuk. Ein Gespenst, das gerade durch die Hallen einer Burg heulte. Zwar sehr leise, aber dennoch hörbar für Susans Ohren.

Sie wandte den Kopf zur Seite. Die Flasche zu ihrer Rechten begann zu schaukeln. Zwar waren die Bewegungen so minimal, dass man genau hinschauen musste, um sie zu bemerken; doch Susans Aufmerksamkeit entgingen diese Schwankungen nicht, als hätte sie in kürzester Zeit ein besonderes Gespür für so etwas entwickelt.

Unfähig etwas zu sagen, stand Susan mit aufgerissenen Augen da. Was sie entdeckte, raubte ihr fast den Verstand.

Die Gestalt in der staubigen Karaffe neben ihr musste einmal eine Frau gewesen sein. Ihr Körper stand kurz davor, sich zu verflüchtigen. Unentwegt hämmerten diffuse Fäuste gegen das Glas, doch kein Ton drang heraus. Nach jedem Schlag löste sich die Faust in einen Nebelschleier auf, bevor sie sich erneut in eine Hand zurückverwandelte. Dieses Bild wiederholte sich mehrmals.

Das verzweifelte Gesicht der Frau verzerrte sich, als sie den Mund aufriss. Dabei verlängerte sich ihr Unterkiefer, als bestünde er aus einer zähen Masse, die zu schmelzen begann. Ihre Mundhöhle vergrößerte sich zusehends, doch der Schrei verebbte in der Flasche, bevor er überhaupt nach draußen gelang.

Mit schnellen Schritten betrat Marie das Gewölbe.

»Charlotte. Dein Versuch, die Neue zu warnen ist zum Scheitern verurteilt. Du weißt doch, niemand entkommt mir.« Sie machte eine ausladende Handbewegung, die den gesamten Kellerraum einschloss, um die Ausweglosigkeit noch zu untermauern. »Muss ich doch noch einen Internierungszauber aussprechen?«

Marie Arnaqueuse zog die Karaffe mit Charlotte aus dem Regal heraus. Um die Erscheinung darin genauer begutachten zu können, pustete sie den Staub von der Oberfläche.

»Was sehen meine Augen? Wundervoll!« Mit der Karaffe in der Hand tänzelte Marie Arnaqueuse durch das Gewölbe. »Charlotte, nun bist du reif.«

Panik überkam Susan. Sie wollte fliehen. Jedes Mal prallte sie gegen die durchsichtige Wand, dabei wurde sie immer wieder zurück in die Mitte des Flaschenbodens geschleudert. Nach etlichen erfolglosen Versuchen gab Susan auf. Sie tastete nach ihrem Herz, doch da war nichts. Kein Herzschlag. Und dennoch spürte sie, wie etwas in ihr palpitierte. Mit jedem Mal verstärkte sich das Gefühl, bis Susans Augenmerk auf eine Standuhr fiel.

Die Stunde schlug 12 Uhr.

Gongschläge! So kräftig, dass die Resonanzen ihren Körper ebenfalls in Schwingungen versetzten, das dem heftigen Pochen eines Herzens ähnelte. Erst als der letzte Schlag verklungen war, beruhigte sie sich.

Susan eilte zur Glaswand. Dabei sah sie, wie Marie einen 20-Liter Kanister mit einer klaren Flüssigkeit aus einem alten Wandschrank holte. Mühelos stellte sie ihn auf dem Tisch ab. An der Öffnung des Kanisters befestigte die Priesterin einen Schlauch. Danach nahm Marie die Flasche mit Charlotte in die Hand und schüttelte das Behältnis sehr kräftig und so lange, bis der Geist darin benebelt am Boden lag.

Charlotte benötigte einige Sekunden, bis sie wieder alle Sinne beieinander hatte. Genug Zeit für Marie, das andere Ende des Schlauchs über den soeben geöffneten Flaschenhals zu stülpen.

Charlotte wollte nach oben fliehen, durch den Schlauch entkommen, doch bevor sie den Flaschenhals erreichte, ergoss sich die Flüssigkeit über sie, drohte den Geist zu ertränken.

Verzweifelt versuchte Charlotte, sich an der Wand hochzuziehen. Immer wieder verlor sie den Halt, schrie stumm auf, bevor sie in die Flüssigkeit platschte. Als würde Säure den Geist umspülen, löste sich der diffuse Körper vor Susans entsetzten Blicken auf.

Die Flüssigkeit färbte sich Rot.

»Rumänische Weine wurden immer unterschätzt. Aus dir wird schon sehr bald ein schmackhafter Cuvée entstanden sein. Das wird ein Genuss.« Schnalzend verkorkte Marie die Flasche. Bevor sie den Wein zu den anderen guten Tropfen legte, blickte sie noch einmal über die linke Schulter. Ein abstruses Lächeln überzog ihr Gesicht, dabei zeigte sie eine Reihe spitzer Zähne. Sie legte die Flasche in ein Weinregal, um sich danach ihrem Neuzugang zu widmen.

Susan packte die Panik. So wollte sie nicht sterben!

Sterben?

Sie war doch bereits tot. Und ihr Körper begann bereits, sich in eine milchige Substanz zu verändern.

»Denk nach, Susan!«, forderte sie sich selbst auf, damit sie nicht den Verstand verlor. »Du musst hier raus. Irgendeinen Ausweg muss es geben.« Fieberhaft überlegte sie, wie sie diesem Schicksal entrinnen konnte. Ihr Blick fiel auf die Hand, die ihre Flasche langsam hochnahm, um sie genauer betrachten zu können. Zwischen den Fingern war diffus das Gewölbe zu erkennen. Und Marie Arnaqueuse. Mit jedem Schritt, den die Priesterin machte, änderte sich ihre Gestalt etwas mehr.

»Allo, Susan«, raunte Marie mit einer nun rauchigen Stimme.

Die durchsichtige Wand wirkte wie ein Vergrößerungsglas. Ein Auge, das statt einer Iris eine zweite unnatürlich eitrig-gelbe enthielt, starrte Susan an.

»Wie ich dir immer wieder versichert habe, gibt es in deinem Haus keine Geister. Nun fragst du dich bestimmt, wen du vor dir hast? Sicherlich hast du bereits vermutet, dass ich keine Maklerin bin. Nicht wahr?« Die sonore Stimme verhieß nichts Gutes. »Ich bin noch nicht einmal eine Voodoo-Priesterin. Lass es mich dir beweisen.«

Susan öffnete den Mund, doch sie brachte keine Silbe zustande. Ihr Verstand schien die Arbeit eingestellt zu haben. Eine Kreatur wie diese, hatte sie noch nie zu Gesicht bekommen. Und das ›Mardi Gras Festival‹ lag bereits ein halbes Jahr zurück.

Alles um Susan herum wirkte übernatürlich groß. Hatte sie einen Pilz gegessen, der sie verkleinerte, wie bei Alice im Wunderland?

Das Auge verschwand, dafür entdeckte Susan nun eine Reihe spitzer Zähne, die denen eines Dämons glichen. Zumindest in Susans Vorstellung. Überhaupt hatte sich die Gestalt von Marie Arnaqueuse stark verändert. Ihr Körperbau wirkte schlanker, die Arme muskulöser, als hätte Marie mehrere Stunden in einem Fitness-Studio verbracht. Sämtliche menschliche Züge waren aus dem Gesicht der Voodoo-Priesterin gewichen. Statt einer Nase entdeckte Susan stark behaarte Nüstern. Auch besaß die neue Gestalt keine Ohrmuscheln mehr.

Genüsslich glitt eine lange Zunge über die wulstige Oberlippe. Die pinkfarbenen Lippen waren das Einzige, was noch an die Maklerin erinnerte.

»Ein Dämon«, brachte Susan mühevoll hervor.

»Ich sehe, du verstehst. Ich bin Kalfu«, stellte er sich mit vor Stolz geschwelltem Oberkörper vor. »Ich diene und verehre Adjasou Ghede.«

»A … A … Ajas …?«, brachte Susan nur stotternd heraus.

»Adjasou ist ein Loa. Ein Ghede-Geisterwesen mit großer Macht, zuständig für den Tod und die Fruchtbarkeit.«

»Loa«, hauchte Susan, während sie die Gestalt entgeistert ansah, die keine weiblichen Züge mehr besaß.

»Ihr Menschen habt solch eine eingeschränkte Sichtweise, was Geisterwesen angeht. Es gibt mehr zwischen Himmel und Erde, als ihr Geschöpfe überhaupt in der Lage wäret zu verstehen. Adjasou *ist* das Haus in der Swepy Road.«

»Deswegen konnte Mister Moabid keinen Geist finden?«, sinnierte Susan. Es war eher eine Feststellung, als eine Frage. In ihrem Kopf jagte ein Gedanke den anderen. *Einen Ausweg. Finde einen Ausweg. Sonst blüht dir dasselbe wie Charlotte.*

»Du bist ja eine ganz Schlaue«, grinste der Dämon höhnisch. »Diese … Voodoo-Priester«, mit seinen messerscharfen Klauen machte er eine abwertende Handbewegung, »haben sich nur auf das konzentriert, was sich *in* dem Haus befindet. Aber es ist eine wunderbare Produktionsstätte für vollmundige Weingeister.« Genüsslich glitt seine lange Zunge über die Lippen. »Nun ja. Adjasou hätte dir gern noch ein wenig mehr Zeit gegönnt, doch du musstest ja Wein aus einem Pappbecher trinken. Und dann die Teetasse … tz, tz, tz. Was hast du dir nur dabei gedacht? Für jeden Wein gibt es doch ein passendes Glas. Das sollte dir eigentlich bekannt sein.«

Verwundert sah Susan auf. Konnte sie hier anknüpfen?

»Aber … Die Gläser gingen verloren. Da trifft mich keine Schuld«, entgegnete Susan mit einem Anflug von Hoffnung in der Stimme, ihrem Schicksal eventuell doch noch zu entkommen.

»Verloren?« Der Dämon zuckte mit der Schulter. Die Art, wie Kalfu das Wort betonte, ließ in Susan den Verdacht aufkommen, dass der verschwundene Karton kein Zufall war.

»Vielleicht.« Kalfu lächelte selbstgefällig. »Nur noch ein kleines Jahrhundert, dann wirst auch du einen edlen Tropfen abgeben, der nicht nur mir munden wird.«

Susan erschauderte, als sie dabei zusehen musste, wie die lange Zunge ein Etikett benässte, damit der Dämon es auf den Flaschenbauch kleben konnte. Sie erfasste das Grauen. Unter keinen Umständen wollte sie als Weingeist enden. Sie musste dringend etwas unternehmen. Das Schicksal in die eigenen Hände nehmen.

Als hätte sie eine göttliche Eingebung kam ihr die Homepage vom Voodoo-Portal in den Sinn. Ein Artikel, den sie dort gelesen hatte, könnte ihr jetzt vielleicht helfen. Sie würde es auf einen Versuch ankommen lassen.

Sie raffte sich hoch, sprang wie ein Känguru in ihrem Gefängnis herum. Mit ausgebreiteten Armen imitierte sie einen Vogel. Es funktionierte tatsächlich. Die nackten Füße lösten sich vom Boden, als Susans Körper sich nach oben bewegte. Mit über dem Kopf ausgestreckten Armen stieß sie gegen den Korken.

Mit jedem Stoß schob sie den Stopfen ein wenig mehr aus dem Flaschenhals heraus.

Der Dämon beobachtete Susans Versuche mit einem mitleidigen Ausdruck.

»Arme Susan. So verzweifelt? Warte. Ich helfe dir, dein Schicksal besser zu ertragen.«

Verblüfft hielt Susan inne. Den Korken zwischen zwei Klauen geklemmt, öffnete Kalfu langsam die Flasche, während er folgenden Spruch aufsagte:

Geist in der Flasche,
Entschlüpfst durch keine Masche,
Dies Behältnis sei dein Heim,
Sollst für immer in der Flasche gefangen …

»Wie kannst du es wagen! Du bist eine Schande für deinen Loa«, schrie Susan den Dämon an, während der den Internierungszauber sprach.

Erbost über diesen Affront verstummte Kalfu für einen Augenblick. Er betrachtete das kleine Wesen in der Flasche mit schief gelegtem Kopf.

»Eine Beleidigung …« Weiter kam der Dämon nicht. Aus dem Nichts entstand ein Wirbelsturm, der Kalfu binnen eines Wimpernschlags umhüllte.

»Nein!«, schrie der Dämon. Er brüllte, als sein Körper in die Höhe gezerrt wurde. Dem Brüllen wich ein gellendes Gekreische, das erst aufhörte, als sein Kopf gegen die Decke prallte. Der Dämon spuckte eine Verwünschung aus, doch es half nichts. Zwei Sekunden später endete der Spuk mit einem ›Pfump!‹

Ein langgezogenes Zischen ertönte, als der Korken sich in den Flaschenhals schob. Gleichzeitig bildete sich eine Wachsschicht, die sich sofort verhärtete. Kurz darauf umhüllte ein rotes Glimmen die Flasche, als diese magisch versiegelt war.

Etwas mit dem Gewicht eines Panzerschranks riss Susan zu Boden. Sie ächzte unter der Last.

»Du Närrin!« Mit einem unmenschlichen Grollen erhob sich Kalfu, packte Susans Hals und hob ihren Geist in die Luft. Der Gestank fauligen Atems stieg Susan in die Nase, als nur wenige Zentimeter ihre Gesichter trennten.

»Das wird dir noch leid tun, denn wir werden viel Zeit miteinander verbringen«, knurrte der Dämon. »Durch deine Dummheit sind nun wir beide auf ewig an diese Flasche gebunden.«

Susan starrte mit weit aufgerissenen Augen in Kalfus Gesicht, als ihr das Ausmaß ihrer Handlung klar wurde: Nebenwirkungen!

Auf Ewig mit einem Dämon in einer Flasche gefangen zu sein kam einem Albtraum gleich. Susan erschauderte. Sie wollte fliehen, doch ihr Körper war nur in der Lage, wellenartige Bewegungen zu erzeugen.

»Unwissen schützt vor Strafe nicht.« Das rote Glimmen spiegelte den zerstörerischen Charakter des Dämons wieder.

Ein Dämon als Mitbewohner? Da wäre Susan lieber bei Ashley geblieben.

Der mysteriöse Horrorfilm

Sarah Drews

»Zum Ersten. Zum Zweiten. Zum Dritten. Verkauft an die Nummer 713!« Der Hammer des Auktionators schlug mit einem lauten Knall auf den hölzernen Tisch.

»Ey wie cool ist das denn.« Mia sprang vor Freude auf. »Los lass uns den Koffer abholen. Ich will nachgucken, was sich in dem alten Ding befindet.« Aufgeregt drängte sie sich durch die zahlreichen Bieter der Gepäck-Auktion des hiesigen Flughafens.

»Ist garantiert eh nur Müll drin«, murmelte ihr Verlobter Kyle mit einem Grinsen auf den Lippen, als er sie an der Gepäckausgabe einholte.

»Meine Güte, du bist so ein Miesepeter.«

»Nee, ich bin realistisch. Eine weiße Unterhose – schön mit einer Bremsspur veredelt. Das hätte was.«

»Du Idiot«, fuhr sie ihn an, knuffte ihn jedoch gleichzeitig liebevoll in die Seite.

»Pfff. Du wirst sehen. Es gibt genügend Kofferjäger, die einen richtigen Schatz finden. Mein Bauchgefühl sagt mir, der Koffer ist Gold wert.«

»Hab ich es dir nicht gesagt?« Kyle saß auf dem Sofa. Ein süffisantes Grinsen lag auf seinen Lippen, während Mia mit einer Wäscheklammer auf der Nase und dem Kochlöffel in der Hand den muffigen Koffer durchwühlte. Eine schwarze Hose mit einer verdächtigen Stelle im Schritt. Das weiße Langarmshirt mit den Schweißrändern unter den

Armen war übersät mit roten Flecken. Beides landete in einer großen Mülltüte, die neben ihr auf dem Boden lag.

»Igitt«, kreischte Mia. Angeekelt stopfte sie die dreckige Unterhose mit dem Löffel in den Müll.

»Ich hab es dir gesagt«, kommentierte Kyle die Szene.

Dafür bekam er eine stinkende Socke an den Kopf gepfeffert.

Zehn Minuten später saß Mia vor dem leeren Koffer. Lediglich das Fach mit dem Reißverschluss blieb noch übrig. Mia zweifelte daran, dass hier der große Gewinn auf sie wartete. Wie immer hatte Kyle recht behalten.

»Hoffentlich sind da ein paar Scheine«, meldete sich ihr Freund zu Wort. »Nur so viel, dass wir den Koffer wieder drin haben.«

»Garantiert nicht«, antworte Mia, während sie seufzend den Reißverschluss öffnete. »Was zur Hölle …«

Kyle, der sich über ihre Schulter beugte, brach in helles Gelächter aus.

»Hahahaha. Echt witzig!«, brummte sie und zog die alte Videokassette aus dem Fach. In geschnörkelter Schrift stand auf dem weißen Etikett: »Der Film ist dein Tod!«

»Schade, kein selbstgedrehter Porno«, murmelte Kyle. »Das wäre zumindest genauso sinnvoll wie Geld.«

»Du …«

»Was … Ich bin nur ehrlich.« Er zuckte mit den Schultern. Dann nahm er Mia den Film aus der Hand. »Klingt auf jeden Fall nicht nach Liebesfilm. Hatte deine Oma nicht so einen Rekorder? Wir könnten ihn uns ausleihen, um uns das Video anzusehen.«

Drei Stunden später lehnte sich Mia auf dem Sofa zurück und beobachtete Kyle, der die Kassette in das Gerät schob. Mit der Fernbedienung bewaffnet, ließ er sich neben sie fallen.

»Bereit?«

»Aber so was von«, meinte Mia. Dabei rollte sie genervt mit den Augen. »Wenn ich einschlafe, weck mich nicht auf!«

»Damit ich alleine leide? Auf keinen Fall.«

Kurz darauf erschien flackernd in weißer Schrift der Titel des Films.

Mia schnappte sich ein Stück Pizza. Genervt beobachtete sie, wie der Name verschwand. »Das kann ja heiter werden«, kommentierte sie den Text, der in Zeitlupe eingeblendet wurde.

Willkommen zum besten Horrorfilm aller Zeiten. An dieser Stelle ein paar wichtige Informationen. Schaltet ihr hiernach aus, werdet ihr überleben. Überlegt dementsprechend gründlich, ob ihr weiter schaut. Einmal angefangen, gibt es kein Zurück mehr. Seid ihr wirklich bereit für den tödlichsten aller Filme? Damit es nicht heisst: Ihr hättet keine Gelegenheit gehabt, wird gleich ein Countdown erscheinen. Ihr habt zwei Minuten für die wohl wichtigste Entscheidung in eurem bisher kümmerlichen Dasein.

Nutzt sie weise. Ist euch euer Leben lieb? Schaltet aus! Ansonsten - es war schön, euch kennengelernt zu haben.

Unter dem Text erschien eine 120.

Ein lauter Schrei läutete den Countdown ein.

»Soll ich ausschalten?«, fragte Kyle. »Oder bereit zu sterben?« Er legte den Arm um Mia, die nur verkündete: »Bereit zu sterben – vor Langeweile!«

Sagt nicht, niemand hätte euch gewarnt. An dieser Stelle bleibt mir nur noch übrig, euch viel Vergnügen zu wünschen.

Der Text verschwand und der Bildschirm wurde für ein paar Sekunden schwarz. Dann erschien eine Gruppe von Jugendlichen. Mia schätzte sie auf Anfang zwanzig. Drei Jungen, zwei Mädchen. Sie saßen auf einem Sofa. Alle starrten fasziniert in ihre Richtung.

»Das fängt ja gut an«, meinte Mia nach zehn Minuten. Um ihren Worten Ausdruck zu verleihen, gähnte sie demonstrativ. »Das ist wirklich ultimativer Horror, diesen Jugendlichen dabei zu zuschauen, wie sie in die Kamera starren. Ob sie sich genauso fragen, wann endlich etwas passiert?«

Zwei Minuten später wandte sie sich mit flehendem Blick an Kyle. »Können wir was anderes angucken? Ich verspreche auch, dass ich nie wieder einen Koffer auf so einer Auktion kaufe. Bitte, erlöse mich von dieser Qual.«

»Warte kurz, ich glaub, es geht los. Das Mädchen krallt sich regelrecht an ihren Freund«, wandte Kyle ein, aber Mia sah, dass seine Hand nach der Fernbedienung tastete.

»Netflix?«, fragte er, nachdem zwei Minuten später, abgesehen von den panischen Blicken, nichts passiert war. Gerade wollte er umschalten, als die Jugendlichen verschwanden. An ihrer Stelle erschien ein kleines Mädchen in einem düsteren Raum. Sie trug ein weißes Kleid, das übersät war mit braunen Flecken. Eine unsagbare Traurigkeit lag auf ihrem Gesicht. Dunkle Augenringe untermalten diesen Eindruck. Die schwarzen Haare standen verstrubbelt in alle Richtungen ab. In ihrer rechten Hand baumelte ein Teddy, dem beide Augen fehlten und dessen Futter aus den Augenhöhlen herausquoll.

»Guck mal, es geht los. Sieht aus wie in *The Ring*«, meinte Kyle.

»Hoffentlich passiert endlich mal etwas«, erwiderte Mia. Sie schnappte sich das letzte Stück Pizza.

Schritt für Schritt tapste das Mädchen auf nackten Füßen dichter, ehe sie gut sichtbar vor der Kamera stehen blieb.

»Hallo, ihr zwei. Lange habt ihr ja nicht ausgehalten. Für euch schlecht, für mich gut, denn jetzt können wir zum wirklich lustigen Teil übergehen«, begrüßte sie die beiden mit einer engelsgleichen Stimme.

»Ernsthaft? Ist denen nicht was Besseres eingefallen«, stöhnte Mia, woraufhin sie sich an ihrem Bissen verschluckte.

Tztztz«, ertönte es aus dem Fernseher, während Kyle Mia kräftig auf den Rücken klopfte. »Du willst doch nicht sterben, bevor der Spaß so richtig anfängt.«

»Hast du das gehört?«, fragte Mia, nachdem sie wieder zu Luft kam. Sie sah zum Bildschirm, dann zu Kyle, der die Stirn runzelte.

»Der Film ist echt komisch.«

»Komisch?«, fragte das Mädchen lächelnd. Dabei entblößte sie eine Reihe spitzer Zähne, die zum Teil dunkelbraune Flecken aufwiesen.

»Das reicht«, meinte Mia. Sie riss Kyle die Fernbedienung aus der Hand und drückte den roten Knopf. Augenblicklich wurde der Fernseher schwarz.

»Was war das denn bitte?«

»Keine Ahnung, aber das war echt komisch«, murmelte er. »Was hältst du davon, wenn wir …«

Den Rest des Satzes ging in Mias Keuchen unter. Der Fernseher hatte sich wieder angeschaltet und zeigte das Mädchen, dass den Kopf schüttelte.

»So funktioniert das nicht. Habt ihr den Text nicht gelesen? Da stand deutlich, dass es kein Zurück gibt, sobald ihr den Film gestartet habt.«

Sie schüttelte noch einmal den Kopf, dann verschwand das Mädchen. Einen Wimpernschlag später tauchte ein anderes Bild auf, das Mia zusammenzucken ließ. Der Fernseher zeigte ihr Wohnzimmer.

Kyle saß neben ihr auf dem Sofa. Ungläubig hob dieser die Hand, winkte – genauso wie sein Video-Ich.

»Das ist abgedreht«, murmelte er. »Wie geht das? Haben die unseren Fernseher gehackt? Aber worüber zeichnen sie uns auf?«

»Meinst du, die haben in der Kassette eine Kamera versteckt?«, frage Mia mit zitternder Stimme.

»Durch die Klappe hindurch? Das ist kaum möglich. Ich hab echt keinen Plan. Das ist fast wie in dieser Serie, die du so klasse findest – die mit den beiden Jungs. Wie hieß sie?«

»*Supernatural?*«

»Ja genau.«

»Wenn das der Fall wäre, können wir nur hoffen, dass sie uns retten kommen, denn sonst geht das ganz übel aus.« Sie schüttelte sich bei der Vorstellung. »Wie auch immer, mach das es aufhört. Zieh den Stecker, nimm die Kassette raus. Worauf wartest du?« Ihre Stimme überschlug sich, als sie merkte, dass ihr Freund keine Anstalten machte.

»Ist ja gut, du Schisshase.«

»Kyle, da sind Leute, die uns beobachten. In unserer Wohnung!«

Damit traf sie den richtigen Nerv, denn er erhob sich mit einem Mal und drückte am Videorekorder die Auswurftaste.

Nichts passierte.

»Komisch«, stellte er fest. Er versuchte es erneut, doch die Kassette blieb im Gerät.

»Dann zieh den gottverdammten Stecker«, quiekte Mia, als sie auch beim dritten Versuch nicht herausfuhr. Kyle nickte. Er zog den Erstbesten, ein weiterer folgte, bis am Ende alle auf dem Boden lagen. Der Fernseher zeigte weiterhin ihr Wohnzimmer.

»Fuck – das ist unmöglich!«, murmelte Kyle. Seine Augen flogen hektisch umher, während er nach einer Erklärung suchte. Es verging eine Minute, dann verschwand er mit großen Schritten im Flur.

Mia hörte das Klacken des Sicherungskastens. Schlagartig wurde das Wohnzimmer dunkel. Zumindest für eine Sekunde – danach leuchtete der Fernseher wieder auf. Mia erkannte Kyle, dem das Grinsen im Gesicht gefror, sobald er in der Tür erschien.

»Das … wie kann das …«, flüsterte er.

Ein eiskaltes Gefühl breitete sich in Mias Adern aus. Sie erhob sich und stürmte an Kyle vorbei.

Kurz darauf schaltete sie die Sicherung wieder ein.

»Es war die Hauptsicherung. Ich verstehe das nicht«, sprach er Mias Gedanken aus.

»Das ist gruselig«, hauchte Mia, worauf Kyle den Arm um sie legte.

»Du sagst es. Ohne Strom – meinst du …«

»Woher soll ich das wissen«, murmelte Mia.

»Warte hier!«, befahl Kyle und ließ sie alleine im Flur.

Aus der Küche hörte sie deutlich wie Schubladen aufgerissen wurden.

»Gefunden!«

Triumphierend hielt er den Fleischhammer in die Luft. »Was auch immer dahintersteckt, kaputt kann es nicht funktionieren.«

Mit diesen Worten lief er zielstrebig ins Wohnzimmer.

Mia sah, wie er den Hammer schwang. Der erste Treffer landete auf dem Videorekorder, der auf dem Boden stand. Nach zwei weiteren Schlägen widmete er sich dem Bildschirm.

Mia zählte nicht mit, doch irgendwann schaltete sich der Fernseher aus.

Keuchend blieb Kyle stehen. Kleine Schweißperlen liefen die Stirn herunter. Zufrieden drehte er sich um.

»Das hat sich erledigt.«

Schnaufend ließ er sich aufs Sofa fallen, während ihm der Hammer aus der Hand glitt. Mia setzte sich zu ihm.

»Das war echt unheimlich«, meinte sie.

»Mhhhh.«

In der darauf folgenden Stille, erklang plötzlich ein Geräusch.

Tok. Tok. Tok.

»Hörst du das?«, flüsterte Mia. Sie setzte sich auf – lauschte.

»Klopft da jemand an die Tür«, murmelte Kyle, der sich ebenfalls aufgerichtet hatte.

»Nein, dafür ist es zu gleichmäßig. Ich glaube, das kommt aus dem Badezimmer«, entgegnete Mia. »Meinst du …« Ihre Stimme versagte.

»Keine Ahnung, aber ich finde es raus«, antwortete Kyle, der sich schon nach dem Fleischhammer bückte. In seinem Schatten folgte sie ihm bis zur Tür. Dort blieb er stehen. Er atmete tief durch, dann gab er Mia zu verstehen, dass sie die Tür aufstoßen und das Licht einschalten sollte. Kyle stürmte den Hammer über den Kopf gehalten an ihr vorbei.

»Alles okay?«, fragte Mia ein paar Sekunden später, nachdem es still blieb. »Bitte sag, dass es der Wasserhahn war.« Sie warte, dann fügte sie hinzu: »Sag doch was!«

»Ich glaube, dein Freund ist zu geschockt«, erklang eine Mia bekannte Stimme. Als Mia ins Badezimmer trat, entdeckte sie das Mädchen im Spiegel.

»Tja, das kommt davon, wenn man einen Film nicht komplett schaut. Wichtige Details fehlen«, tadelte das Kind. »Bereit für die Spielregeln oder wollt ihr euch noch weiter mit dem Hammer austoben. Es ist immerhin eure Zeit.«

»Regeln?«, flüsterte Mia.

»Du hörst zu. Das gefällt mir. Ihr habt 240 Minuten Zeit. Nein, eigentlich sind nur noch 189 übrig, bevor die Kassette zu Ende ist. Wie auch immer. Bis dahin solltet ihr entschieden haben, wer von euch stirbt.« Sie legte eine kurze Pause ein, um ihre Worte sacken zu lassen. »Fakt ist, heute Abend wird nur eine Person überleben. Wer das ist, ist mir egal. Du?« Sie deutete auf Kyle, dann auf Mia. »Oder du. Das ist eure Entscheidung. Solltet ihr euch nicht einig werden, helfe ich am Ende nach. Daran lässt sich nicht rütteln.«

Um ihren Worten Nachdruck zu verleihen, streckte sie den Zeigefinger aus. Erst konnte Mia es nicht eindeutig erkennen, dann blinzelte sie und keuchte entsetzt auf, als sie begriff, dass sie es sich nicht eingebildet hatte. Inzwischen guckte der halbe Arm des Mädchens aus dem Spiegel, als wäre er ein offenes Fenster. »Ich merke, ihr beide kapiert.«

Sie zog den Arm zurück.

»Im Video gab es viele tolle Anregungen. Eine aufgeschnittene Kehle, ein Fenstersturz – nach dem Fleischhammer bin ich jedoch sicher, dass es euch nicht an Kreativität mangelt. Ich kann euch aber sagen, das macht es nicht leichter. Auch nicht die Tatsache, dass ihr nur zu zweit seid. Schließlich will niemand sterben.«

Mia erwachte aus ihrer Starre. Mit wild klopfendem Herzen drehte sie sich wortlos um und rannte zur Haustür. Sie rüttelte daran, schlug mit der Faust dagegen, stemmte sogar den Fuß gegen die Wand – die Tür war fest verschlossen. Nicht einmal der Schlüssel half.

»Mia«, rief Kyle aus dem Badezimmer.

Sie ließ die Tür los, um in die Küche zu stürzen. Hinter dem Fenster befand sich die Feuerleiter. Doch was immer die Tür blockierte, verriegelte auch diesen Ausgang.

»Schatz?«

Kyles Stimme drang von weit weg an ihr Ohr. »Mia!«

Eine warme Hand legte sich auf ihre Schulter.

Diese Berührung öffnete alle Tore. Schluchzend presste sie ihr Gesicht an seine Brust.

»Was geht … hier vor«, wimmerte sie in den Stoff hinein. »Das passiert gerade nicht wirklich, oder? Oh Gott, hätte ich bloß niemals diesen Koffer ersteigert.«

»Scchhhht«, redete Kyle mit beruhigender Stimme auf Mia ein. »Ich weiß zwar nicht, was hier vorgeht, aber ich verspreche dir, dass wir hier rauskommen.«

»Versprochen?«, erkundigte sie sich schniefend, während sie ihn in die Augen schaute. Das Lächeln, das Kyle sich abrang, überzeugte sie nicht.

»Nehmen wir mal an, es stimmt, dann sind wir doch nicht die Einzigen. Diese Jugendlichen … Vielleicht finden wir ja etwas im Internet.«

Zwei Minuten später war der Computer im Arbeitszimmer hochgefahren und Mia tippte: VHS + DER FILM IST DEIN TOD + MÄDCHEN + MORD. Das Suchergebnis brachte ein paar Ergebnisse, aber die ersten Treffer befassten sich alle mit der gleichen Schlagzeile.

Lebenslänglich – Der 18 jährige Simon C. wurde zu lebenslanger Haft mit Einweisung in die Psychiatrie verurteilt. C. tötete in den späten Abendstunden des 31.10.2020 drei Mitstudenten auf brutalste Weise. Darunter die gleichaltrige Tiffany, mit der er seit der Highschool liiert war. Bei seiner Verhaftung am örtlichen Flughafen legte C. ein umfangreiches Geständnis ab – behauptete jedoch felsenfest, dass er von einer Videokassette zu diesem Mord gezwungen wurde. Ein solcher Film wurde nie gefunden.

»Weil sie in dem Koffer war – seinem. Also waren die Flecken keine Sauce, sondern …«

»Korrekt. Es war Blut. Armer Simon. Bei der Panik, hatte es mich gewundert, dass er nicht als erster gestorben ist. Als alles vorbei war, packte er den Koffer, um nach Hause zu seinen Eltern zu flüchten«, kam es in dem Moment aus den Lautsprechern.

Der Artikel verschwand und stattdessen erkannte Mia das Kind. »Seid ihr mittlerweile überzeugt?«

Mia nickte stumm.

»Gut«, meinte das Mädchen, »wenn ich aus dieser Perspektive richtig lese, bleiben noch knapp 154 Minuten. Hab ihr euch denn schon entschieden? Ich hoffe, dass du es nicht bist.«

Bevor Mia wusste, wie ihr geschah, tauchte eine Hand aus dem Monitor und wickelte eine Haarsträhne um ihren Finger.

Mia zuckte zurück.

»Keine Angst, vor Ablauf der Zeit tue ich dir nichts. Ich an deiner Stelle würde den Fleischhammer nehmen, den er im Badezimmer auf die Ablage gelegt hat. Das ist nicht sonderlich kreativ, aber produktiv. Zwei, drei Schläge und der Kopf ist Brei. Mit einem Messer brauchst du deutlich mehr Kraft. Mein Favorit ist im Übrigen der Stromschlag. Es ist lustig, wie sie herumzittern.«

Mit diesen Worten zog sie die Hand zurück. Winkte kurz, dann ploppte der Artikel über Simon wieder auf.

Mia drehte sich zu Kyle. In seinen Blick lag Entsetzen, nackte Angst und … Das Flackern kannte Mia. Dazu die angespannten Kiefermuskeln – er dachte ernsthaft darüber nach.

Ohne die Augen abzuwenden, erhob sie sich. Ihr Freund war so in Gedanken vertieft, dass er es gar nicht bemerkte. Langsam entfernte sie sich vom Schreibtisch. An der Tür sprintete sie los.

Das Laminat unter ihren Füßen kam einer Eisfläche gleich. Sie schlitterte in die Küche, hielt sich an der Arbeitsplatte fest, knallte die Tür zu und schloss ab.

Keine Sekunde zu früh, denn schon senkte sich die Klinke.

»Was soll das, Schatz? Warum läufst du vor mir weg. Du weißt, ich würde dir niemals ein Haar krümmen. Komm, lass mich rein.«

»Dein Blick hat aber was anderes gesagt«, antwortete Mia. »Außerdem kenne ich dich.«

»Dann ist dir auch bewusst, wie sehr ich dich liebe. Also mach die Tür auf. Wir finden eine Lösung.«

»Und wenn nicht? Was dann? Schlägst du mir den Schädel ein, wie du auf den Fernseher eingeprügelt hast? Du weißt, dass du sonst dran bist.«

Mia atmete tief durch. »Du schummelst sogar bei einer einfachen Partie *Mensch ärgere dich nicht*.«

»Das ist doch was ganz anderes!«, warf Kyle stöhnen ein.

»Genau, denn hier geht es nicht um einen blöden Sieg, sondern um dein Leben. Da soll ich dir glauben, dass du zulässt, dass du am Ende als Verlierer hervorgehst?«, wandte Mia ein. »Nein, ich mach die Tür mit Sicherheit nicht auf.«

»Du!« Die Tür erzitterte, als Kyle dagegen schlug. »Wer wollte denn unbedingt einen Koffer ersteigern? Da ist es nur gerecht, dass du freiwillig stirbst, oder?«, fragte er und fügte in einem versöhnlichen Tonfall hinzu: »Versteh das nicht falsch, aber du hast uns das eingebrockt. Ich bin 23. Mein Leben liegt noch vor mir. Ich bin definitiv nicht bereit, wegen dieser Kofferauktion zu sterben, Schatz.«

Wütend schlug Kyle gegen die Tür.

Mia zuckte zusammen. Die Tür war robust, aber ob sie lange standhalten würde? Sie glaubte es nicht. Vorsichtshalber schlich Mia zur Arbeitsfläche, wo sie das große Fleischmesser von der Magnetleiste ergriff. Schützend hielt sie es vor sich. Wenn er reinkam, würde sie nicht kampflos aufgeben.

»Darf ich dein Schweigen als Zustimmung deuten?«

»Nein«, fauchte Mia zurück. »Meinst du, ich will mit 21 den Löffel abgeben? Außerdem bin ich im Gegensatz zu dir schwanger. So, jetzt ist es raus. Eigentlich wollte ich es dir erst sagen, wenn ich das Ultraschallbild habe.«

Kyle hörte auf, gegen die Tür zu schlagen. Ein paar Sekunden später vernahm Mia ein Kratzen. Sie stellte sich vor, wie er an die Tür gelehnt nach unten rutschte. Die darauffolgende Stille war erdrückend. Nur ihr keuchender Atem gepaart mit dem Ticken der Küchenuhr unterbrach sie.

»Du könntest die Polizei rufen«, schlug Kyle nach einer Ewigkeit vor. »Die können die Tür aufbrechen und …«, er seufzte. »Keine Ahnung, was sie dann machen, aber es ist besser als hier herumzusitzen. Ich würde ja selber anrufen, nur du hast nach der Pizzabestellung das Telefon wie immer auf dem Küchentisch liegen lassen.«

Natürlich! Mia schlug sich mit der flachen Hand gegen die Stirn.

»Gute Idee!«, rief sie. Ihre Finger zitterten, als sie das Messer auf die Platte legte und nach dem Telefon griff. Sie drückte die erste Zahl, dann hielt sie inne.

»Und was sage ich denen? Wenn ich was von dem Video erzähle, denken die doch, ich verarsche die.«

»Was weiß ich denn? Überleg dir was. Du hast uns immerhin in die Scheiße geritten«, stöhnte Kyle. »Sag ihnen, jemand bedroht uns.«

»Okay!«

Mias Finger schwebten über der 9, als das Telefon anfing zu klingeln. Sie zuckte zusammen.

»Wer ist das?«, fragte Kyle prompt und Mia hörte, wie er sich erhob.

»Keine Ahnung, die Nummer ist unbekannt.«

»Dann nimm ab! Das ist sicher mein Bruder, der wissen will, wie der Film ist. Sag ihm, wir brauchen Hilfe!«

Ihre Finger zitterten, als sie abnahm.

»Hallo?«, krächzte sie in den Hörer. »Anton, bist du das?«

»Anton? Nein, so heiße ich nicht«, kicherte das Mädchen. »Ich dachte nur, ich erspar dir die Lachnummer. Die Polizei kann euch nicht helfen. Glaub mir, du wärst nicht die Erste, die damit kostbare Zeit vergeudet. Nimm lieber das Messer, reiß die Tür auf und ramm ihn die Klinge in die Brust. Noch besser in den Hals.«

»Wer ist dran?«, fragte Kyle auf der anderen Seite der Tür.

»Das … das Mädchen«, keuchte Mia. »Sie will …«

»Das du eine Chance hast«, beendete die glockenhelle Stimme den Satz. »Soll ich dir sagen, was dein toller Freund für Pläne hat? Dreh dich mal um. Die Plastiktüte spielt darin eine genauso große Rolle, wie ein bezaubernder Kopf. Und jetzt hör auf mich zu langweilen«, sagte das Mädchen.

Im nächsten Moment schoss ein Schmerz durch Mias Ohr. Ruckartig ließ sie das Telefon fallen. Sie fasste sich an Ohrläppchen das sich warm und feucht anfühlte. Sie sah das Blut auf ihren Fingerspitzen. Gleichzeitig erkannte sie den Zeigefinger des Mädchens, der aus dem Display herausragte. Im nächsten Moment war es schon ihr Arm. Kurz darauf stand sie komplett vor Mia.

Mia wich zurück, bis sie mit dem Rücken an die Arbeitsplatte stieß. Sie wollte weglaufen, aber wohin? Draußen wartete Kyle, der eigene Pläne verfolgte. Selbst wenn das nicht der Fall gewesen wäre, ihre Beine gehorchten ihr nicht.

Starr vor Angst sah sie dem Mädchen zu, wie es sich auf den Küchentisch setzte.

»Ich dachte, ich leiste dir Gesellschaft in den«, sie sah auf die Küchenuhr, die an der Wand hing, »letzten 39 Minuten, die dir noch bleiben.«

»Bitte«, flehte Mia und schloss die Augen. »Es muss doch eine Möglichkeit geben. Verdammt, ich will nicht sterben.« Instinktiv fasste sie sich an den Bauch. »Das kann alles nicht real sein.«

»Ich dachte, das Thema hatten wir schon.«

Mia öffnete die Augen. »Ich weiß, aber warum?«

»Du bist die erste Person, die mich das fragt«, teilte ihr das Mädchen mit.

Draußen hämmerte Kyle gegen die Tür und rief immer wieder Mias Namen.

»Du willst ehrlich das Warum wissen?« Das Kind legte den Kopf schief. Es hob den Teddy an ihre Lippen. »Sollen wir es ihr erzählen?«

So verharrte sie einen Augenblick. Dann nickte sie.

»Meine Mutter war eine Frau, die viele Männer hatte.« Bei diesen Worten zuckte sie mit den Schultern. »Sie wusste nicht einmal, wer mich gezeugt hat. Egal. Ein paar von ihnen blieben nur wenige Tage, andere zumindest einen Monat. Das lag daran, dass sie das Herz am rechten Fleck hatte, aber weder gebildet, noch eine Schönheit war. Einer der Männer ging dann nicht mehr fort. Meine Mutter war damals unendlich glücklich. Ich fand ihn hingegen unheimlich. Er hatte diesen gewissen Faible.

So, wie sie es aussprach, lief es Mia eiskalt den Rücken hinunter.

»Nicht was du denkst. Zumindest nicht am Anfang. Er filmte sich gerne beim Sex und zeigte die Aufnahmen seinen Freunden. Einer von denen war sogar bei der Polizei. Die erste Zeit genügte ihm meine Mutter, doch irgendwann befasste er sich intensiv mit mir. Eines Tages ging er zu weit und ich wandte mich an eine Lehrerin, zu der ich Vertrauen hatte. Die Kurzfassung ist, sie lief damit direkt zur Polizei. Zum Glück wurde ich schnell ohnmächtig.«

Sie zog den Kragen ihres Kleides zur Seite. »Ich schätze, er hat mich erwürgt, wenn ich mir die blauen Flecken hier anschaue.«

»Oh«, flüsterte Mia. »Wie kann man so was nur einem Kind antun.«

»Ach, das war nicht das Schlimmste. Grausamer war, dass er es so aussehen ließ, als hätte ich mich wegen der Lüge im Stall erhängt. Nur seine engsten Freunde kannten das Video meiner letzten Stunden.

Ein paar Tage später fand meine Mutter es. Sie wollte sich die Aufnahme vom Ausflug an den Strand ansehen und stieß auf den Film. Diesmal ging sie zur Polizei. Dort geriet sie an den Freund, der sie nur auslachte und die Kassette einfach behielt. In ihrer Verzweiflung erhängte sie sich ebenfalls im Stall mit einem alten Bettlaken. Das Schwein kam, als sie oben auf dem Stuhl stand. Sie stritten und er trat ihr die Sitzfläche unter den Füßen weg.

Er filmte ihren Todeskampf, während er sich einen runterholte. An dem Abend sah er sich das Video an, gab damit vor seinen Freunden an, die es noch geiler fanden, als meine Qualen. Ich weiß nicht, wieso, aber ich sah sie durch den Fernseher da sitzen, hörte ihr stöhnen und plötzlich konnte ich heraus. Der eine starb an einem Infarkt, der Polizist erschoss versehentlich den vierten im Bunde, als er auf mich schoss und die Kugel durch mich hindurch flog. Mein Peiniger geriet in Panik. Er schlug ihn mit einem Hammer von hinten den Schädel ein, bevor dieser überhaupt wusste, wie ihm geschah. Und als er merkte, dass ich nicht verschwand, jagte er sich eine Kugel ins Gehirn.«

Das Mädchen schüttelte den Kopf.

»Das Video, das die Polizei Tage später als Beweis sicherte, war dann nicht die Aufnahme mit mir, sondern der Tod der vier Männer.«

»Aber was haben wir damit zu tun, was dir passiert ist? Das Schwein lebt nicht mehr und …«

»Diese Perversen ergötzen sich an meinen Qualen. Die Kollegen auf der Wache machten sich lustig über den Tod der vier. Es ist erschreckend, dass niemand mit den Personen in den Aufnahmen leidet. Deswegen bereitet es mir große Freude, zu wissen, dass euch das gleiche Schicksal ereilt, ohne dass ihr es ahnt. Ihr denkt, es ist Spaß, ein kleiner Horrorfilm. Der Moment, in dem ihr die Wahrheit erkennt – ein Bild für die Götter.«

»Das ist verrückt.«

»Mag sein, aber ist es nicht genauso psychotisch sich einen Film anzusehen, wo Menschen abgeschlachtet werden oder sich gegenseitig umbringen.« Langsam rückte sie an den Rand des Tisches und leckte sich mit ihrer Zunge über die Zähne. Dann sprang sie herunter. »Genug geredet. Die Zeit ist aufgebraucht. Es bleiben noch fünf Minuten, in denen einer sterben muss. Eene, meene, Miste …«

»Bitte …«, begann Mia, aber ihr Kopf fühlte sich leer an. In ihrer Brust hämmerte das Herz, als würde es jede Sekunde explodieren. Das Rauschen des Blutes überdeckte sogar das Hämmern an der Tür.

»Kyle«, flüsterte sie. »Es tut mir leid.«

Ihr Atem ging immer schneller, bis das Mädchen vor ihren Augen verschwamm. Mia merkte, wie ihre Beine nachgaben, dann wurde alles um sie herum schwarz.

Laute Stimmen drangen an Mias Ohr. Sie verstand nicht, was sie sagten. Dafür dröhnte ihr Kopf zu sehr. Schwach erinnerte sie sich an die Videokassette. Lief der Film immer noch?

»Kyle«, murmelte sie und richtete sich benommen auf. »Holst du mir eine Schmerztablette? Mein Kopf dröhnt, als wäre ich gegen eine Wand gelaufen.«

Um ihre Worte zu unterstreichen, wollte sie sich die schmerzende Stirn reiben. Mitten in der Bewegung ertönte ein metallisches Geräusch und ihr Arm stoppte abrupt.

»Was?«, fragte sie benommen. Blinzelnd öffnete sie die Augen. Sie war nicht im Wohnzimmer auf dem Sofa, sondern saß in der Küche auf dem Boden. Um ihr Handgelenk schmiegte sich eine Handschelle, dessen anderes Ende am Heizkörper befestigt war.

»Guck mal, wer da aufwacht«, sagte eine weibliche Stimme.

Mias Blick schnellte in die Richtung. Sie gehörte einer Frau in einer Polizeiuniform, die mit einem unbekannten Mann redete.

»Was … Was ist passiert? Wo ist Kyle?«, fragte sie. »Kyle? Was ist hier los?«

»Dein Freund? Der ist auf dem Weg in die Gerichtsmedizin. Mich würde eher interessieren, warum Sie ihm den Schädel mit einem Fleischhammer zu Brei geschlagen haben?«

»Fleischhammer?«, wiederholte Mia. Die Erinnerung an den Film, das Mädchen, ihren Stiefvater und Simon überrollte sie mit einem Mal.

»Ich … was auch immer passiert ist, ich war das nicht«, stammelte sie. »Bitte, da war diese Videokassette in dem Koffer.«

Weiter kam sie nicht, denn die Frau winkte ab und sagte im barschen Ton: »Das können Sie mir gleich auf dem Revier erzählen. Bis dahin sollten Sie in Ruhe ihre Aussage überdenken und sich einen Anwalt nehmen. Der Fleischhammer, das Blut an ihrer Kleidung – all das spricht nicht gerade für ihre Unschuld.«

»Aber«, begann Mia, als sie das Telefon auf dem Fußboden sah. Eine Karte mit der Nummer 10 Stand davor. Für einen Bruchteil einer Sekunde leuchtete das Display auf. Das Mädchen zwinkerte ihr zu.

Augenblicklich fing Mia an zu lachen. Erst ein Glucksen, das sich immer mehr zu einem hysterischen Gelächter steigerte. Selbst, als sie abgeführt wurde und hinten im Auto saß.

Drei Monate später entdecken die Entrümpler die Kassette unter dem Sofa, wo sie hingerutscht war.

»Guck mal, klingt nach Trash, was meinst du, Joe?«, rief der eine und hielt sie hoch. »Wollen wir uns den Film heute Abend bei ein paar Bierchen reinziehen? Könnte lustig werden, so ein alter Horrorfilm.«

Glitzernde Scherben aus Dunkelheit

Katharina Gerlach

»Ich verstehe nicht, warum du das Haus unbedingt aufsuchen willst. Es ist ja nicht so, als hätte Onkel Theo der Familie nahe gestanden. Und du willst es sowieso verkaufen.« Lana stemmte die Hände in die Seite und starrte ihre ältere Schwester an, die diverse Reinigungsmaterialien aus einem makellosen Schrank in einer ebenso makellosen Küche nahm.

Sie konnte nicht sagen, warum ihr ein Haus, das sie nur auf einem Foto gesehen hatte, solch ein Unbehagen bereitete, aber ihr Instinkt beschwor sie, sie solle so weit wie möglich weg davon bleiben. Und sie wollte auch nicht, dass Claire dort hinging. »Wir wussten nicht einmal, dass es ihn gab.«

»Ich habe das Erbe angenommen, Lana.« Claire stopfte noch eine Flasche Desinfektionsmittel in die überquellende Tasche voller Chemikalien. »Ich kann wenigstens sicherstellen, dass alles perfekt ist, bevor der Makler am Montag kommt.«

»Der Anwalt sagte, sie hätten Fachleute dort gehabt. Die sollten sich um alles gekümmert haben. Da gibt es für dich nichts mehr zu tun.« Lana wusste, dass ihre Stimme flehend klang, aber sie konnte es nicht abstellen. Ihr ganzer Körper zitterte. Sie wusste einfach, dass Claire etwas Schlimmes passieren würde. »Bitte, Claire. Ich hatte letzte Nacht einen meiner Albträume.«

»Ich dachte, Papa hätte dieses Problem mit dir gelöst.« Claire schloss die Tasche mit den Chemikalien. »Waren sie nicht verschwunden, nachdem er dir das Schießen beigebracht hatte?«

Lana erinnerte sich gerne an die Schießübungen, obwohl sie den unerschütterlichen Glauben ihres Vaters an das Übernatürliche nicht teilte. Es war die Zeit gewesen, die er mit ihr verbrachte, anstatt auf der Jagd nach Spukhäusern irgendwo im Land zu sein.

Nachdem klar war, dass kein Tumor für ihre Träume verantwortlich war, hatte ihr Vater sie bis zu seinem Tod trainiert. Dreimal die Woche schossen sie mindestens je drei Stunden auf stehende und bewegliche Ziele. Ihr Vater gab ein Vermögen für Munition aus, aber es half. Die Albträume waren für eine Weile abgeklungen. Doch jetzt waren sie zurück.

Lana wischte sich über das Gesicht. Basierte ihre Furcht vor dem Haus wirklich darauf, dass sie in den letzten Monaten kaum noch trainiert hatte? Kehrten ihre Albträume zurück, weil sie keine Ziele aus Papier mehr abknallte?

»Lana? Bist du in Ordnung?« Claire legte ihre Hand auf Lanas Schulter und sah ihr ins Gesicht.

»Ich will nicht, dass du gehst.« Lana wusste wie lahm das klang.

Claire lächelte.

»Irgendjemand muss es tun. Onkel Theo hat mir einen Brief hinterlassen, den ich nicht ignorieren kann.«

Also wusste sie mal wieder mehr als sie sagte. Mit dem Geschäft ihres Vaters war es das Gleiche gewesen. Nach seinem Tod hatte sie die Firma aufgelöst und Lana nie wirklich erklärt, womit sich ihr Vater den Lebensunterhalt verdient hatte. Alles, was Lana wusste, war, dass er sich für besondere Waffen interessierte: zeremonielle Messer aus Obsidian oder Silber, Wurfsterne aus unzerbrechlichem Glas, Schwerter und Schusswaffen mit spezieller Munition. Sie hatte darum gebettelt, mehr zu erfahren, aber Claire hatte sie immer auf später vertröstet.

»Es ist genauso wie bei Papas Tod.« Lana runzelte die Stirn und versuchte, eher wütend als besorgt zu wirken. »Du nimmst mich nie ernst.«

»Sei nicht albern, Lana. Das Haus muss nur sauber gemacht werden, und niemand kann das so gründlich wie ich. Du weißt das.«

Das stimmte. Ihr Putzdienst war Spitzenklasse, und sie hatten noch keine einzige Beschwerde gehabt, seit sie die GmbH gegründet hatte. Inzwischen gab es sogar drei Büroangestellte und neben Lana drei Reinigungsteams.

»Warum müssen wir eigentlich persönlich dort hin? Warum lässt du es nicht Team Eins übernehmen. Die sind gründlich und schnell.«

»Aber sie sind nicht ich.« Claires Finger gruben sich in den Stoff der linken Tasche. »Ich bin es Onkel Theo schuldig, mich selbst darum zu kümmern.«

»Aber …« Lana kam nicht dazu, weitere Argumente anzubringen. Mit einem energischen Schnaufen, das Lana sagte, das Thema sei beendet, machte Claire den Reißverschluss der zweiten Tasche zu und gab beide ihrer Schwester.

»Bring die bitte zum kleinen Transporter. Ich hole den Sauger.«

Geschlagen hob Lana die schweren Taschen hoch und tat, worum sie gebeten worden war. Wofür sie so viele Nachfüllpackungen für die diversen Putzmittel brauchten war ihr wie immer ein Rätsel, aber Claire bestand jedes Mal darauf. »Lieber zu viel als zu wenig«, meinte sie immer.

Als sie die Taschen neben zwei ähnliche in den Kofferraum ihres zerbeulten Firmenwagens stellte, entschied sie spontan, gegen ihren Instinkt zu handeln. Sie würde Claire begleiten und sich vergewissern, dass ihrer Schwester nichts passierte. Mit einem Knoten im Magen ging sie zum Haus zurück, zog ihren Overall an, band das Kopftuch um und befestigte ihre Taschenlampe an der Brusttasche. *Abziehleder für Fenster: ist da. Staubtuch: ist da. Antibakterielle Wischtücher: sind da.* Alles war vorhanden. Sie konnte sich nicht erklären, warum sie sich umdrehte und den kleinen Waffensafe öffnete, der unter ihrer Kommode stand.

In der oberen Schublade lag der Colt ihres Vaters auf einem Polster aus weißen Taschentüchern, die sie von ihrer Mutter geerbt hatte. Natürlich hatte sie ihn fleckenlos gehalten. Sie konnte sich nicht erklären, warum, aber sie nahm die schwere Waffe in die Hand. Ihr Gewicht beruhigte sie mehr, als es ihre zierliche Halbautomatik tat, und die Spannung zwischen ihren Schultern ließ etwas nach. Wenn ihr Albtraum wirklich so etwas wie ein Omen war, war sie wenigstens gewappnet.

Mit einem Seufzer füllte sie die Trommel mit der einzigen Munition, die sie hatte – versilberte Hochleistungskugeln – und steckte die Waffe zusammen mit den restlichen Patronen in ihre Tasche, bevor sie zu Claire zurückkehrte.

»Du kommst nicht mit.« Ihre Schwester trug den Staubsauger durch den Vorgarten zum Auto.

»Du kannst mich nicht aufhalten. Ich bin erwachsen und kann tun, was ich will.« Lana schob ihr Kinn vor und starrte Claire herausfordernd an.

»Ich dachte, du wolltest hierbleiben.« Claire hob den Staubsauger ins Auto, als plötzlich die schwarze Katze des Nachbarn über den niedrigen Holzzaun zwischen den Häusern sprang und auf sie zu schlenderte, den Schwanz stolz erhoben. Claire erstarrte und verfolgte den Weg der Katze mit den Augen.

Lana fragte sich, wie eine hervorragend organisierte und vernünftige junge Frau wie ihre Schwester so abergläubisch sein konnte. Sie ahmte das Bellen eines Hundes nach, und die Katze raste fauchend davon.

»Puh, das war knapp.« Claire stellte den Sauger ab und seufzte. »Dank dir. Trotzdem wäre es mir lieber, du würdest hierbleiben.«

Lana stöhnte innerlich. Einerseits nahm Claire keine einzige von Lanas Vorwarnungen – oder Albträumen, wie sie sie nannte – ernst, andererseits war sie die abergläubischste Person, die Lana kannte. Sie besaß ein silbernes Messer, hatte ihre Putzmittel sogar segnen lassen. Eine ihrer Hosentaschen war mit Salz gefüllt, falls sie einen Spiegel oder so etwas zerbrach. »Sag mir nicht, dass es wegen der Katze nicht geht.«

»Eine schwarze Katze ist ein schlechtes Omen, aber immerhin hat sie unseren Weg nicht gekreuzt.«

Lana nahm das als Erlaubnis.

»Mitgegangen, mitgefangen, mitgehangen.« Sie schluckte ihren Ärger herunter, setzte sich auf den Beifahrersitz, schnallte sich an, verschränkte die Arme über ihrer Tasche und starrte das Foto des Hauses an, das Claire an das Armaturenbrett neben dem Navi geklebt hatte. Mit den Rosenbüschen, dem weißen Anstrich und den dunkelgrünen Schindeln auf dem Dach wirkte es täuschend friedlich. Es wäre ein Traumhaus, wenn unter der Fassade nicht etwas Dunkles und Unheimliches lauern würde. Lana schloss die Augen und hoffte, dass sie aufwachen würde.

Was wäre, wenn es nur wieder einer jener Albträume war, die sie als Kind so oft geplagt hatten? Sicher, sie waren abgeklungen, als ihr Vater ihr das Schießen beigebracht hatte, aber bedeutete das, dass sie nie wiederkommen würden? Sie sah sich das Haus noch einmal an. Es lockte sie – und in ihr schrie alles danach, zu fliehen. Lana konnte nicht sagen, was genau sie schaudern ließ, und sie bedauerte ihre Entscheidung jetzt schon. Aber sie konnte Claire auf keinen Fall alleine fahren lassen.

Ihr Schwester hatte das Navi eingestellt und den Motor gestartet. »Na dann mal los.«

Meine Zeit läuft ab. Ich bin so schwach. Das Rechteck aus Licht hängt verlockend nah, zeigt aber nichts, das ich nicht schon gesehen hätte. Leere. In der Halle, in meinem Bauch, überall. Wie viele Tage habe ich noch? Ich werfe einen Blick in die Ecke meines Verstecks, aber der Abgrund ist noch geschlossen. Noch sind die Überreste meiner Spielzeuge stark genug. Wie viel länger sie wohl durchhalten? Einen Tag … oder zwei? Warum habe ich nicht zugeschlagen, als ich die Möglichkeit hatte?

Ich erinnere mich genau an den Tag, an dem sie den alten Theo abholten. Er war ein wirklich schwerer Fall gewesen, aber am Ende kriegte ich ihn. Ich kann seinen Blick auf mir spüren, obwohl er keine Augen mehr hat. Damals hatte der Leichenbeschauer Theos Anwalt gefragt, wer das Haus erben würde. Er überlegte, ob er es kaufen wolle. Ha! Als ob ich es zuließe, dass eine so erbärmliche Kreatur in etwas so Wunderbares wie mein Heim einzieht. Der Anwalt murmelte etwas von zwei Nichten, die gesucht werden müssten, und ich ging davon aus, dass das schnell passieren würde.

Doch jetzt ist bereits ein ganzes Jahr vergangen, und abgesehen von einer verschrumpelten, alten Putzfrau ist seitdem kein einziger Mensch mehr aufgetaucht. In meiner Verzweiflung habe ich sogar versucht, die Putzfrau als Zwischenlösung anzulocken, aber sie ist zu blind, um zu sehen, zu taub, um zu hören. Nach einer Woche gab ich auf.

Hunger gräbt sich durch mein Wesen. Er erinnert mich daran, wie dringend ich eine neue Seele brauche. Eine, die hell genug brennt, um meine Welt zu erleuchten und den Abgrund verschlossen zu halten, aber mit einem Makel, der verhindert, dass ich verbrenne. Nicht mehr lange, dann wird sich der Abgrund öffnen und mich verschlucken. Eine Welle der Verzweiflung wäscht über mich hinweg. Ich begrüße sie wie den alten Freund, der sie ist.

Moment mal. Höre ich da nicht ein Auto? Schlägt da nicht jemand die Türen zu? Ich hebe den Kopf voll Vorfreude und starre auf das helle Rechteck vor mir, mein Fenster in die Welt. Kommt meine Rettung?

»Du meine Güte. Das Haus ist viel größer, als ich erwartet habe.« Mit einer Tasche voll Notwendigem wie Schokolade, Kaffee und Sandwiches,

Putz- und Bleichmitteln, die über ihrer Schulter hing, starrte Lana die weiße Villa an. Auf dem Foto hatte sie nicht so groß ausgesehen.

»Es gibt acht Schlafzimmer im oberen Stockwerk, eine Küche, ein Esszimmer, ein Arbeitszimmer, eine Bibliothek, ein Wohnzimmer und eine riesige Halle im Eingangsbereich. Außerdem gehören fünfzig Morgen Land dazu. Das da draußen ist eher wie ein Park, ach was, ein ganzer Wald.« Claire, die ihre Lieblingsweste mit den vielen, mit Putzmitteln vollgestopften Taschen trug, schloss die Haustür auf und zuckte vor Ekel zusammen. »Guck dir das an.« Sie zeigte auf ein großes Spinnennetz unter dem Vordach der Veranda. »Wer immer dieses Haus putzt, kriegt das wohl nicht besonders gut auf die Reihe. Hoffentlich sieht es drinnen besser aus. Nur gut, dass wir jetzt hier sind.«

Lana schauderte und starrte das Netz an wie ein Kaninchen die Scheinwerfer eines Autos. War es leer? Wenn immer noch eine Spinne darin wäre, würde sie auf keinen Fall darunter durch gehen. Nicht für alles Geld der Welt. Nichts bewegte sich in der Dunkelheit, obwohl ihre Fantasie das behauptete. Ein Stimmchen in ihrem Verstand meinte, dass, wenn jemand Angst vor Spinnen haben musste, es ihre abergläubische Schwester sein müsse, nicht sie, aber es half nicht. Ihre Knie waren so weich, dass sie froh war, als Claire ihren Arm packte und sie weiterzog.

»Spinnen sind nicht wie die Monster in deinen Albträumen, Lana. Wie oft muss ich dir das noch sagen?«

»Ich werde das auf keinen Fall anfassen.« Lana sah immer wieder zurück, als sie durch die Tür traten. »Hoffentlich gibt es im Haus keine Spinnennetze.«

»Boa!« Claire blieb stehen und Lana stieß gegen sie. Als sie sich umdrehte, befand sie sich in einer achteckigen, zweigeschossigen Eingangshalle mit weißen Wänden und einem dunklen Parkettboden. Auf der linken Seite führte eine breite Freitreppe zum oberen Flur. Auf der rechten Seite, neben einer aus hellem Massivholz gefertigten Garderobe, befand sich eine beinahe unsichtbare Tür. Lana vermutete, dass sie in die Küche führte. Geradeaus gab es eine schlichte, aus demselben Holz wie die Garderobe hergestellte Doppeltür, die nur leicht angelehnt war. An der Wand daneben hing der hässlichste Spiegel, den sie jemals gesehen hatte. Sein dunkler Holzrahmen war überzogen mit geschnitzten Grimassen, Fledermausflügeln und Kreaturen mit Klauen und spitzen Zähnen. Ein eisiger Schauer lief ihr über den Rücken, doch Claire schüttelte nur den Kopf.

»Der ist so hässlich, der muss einiges wert sein. Aber guck dir den Zustand an, in dem er ist.« Sie trat näher an das Glas heran und betrachtete es. Die silbrige Oberfläche hinter ihrem Spiegelbild war mit Rissen und Löchern gespickt. »Ich muss einen Spezialisten anfordern, der ihn restauriert.« Sie seufzte. »Ich hoffe nur, er ist den Aufwand wert. Wenn er wirklich antik ist, kann es sein, dass wir allein damit genug Geld verdienen, um diesen Dampfreiniger für Fenster zu kaufen, über den wir geredet haben.« Sie zog ein weißes Tuch aus ihrer Schürzentasche heraus, wischte das Oberteil des Rahmens ab und betrachtete das Tuch – keine Spur von Staub. »Na, das ist wenigstens was. Ich prüfe eben die anderen Zimmer, um zu sehen, was getan werden muss. Kannst du Wasser für eine Tasse Tee aufsetzen, Lana? Ich komme bald in die Küche, und dann sehen wir, wo wir stehen.«

Jaaaaaa! Gleich zwei! Ich kann ihre Unschuld schmecken. Wie süß. Und wie sie Theo ähneln, als er das erste Mal zu meinem Haus kam, den Bruder und seine schwangere Schwägerin im Schlepptau. Wie dumm, dass er das Paar wegschickte. Ich hätte gerne eine Weile mit ihnen gespielt. Theo allein war nie genug.

Na ja, wenigstens habe ich dadurch jetzt zwei wunderbare Mädchen. Ihre Furcht wird mich beschützen und nähren, bis meine übliche Stärke zurückkehrt. Und dann … Ich kann mir das Lachen kaum verkneifen. Oh wie sehr ich es auskosten werde, wenn ich eine von ihnen zwinge, die andere zu töten. Diesen unwiederbringlichen Moment, in dem die Unschuld für immer verpufft. Ich werde ihn ebenso sehr auskosten wie die Essenz der beiden, während ich ihre Körper genieße.

Aber vielleicht schicke ich auch eine von ihnen fort und lasse die anderen ein Tier oder ein Kind aus der Nachbarschaft töten. Schließlich halten menschliche Körper nicht lang und ich werde eine neue Seele brauchen, wenn es so weit ist. Möglicherweise sollte ich eines der Mädchen dazu zwingen, einen Erben für das Haus auszutragen.

Egal wie es kommt, es wird sich seltsam anfühlen, in diesem Leben weiblich zu sein.

Lana kannte die Effektivität ihrer Schwester, wenn sie die Arbeiten abschätzen musste, die nötig sein würden, um einen Ort zu reinigen.

Sie hatte also nicht viel Zeit, um den üblichen Snack vorzubereiten. Mit einem Handgriff rückte sie die Tasche mit ihren Lebensmitteln zurecht und eilte in die Küche, die viel moderner war, als Lana beim Anblick des Hauses erwartet hatte. Es war ein Traum: von den vielen Haushaltsgeräten über die cremefarbenen Massivholzmöbel bis zur Arbeitsplatte aus dunkelgrauem Granit. Die Hängeschränke hatten Fenster, durch die sie Porzellan mit einem gelbblauen Blumendesign erkennen konnte. Sie verliebte sich sofort. Wie schön es hier war! Sie konnte sich gut vorstellen, wie sie etwas Spektakuläres auf dem makellos sauberen Gasofen kochte. Er wirkte, als hätte Onkel Theo ihn selten benutzt. Ihre Hand fuhr über den dunklen Stein der Arbeitsplatte, während sie auf den Wasserkocher zuging.

Ihre Finger berührten etwas Weiches. Ihr Kopf fuhr instinktiv herum und sie starrte die große Tarantel an, die jetzt neben ihrer Hand saß. Lanas Kehle war wie zugeschnürt, trotzdem entwich ihr ein Schrei. Sie stolperte ein Schritt rückwärts, und das Zimmer wurde dunkel. Mit einem Mal waren graue Wände mit Spinnweben überzogen, schälte sich das Dekor von den verblassten Küchenmöbeln und legte Nester von Asseln und Küchenschaben frei. Lana rang nach Luft und trat einen weiteren taumelnden Schritt zurück. Ihr Blickfeld verengte sich zu einem Tunnel, an dessen Ende sich eine fette Gartenspinne von der Decke auf ihr Gesicht zubewegte.

»Ach komm schon, Lana. Das ist doch nicht so schlimm, oder?« Claires Stimme vertrieb Lanas Angst, nicht aber die Spinne. Sie baumelte nur zwei Fuß über Lanas Kopf. Claire, die ein Glas und ein Stück Papier in den Händen hielt, schob sie beiseite.

»Hier. Lass mich.« Sie fing die Spinne mit dem Glas und bedeckte es mit dem Papier, bevor sie es ins Freie trug. Lana sank auf einen Küchenstuhl, schloss die Augen und rang nach Luft. Sie konnte hören, wie Claire mit dem Biest redete.

»Was für eine Schönheit du bist.« Claire gurrte das Monster an. »Glaub mir, du wirst im Garten viel glücklicher sein als drinnen.« Die Tür schloss mit einem Klicken, und Claires Schritte kamen auf Lana zu. »Ich verstehe nicht, warum du jedes Mal wegen so einer kleinen Spinne ausflippst. Die sind doch harmlos. Alles, was sie tun, ist, dass sie Insekten fressen, Stechmücken beispielsweise. Und außerdem ist sie jetzt weg.«

Widerwillig öffnete Lana ihre Augen. Die Albtraumküche hatte sich wieder in den cremefarbenen Traum zurückverwandelt, den sie vor einer Weile so bewundert hatte. Ihr Atem beruhigte sich. Was zum … warum hatte sie vor einem Augenblick so anders ausgesehen? Spielte ihr Verstand ihr einen Streich? Oder wollten ihre Albträume jetzt auch noch ihr Leben übernehmen?

Sie kämpfte gegen ihre Panik bis sie sich halbwegs im Griff hatte, öffnete die Tasche und suchte darin nach dem löslichen Kaffee, den sie am Morgen eingepackt hatte. Claire holte zwei Becher aus einem der Schränke und füllte den Kessel mit Wasser.

»Ich muss zugeben, dass mich der erste Eindruck getäuscht hat. Ich bin beeindruckt, wie gründlich das Haus gereinigt wurde. In den Zimmern, die ich bisher überprüft habe, gibt es nicht viel zu tun.« Claire setzte sich auf den Stuhl gegenüber von Lana und streckte die Hand aus, um einem Schokoriegel zu fordern. »Ich muss natürlich noch die Bibliothek überprüfen. Dein Schrei hat mich davon abgehalten. Und das Esszimmer muss ziemlich schmutzig sein, denn das Siegel der Polizei an der Tür ist unberührt.«

Was für ein ermutigender Anfang. Ich ahnte, dass mindestens eine von ihnen vor Spinnen Angst haben würde. Frauen fürchten sich fast immer vor den kleinen Schönheiten. Ihre Panik pulsiert durch meine Adern. Ich gewinne an Stärke und zum ersten Mal in Monaten kann ich wieder atmen. Das macht die Dinge so viel leichter. Pech nur, dass die zweite Frau die Situation so schnell unter Kontrolle bekommen hat. Wahrscheinlich ist sie an Spinnen gewöhnt. Aber an meine anderen Ideen wird sie nicht gewöhnt sein.

Ich reibe meine Hände, trete näher an mein Tor zur Welt und kratze am Glas. Eine weitere silberne Flocke schwebt zu Boden. Ich verlasse das, was einmal mein Gefängnis war, mit Leichtigkeit und blicke durch die Mauer in die Küche. Zu schade, dass ich nicht stark genug bin, um sie auch zu hören. Mei oh mei, wie friedlich sie Kaffee trinken. Für einen Moment überlege ich, ob ich ihnen eingeben sollte, es sei Blut, aber dann habe ich eine bessere Idee. Hoffentlich gehen sie gleich ins Esszimmer. Ich habe eine wunderbare Überraschung für sie.

Einige Minuten später gingen die Schwestern auf das Esszimmer zu, Besen und Eimer in der Hand und die Köpfe mit Tüchern geschützt.

Die Härchen auf Lanas Armen richteten sich auf, noch bevor Claire die Tür öffnete. *Flieh!*, riefen ihre Instinkte, aber sie war unfähig sich abzuwenden. Etwas zog sie unwiderstehlich näher. Etwas Dunkles und Gefährliches. Etwas mit Zähnen und Klauen. Sie wollte Claire warnen, aber ihre Kehle war wie zugeschnürt, sodass sie nicht sprechen konnte.

Die Scharniere der Esszimmertür quietschten und sandten eisige Schauer über Lanas Rücken.

»Die brauchen dringend einen Tropfen Öl.« Claire zog eine kleine Flasche Nähmaschinenöl aus einer der unzähligen Taschen an ihrer Weste und tropfte etwas auf beide Scharniere. Dann bewegte sie die Tür hin und her, bis der Lärm aufhörte. »Siehst du, ganz leicht. Lass uns an die Arbeit gehen.«

Sie trat durch die Tür, und Lana folgte ihr widerwillig. Sie war sich sicher, dass etwas Böses dort drinnen auf sie wartete, deshalb presste sie ihre Lider aufeinander. Als sie gegen Claire stieß, öffnete sie die Augen. Entsetzt starrte sie den Körper eines großen, leicht buckligen Mannes an, der von der Decke baumelte. Er schwang sanft hin und her, obwohl es keinen Luftzug gab, ja nicht einmal einen Hauch. Das Zimmer war sehr warm und gefüllt mit dem kränklich süßen Geruch, den Lana mit Verwesung verband. Sie würgte. Das Blut rauschte in ihren Ohren und sie wäre davongelaufen, wenn ihre Beine nicht zu schwach gewesen wären. Woher kam dieser Mann? Wie lange hing er dort schon?

»Seltsam. Ich war mir sicher, sie hätten Onkel Theo letzte Woche begraben.« Claire hatte sich eindeutig erholt, denn ihre Stimme triefte vor Spott. Sie marschierte zum Fenster und öffnete es weit, während Lana immer noch versuchte, ihre Bemerkung zu verarbeiten. Hatte Claire Onkel Theo doch gekannt? Aber warum hatte sie dann nichts gesagt? Ihr Blick hing an dem Gehängten, der nun in einem nicht-existenten Wind hin und her baumelte. Hatte sich ihr Onkel selbst getötet?

Sonnenlicht flutete ins Zimmer und blendete Lana. Als sich ihre Augen an das Licht gewöhnt hatten, war der Mann weg.

Claire stand dort und starrte das Seil an, das immer noch von einem Haken in der Decke hing. Nach einem kurzen Moment schüttelte sie ihren Kopf, als müsse sie ihn leeren. »Es muss eine optische Täuschung gewesen sein. Wahrscheinlich hat das Licht mit dem Staub in der Luft gespielt.«

Lana glaubte ihr nicht. Ihr Herz raste immer noch, und der süßlich faule Geruch hing in ihrer Nase. Sie streckte die Hand nach einem

Stuhl aus, um das Zittern der Beine in den Griff zu bekommen, als etwas Kaltes auf ihrer Schulter landete. Instinktiv sah sie sich um. Eine blasse Hand hielt sich an ihr fest und ein Wurm kroch aus einem Loch in der Haut.

Ihr Schrei ließ die Erscheinung zwar verschwinden, aber Lana konnte sich einfach nicht beruhigen. Zwei kurze, harte Klapse auf ihre Wangen rissen sie aus der Panik.

»Hör damit auf!« Claire schüttelte ihre Schultern sanft und starrte sie an. »Hier gibt es nichts, dass dir schaden könnte, nicht einmal eine Spinne.«

Lana versuchte, ihre Atmung wieder unter Kontrolle zu bekommen. Wieso hatte Claire den Mann nicht gesehen? Ein Schluckauf machte es ihr unmöglich zu sprechen, also zeigte sie einfach auf die Spinnennetze, die Pfütze abgestandenen Urins unter dem baumelnden Seil und die faulen Äpfel auf dem Tisch. Claire seufzte.

»Ich wusste, dass du es nicht verstehen würdest. Ich hätte dir nicht erlauben dürfen mitzukommen.« Sie ließ Lanas Schultern los. »Für diesen Teil unseres Geschäfts bist du anscheinend noch nicht bereit.« Sie zog eine faustgroße Sprühflasche aus einer ihrer zahlreichen Westentaschen und sprühte die Äpfel ein. Sofort sahen sie wie normale Äpfel aus, wenn auch leicht nass von dem, das Claire darauf gesprüht hatte.

Nein! Das kann nicht wahr sein! Wieso zerstört sie meine Zaubersprüche immer? Und mit nichts als einer Flasche Wasser. Das ist unmöglich!

Ich sehe näher hin. Sie sieht nach nichts aus, kein Heiligenschein, kein unheimliches Glühen, das von irgendwoher leuchtet. Sie ist keine Hexe. Also wie kann sie sich mir entgegenstellen, ohne den Verstand zu verlieren?

Das muss ich rauskriegen. Ich werfe einen Blick über meine Schulter auf die Reihe der aufgehängten Bündel, die meine Sammlung von verbrauchten Seelen darstellt, und überlege, ob die Kraft in den Überresten des alten Mannes noch reicht. Wird es genug sein, um einen Körper zu erschaffen und trotzdem den Abgrund verschlossen zu halten? Ja, ich glaube schon, wenn auch nicht für lange. Ich muss mich eben beeilen. Ich wende mich dem Spalt in der Ecke meines Gefängnisses zu. Die feurigen Flammen der Hölle greifen nach mir – ohne Erfolg.

Solange die Seelen, die ich gesammelt und gebunden habe, noch existieren, hat der Abgrund keine Macht über mich. Aber dass ich mir eines der Mädchen für später aufhebe, ist jetzt keine Option mehr. Wenn ich den Rest von Theo verbrauche, muss ich viel Kraft sammeln, um seine Stärke zu ersetzen.

»Ich töte sie beide.« Es ist sehr, sehr lange her, dass ich gesprochen habe. Jedes Wort, das ich zu dem alten Mann sage, ist deshalb wie ein Gelübde. »Die Zeit ist gekommen, mir eine neue Familie zu suchen.«

Lana sah zu, wie ihre Schwester das Besprühen an der Pfütze und den Spinnweben wiederholte. Nach kurzer Zeit sah das Zimmer wieder gemütlich und einladend aus. Alle die entsetzlichen, widerlichen Elemente waren verschwunden.

»Weihwasser«, sagte Claire und zeigte auf die Sprühflasche. »Ziemlich nützlich gegen dunkle Magie.«

»D… d… dunkle Magie?« Lana fühlte sich wie betäubt. Ihre Welt, die Welt, in der sie ihr ganzes Leben gelebt hatte, existierte nicht mehr. Mit einem Mal ergab Claires sonderbarer und unlogischer Aberglaube auf eine erschreckende Weise einen Sinn.

Claire drückte Lana auf einen Stuhl, setzte sich neben sie und legte ihr eine Hand auf ihr Knie.

»Alles in Ordnung?«

Lana schüttelte den Kopf.

»Wie kannst du …? Ich meine, warum …« Ihr fehlten die Worte.

»Du hast dich nie sonderlich für unsere Familiengeschichte interessiert, nicht wahr?« Claire setzte sich gerade hin und wischte sich mit der freien Hand übers Gesicht. »Ich zuerst auch nicht, doch dann kam Onkel Theos Testamentseröffnung. Neben den Papieren für das Haus schickte er mir eine Akte, die erklärte, warum er nie wieder Kontakt zum Rest der Familie gesucht hatte, nachdem er in dieses Haus gezogen war.«

Lana öffnete und schloss den Mund, aber kein Wort kam heraus, sodass Claire weiter redete.

»Er untersuchte die Tatsache, dass nicht eine Person, die in diesem Haus gelebt hatte, an Altersschwäche starb, und fand etliche beunruhigende Fakten heraus. Vor einigen hundert Jahren, als dieses Haus neu gebaut worden war, hatte eine unserer Vorfahren den Mörder mehrerer Kinder in einen Behälter irgendwo in diesem Haus verbannt. Sie war eine weiße Hexe, eine Hexe auf Seiten der Guten, soweit ich das beurteilen kann.«

»Eine weiße Hexe? Unsere Ahnin?«

Claire ignorierte die Zwischenfrage.

»Wenigstens bin ich mir ziemlich sicher, dass es ihr gelang, den Mörder einzusiegeln. Als Onkel Theo ein Teenager war, fand er das Tagebuch, in dem sie die Tat geplant hatte. Nach Papas Hochzeit kam er hierher, um das Haus zu untersuchen. Er fing sogar mit Papa wegen der Besitzurkunde Streit an, um ihn und Mama von dem Haus fernzuhalten, bis er den Grund für die unnatürlichen Todesfälle herausgefunden hatte. Er entdeckte bald, dass das Haus besessen war, aber all seine Bemühungen, den bösen Geist zu exorzieren, waren vergeblich.«

»Aber woher weißt *du*, wie man einen bösen Geist bekämpft?«

»Dussel. Das mache ich schon, seit ich meinen Betrieb gegründet habe. Ich habe meine Fähigkeiten gegen Papas Wunsch trainiert.« Claire grinste. »Oder dachtest du, wir könnten uns unser Haus und zwei Autos mit nichts als einem einfachen Putzdienst leisten?«

»Und warum habe ich es nie …" Lanas Stimme verklang, als ihr einfiel, wie oft ihre Schwester für ein paar Stunden unterwegs gewesen war, um die Arbeit der Angestellten »zu kontrollieren«, wie sie sagte.

»Ich versuchte immer, dich aus allem heraus zu halten. Auch diesmal, obwohl mir ein Gefühl sagte, du müsstest hier sein. Immerhin ist dieses Haus Teil unserer Familiengeschichte.« Claire legte ihre Hand wieder auf Lanas Knie. »Entschuldige dass ich zugelassen habe, dass du mitkommst.«

Ein Jaulen übertönte Lanas Protest, und ein weißes Leichentuch schwebte auf sie zu. Zwei äußerst blasse Hände mit sehr langen Fingernägeln griff nach ihnen. Claire drängte Lana beiseite, die vom Stuhl kippte und auf dem Hintern landete. Der Griff der Waffe ihres Vaters grub sich schmerzhaft in ihr Gesäß. Die Erscheinung packte Claire. Die Finger schlossen sich um ihren Hals und drückten zu. Lana reagierte, ohne nachzudenken. Sie zog die Waffe aus ihrem Hosenbund, richtete sie auf den Geist und zog den Auslöser durch. Der Rückstoß riss ihr die Waffe aus der Hand, aber die Erscheinung zersplitterte in eine Myriade dunkler Scherben. Nur eine Hand, an die sich Claire klammerte, blieb zurück. Die Splitter strömten aus der Tür auf den Spiegel in der Eingangshalle zu und funkelten wie Diamanten in der

Sonne. Die Hand folgte ihnen. Claire ließ nicht los, sodass sie mitgezogen wurde. Instinktiv schnappte sich Lana ihren Knöchel und wurde ebenfalls mitgeschleift.

Dies ist alles falsch. Warum haben sie silberne Kugeln? Ich rase davon und spüre die Wut in jeder Scherbe meines Herzens. Es kostet mich alle Kraft, die ich noch habe, um mich wieder zusammenzusetzen.

Das werden sie bezahlen! Meine Hand schlingt sich erneut um die Kehle des Mädchens. Ich sauge die Kraft aus ihr heraus. Sie ist doch eine Hexe. So dicht bei ihr kann ich es fühlen. Sie muss einen Weg gefunden haben, ihre Fähigkeiten vor mir aus der Distanz zu verstecken. Sie stöhnt, als ich mehr Kraft in mich sauge, um durch mein Fenster zu treten.

Das ist ihre eigene Schuld. Ich werde sie dazu zwingen, ihre kleine Schwester zu töten, und dann habe ich genug Kraft, um eine neue Familie zu finden, die meiner Aufmerksamkeit würdig ist.

Claires Bein fühlte sich eisig an, als wäre sie schon tot. Lana versuchte, sich ein bisschen zu drehen, damit sie ihre Füße gegen die Wand stemmen konnte, aber die dunklen Splitter zogen sie ohne große Mühe durch den Spiegel.

Lana fand sich in totaler Dunkelheit. Die Schwärze war so vollkommen, dass sie ihre Finger nicht mehr sehen konnte. Sie traute sich nicht, Claires Bein loszulassen, und blinzelte, aber nichts änderte sich.

»Schließ deine Augen und sieh mit deiner Gabe.« Claires Stimme erklang direkt neben ihrem Ohr. »Und beeile dich. Er stiehlt meine Kraft. Sobald er genug gestohlen hat, wird er dich zwingen, mich zu töten.«

Lana wimmerte. Was konnte sie schon tun? Aber trotzdem schloss sie gehorsam die Augen. Zu ihrer Überraschung wurde ihre Umgebung sofort klar. Sie stand in einer Höhle, die groß genug gewesen wäre, um einen Dinosaurier unterzubringen. An einem Ende war etwas, das einem Bett ähnelte, am anderen Ende hing eine Reihe fremdartiger Bündel über einer Grube, aus der ein rötlicher Glanz schimmerte. Die Wände bestanden aus Obsidian und reflektierten das Licht. Es flackerte und tanzte, als wäre es lebendig.

Eine riesige Spinne saß auf Claire und saugte Licht aus ihr heraus. Lana zitterte. Musste es ausgerechnet eine Spinne sein?

»Beeil dich!« Claires Stimme wurde schwächer, während sie sprach. »Da ist ein silbernes Messer in meiner Jacke. Unten rechts. Befreie die Seelen.«

»Die Seelen?« Lana versuchte, nicht an die Spinne zu denken, während sie sich Claires Jackentasche näherte.

»Die Bündel über der Grube. Schnell.« Die echte Claire stöhnte, und die Spinne streckte lachend ein Bein aus. Lana presste ihre geschlossenen Augen stärker zusammen, was die Szene noch deutlicher werden ließ. Also öffnete sie ihre Augen und griff in die Jackentasche. Glücklicherweise war das Messer genau dort, wo Claires Stimme gesagt hatte. Lana kroch ein Stück zurück, bevor sie ihre Augen wieder schloss. Sie ignorierte die Spinne, so gut sie konnte, ging zur Grube und griff nach dem ersten Bündel. Die klebrigen Fasern bewegten sich schwach in ihren Fingern. War dort wirklich eine Seele drin? Ihre Fantasie behauptete, das Bündel sei mit unzähligen Babyspinnen gefüllt. Sie zwang sich dazu, die Augen zu öffnen. Wenigstens verschluckte die Schwärze um sie herum das hässliche Bild. Der Beutel fühlte sich überraschend weich an. Ohne Sicht konnte sie so tun, als hielte sie einen Waschlappen.

Vorsichtig schnitt sie durch die Fasern. Je tiefer sie schnitt, desto mehr Licht strömte daraus hervor. Als sie die Mitte des Bündels erreichte, hielt sie einen Lichtball von der Größe einer Murmel in der Hand.

»Danke«, flüsterte eine männliche Stimme an ihrem Ohr. Konnte das Onkel Theo sein? »Jetzt beeil dich und befreie die anderen, bevor er etwas merkt. Ich helfe Claire.«

Lana schloss ihre Augen, um wieder besser sehen zu können, und machte sich an die Arbeit. Hunderte von Bündeln zu öffnen dauerte lange. Würde Claire so lange durchhalten? Mehrmals warf sie einen Blick über ihre Schulter. Der Lichtball schlug direkt in die Spinne ein. Sie fuhr herum und versuchte, das Licht zu fangen. Claire riss sich los. Ein Blitz schoss aus ihren Fingern und versengte ein Spinnenbein. Das Tier kreischte und griff an.

Eilig wandte sich Lana wieder ihrer Aufgabe zu. Schneiden, reißen … noch eine Seele befreit. Diese war viel kleiner als die erste, eher von der Größe einer Erbse oder eines Reiskorns. Lana arbeitete schnell und lauschte dabei auf den Lärm des Kampfs hinter ihrem Rücken.

Je länger sie arbeitete, um so betäubter fühlte sich ihr Verstand an. Schneiden, reißen … eine weitere Seele stürzte sich in den Kampf. Lana konnte nicht sagen, wie lange sie geschnitten hatte, als sie endlich nach dem letzten Bündel griff. War es ein Tag gewesen? Oder nur ein halber? Oder vielleicht eine Woche?

Ihre Beine waren so schwach, dass sie kaum gehen konnte, aber immerhin erkannte sie jetzt die Umrisse der Höhle sogar mit geöffneten Augen. Sie befreite die letzte Seele, ein Lichtpunkt, kaum größer als ein Stecknadelkopf.

»Bring deine Schwester hier heraus.« Die Stimme des Lichtpunkts war weiblich. Das Licht dehnte sich aus und nahm die Form einer durchsichtigen Frau an, in einem langen, schwarzen Kleid, einer Schürze und einer Haube. Konnte dies die weiße Hexe sein? Ihre Ahnin?

Die Frau lächelte.

»Solange unsere Seelen hier sind, bleibt der Abgrund geschlossen, aber wenn wir gehen … Stell sicher, dass euch das Böse nicht in die reale Welt folgen kann, denn ich werde euch nicht helfen können. Ich bin seit mehr als zweihundert Jahren tot.«

Lana nickte und sah sich nach einem Weg aus der Höhle um. Sie entdeckte ein Fenster aus Licht, das ein Stück über dem Boden hing. Es zeigte die Halle des Hauses, das sie geerbt hatten. Konnte es der Spiegel mit dem hässlichen Rahmen sein? Lana schluckte mehrmals, als sie auf Claire und die Wolke aus Licht zuging, die die Spinne umgab. Sie war auf die Größe von Lanas Hand geschrumpft, was immer noch groß genug war, um ihre Kehle trocken werden zu lassen, aber immerhin war sie kleiner als zuvor.

»Wir müssen gehen, Claire.« Sie nahm den Arm ihrer Schwester und zog sie auf das Fenster zu.

»Nein. Ich muss ihn töten, oder er wird das Haus für alle Ewigkeit heimsuchen.«

»Das ist nicht deine Aufgabe«, sagte Onkel Theos Stimme, aber Lana war sich sicher, dass Claire ihn nicht gehört hatte.

»Die Seelen kümmern sich darum«, sagte sie und nahm all ihre Kraft zusammen, um ihre Schwester durch den Spiegel zu ziehen. Sie stolperten aufs Parkett, und Claire fluchte. Lana sprang auf die Füße und rannte ins Esszimmer.

Nein! Nein! Nein! Das kann nicht wahr sein. Wo sind meine Opfer? Wer hat meine Seelen befreit? Ich muss mehr Spinnweben herstellen, um sie alle wieder einzufangen. Der Abgrund darf sich nicht öffnen. Mehr Spinnenseide. Über die Grube. Ein Netz, um die flüchtigen Seelen zu fangen. Verflucht! Warum sind sie so verdammt beweglich? Ich muss ihnen in die andere Welt folgen. Bin ich froh, dass ich die Barriere schon vor langer Zeit durchbrach. Auf halbem Weg durchs Fenster stoße ich gegen eine Mauer. Die neue Hexe starrt mich an. Ich versuche, mich an ihrem Zauberspruch vorbei zu zwängen, aber sie ist jung und stark.

Eine Ranke aus Schwärze legt sich um mich. Ich drehe mich um, und mein Herz bleibt stehen.

Der Abgrund öffnet sich. Zuerst kommt Rauch, aber ich kann die ersten Flammen schon sehen.

Neeeeeiiiiin!

Papas Colt lag da, wohin er gefallen war. Ihn zu schnappen und zur Halle zurückzukehren, dauerte weniger als eine Sekunde. Die hellen Funken, die Lana aus ihren Kokons befreit hatte, schwebten aus dem Spiegel, verfolgt von Ranken aus schwarzem Rauch.

Claire schien den Rauch mit reiner Willenskraft zurück zu pressen.

»Sind alle Seelen hier?«, fragte Lana.

»Ja.« Die Stimme ihres Vorfahren antwortete. »Jetzt tue, was getan werden muss, bevor die Flammen kommen. Nichts und niemand kann sie aufhalten.«

Lana richtete die Waffe auf den Spiegel und zog den Auslöser durch. Geräuschlos implodierte die silbrige Oberfläche und verschluckte sogar den Schall des Schusses. Scherben aus Dunkelheit wurden an einen Ort gesaugt, der nicht existieren sollte, und hinterließen nur einen langen, angsterfüllten Schrei.

Lanas Knie gaben nach und sie sank neben ihrer Schwester zu Boden. Die Lichter nahmen wieder ihre menschliche Gestalt an, obwohl sie dabei durchsichtig blieben.

»Danke«, sagte Onkel Theo. »Ich bin froh, dass ich euch letztendlich doch noch kennenlernen konnte.«

»Ihr müsst begreifen, dass ihr, du und Claire, es als Team mit jedem aufnehmen könnt, auf den ihr trefft«, fügte ihre Ahnin hinzu.

»Wir werden zusammenarbeiten, solange wir leben«, versprach Lana.

»Du redest mit ihnen?« Claires Augen weiteten sich. »Mir scheint, Papa hat dein Talent bei weitem unterschätzt.«

Lana lächelte.

»Bildest du mich aus?«

»Aber selbstverständlich.« Sie lehnten sich aneinander und sahen zu, wie die Geister in die Höhe schwebten und dabei immer durchsichtiger wurden. Claire lächelte.

»Was hältst du davon, das Haus zu behalten? Es ist viel hübscher als das, in dem wir zurzeit wohnen.«

Lana sah sich in der Halle um und fragte sich, ob sie sich an eine solche Pracht gewöhnen könnte. Dann lächelte sie.

»Ich glaube, das wird nett. Aber lass uns den Rahmen des Spiegels verbrennen. Er ist furchtbar.«

Claires Lachen hallte durch das Haus und verbannte die letzten Spuren der Dunkelheit. Es war Zeit für einen neuen Anfang.

Phi Beta

Sarah Drews

Das Telefon durchschnitt die nächtliche Stille. Im Halbschlaf tastete Juliette nach dem Übeltäter. Neben ihr ertönte ein leises Knurren.

Ohne darauf einzugehen oder einen Blick auf das Display zu werfen, nahm sie das Gespräch an.

»Ja«, meldete sie sich schläfrig.

»Na endlich! Das wurde aber auch Zeit. Wir haben Hunger. Fahr zu McDonalds und hol uns allen Burger. Ach so, vergiss nicht die Diät Cola!«, befahl die Stimme am anderen Ende. Bevor Juliette die Möglichkeit bekam darauf zu antworten, legte die Person auf.

»Dämliche Ziegen. Wehe du stehst auf«, brummte eine warme Stimme neben ihr. »Es ist 23:49 Uhr. Hunger? So was nennt man Schikane auf höchstem Niveau.«

»Trotzdem komme ich nicht drum herum«, antwortete sie. Mit geschlossenen Augen setzte sie sich auf die Bettkante.

Vor nicht mal einer Stunde war sie erst nach Haus gekommen und wie ein Stein ins Bett gefallen. Davor war sie den ganzen Tag mit den anderen Anwärterinnen durch das Verbindungshaus der Phi Beta gewirbelt, um es auf Hochglanz zu bringen. Und zwar so lange, bis sich die Mädchen darin spiegelten. Jeder einzelne Knochen tat ihr weh. Die Burger waren jetzt reine Schikane.

»Komm, leg dich wieder hin.«

»Verlockend. Ich würde nichts lieber tun, wäre ich dann nicht am Arsch. Sie nehmen nur fünf Mädchen in ihre Verbindung auf. Flieg ich aus der Reihe, kann ich meine Aufnahme vergessen.«

»Schon klar, du willst um jeden Preis zu den Phi Betas gehören«, wurde sie unterbrochen und spürte seine weichen Lippen auf ihrem Schulterblatt.

»Sei nicht böse. Ich mach es wieder gut«, antwortete sie.

Juliette drehte sich um. Das Bett war leer. Ausschließlich das zerwühlte Lager deutete darauf hin, dass sie sich seinen Besuch nicht eingebildet hatte.

Mit einem Seufzer erhob sie sich, schluckte ihre Wut herunter und schlüpfte in ihr schwarzes Kleid. Rasch fuhr sie sich mit den Fingern durch die Haare, band sich einen straffen Zopf, legte die Schürze an, dann rannte sie aus dem Zimmer.

Eine halbe Stunde später parkte Juliette ihr Auto vor dem Verbindungshaus. Vorsichtig balancierte sie die Bestellung zum Eingang.

»Hat jemand Burger inklusive Diät Cola bestellt?«, rief sie gut gelaunt.

Wie angewurzelt blieb sie im Türrahmen stehen, als sie Clara, die Sprecherin der Phi Beta, mit einem Salatteller entdeckte.

»Ja, hatten wir bestellt, aber wie du siehst, gab es jemanden, der zuverlässiger war.« Dabei deutete sie mit der Gabel auf Kimberly, die ebenfalls Anwärterin war und nach diesen Worten von einem bis zum anderen Ohr grinste. »Sie war schon vor fünf Minuten da. Im Gegensatz zu dir hat sie mitgedacht.« Demonstrativ schob sie sich eine Portion Salat in den Mund. »Davon wird man wenigstens nicht fett, wenn man es mitten in der Nacht isst.«

Juliettes Unterlippe fing bei den Worten an zu zittern. Einen Moment überlegte sie, darauf etwas zu antworten, entschied sich dagegen und schloss stattdessen nur geräuschvoll die Haustür, ehe sie in der gegenüberliegenden Küche verschwand.

Ein paar Minuten wartete sie, bis sich ihre Wut ein bisschen verflüchtigt hatte. Erst dann ging sie zurück in den Wohnbereich.

»Ich bitte tausend Mal um Entschuldigung«, bat sie mit demütig gesenktem Kopf um Vergebung. »Es kommt nie wieder vor. Das nächste Mal beeile ich mich.«

»Da bin ich mir sicher«, antwortete Clara. »Außerdem haben wir damit gerechnet, sonst hätten wir Kimberly nicht ebenfalls angerufen. Mach dir keinen Kopf. Guck mal, wir haben sogar ein kleines Dankeschön für dich.« Sie zog eine Tasche hervor, die sie Juliette vor die Nase hielt.

»Na los«, meinte sie und zog die Lippen kraus. »Jetzt nimm schon. Du hast dir eine Belohnung redlich verdient.«

Argwöhnisch betrachte sie eine Sekunde die Tüte. Die Mädchen waren nie nett zu Anwärterinnen. Ein Geschenk nach diesem Versagen – da stimmte was nicht. Trotzdem griff sie danach, obwohl ihr Bauchgefühl ihr dringend davon abriet.

Clara klatschte freudig in die Hände. »Ab ins Badezimmer, ich will sehen, ob es dir passt.«

Im Bad schloss sie erst mal die Tür hinter sich. Aus dem Spiegel starrte sie ihr Spiegelbild an – blass mit leicht strähnigen Haaren. Dunkle Augenringe unter ihren Augen verrieten ihr, dass sie dringend Schlaf brauchte.

Mit einem Seufzer ließ sie sich auf dem Klodeckel nieder. Vorsichtig lugte sie in die Tüte. Der Inhalt war in rosa Seidenpapier eingewickelt.

Zögerlich holte sie es heraus, um es auszuwickeln.

»Was ist denn das?«, fragte sie und hielt entgeistert zwei hauchdünne Fetzen Stoff in die Höhe.

Erst als sie es genauer betrachtete, erkannte sie einen Bikini, der einzig das Nötigste verdecken würde.

Auf keinen Fall ziehe ich so was an, dachte sie, aber in dem Moment klopfte es. Durch die Tür ertönte Claras Stimme: »Na, gefällt er dir? Wir Phi Betas haben alle so einen.«

Hieß das?

Laut sagte sie freudig: »Komme gleich!«

Ohne weiter darüber nachzudenken, zog sie ihr Dienstmädchen-Outfit aus. In Sekundenschnelle schlüpfte Juliette in den spärlichen Bikini.

Eine Zeitlang zupfte sie an dem Zweiteiler herum. Er saß unmöglich – egal, wie sie es drehte. Sie gab auf und trat aus der Tür.

»Wow … Passt wie angegossen«, flötete Clara, die draußen gewartet hatte. Sie zog sie nach zu den anderen. Dort deutete sie auf einen Stuhl. »Los, stell dich mal drauf, dann sehen wir dich besser.«

Juliettes Herz klopfte wie verrückt, als sie hinaufstieg. Ihre Freude währte jedoch nicht lange. Alle Augenpaare waren auf sie gerichtet. Ein paar tuschelten. Andere deuteten mit den Zeigefinger auf sie.

Schlagartig fühlte sie sich unwohl. Ihre Hände wanderten zum Bikini und zupften nervös an dem Stoff herum.

»Kann ich wieder …«, fing sie, wurde jedoch von Alice, Claras bester Freundin, unterbrochen.

»Sag mal, treibst du Sport? Deine Hüften sind ungeheuer breit.«

Für ihre Frage erhielt sie johlenden Beifall, was dazu führte, dass Juliette ihre Schultern sinken ließ. Nervös trat sie von einem Bein aufs andere.

»Ja … äh nein«, stammelte sie. Was sollte sie darauf antworten? Sie war zwar nicht durchtrainiert, aber auch nicht dick. Bis heute hatte sich niemand beschwert. Selbst beim Shoppen fand sie problemlos Hosen.

»Ihre Hüfte?«, erklang eine andere Stimme hinter ihr. »Hast du mal ihren Arsch gesehen. Dagegen ist ein Nilpferd grazil. Und dann die Haare – total fettig, die Spitzen kaputt.«

»Ihre Brüste?«, meldete sich Kimberly zu Wort. »Ist das überhaupt A? Sie füllt das Oberteil ja kaum aus.«

»Wie bitte?«, keuchte Juliette. Automatisch schlang sie die Arme vor ihren Busen. »Du hast …«

Noch viel weniger, wollte sie erwidern, aber etwas kühles an ihrem Bauch stoppte sie.

Überrascht sah sie an sich herunter und erkannte Clara mit einem Edding in der Hand vor sich. Sie sah den Stift über ihre Haut gleiten. Ein schwarzer Kreis entstand auf ihrem Bauch.

»Was soll das?«, keuchte sie auf. Entschieden ging sie in die Knie, um vom Stuhl herunterzusteigen.

»Wag es nicht, Anwärterin«, fuhr Clara sie mit scharfer Stimme an.

Juliette hielt inne. Sie sah von Clara zu den anderen. Es war klar, welche Optionen sie hatte. Würde sie heruntersteigen, war alles vorbei. Blieb sie, setzten sie die Erniedrigungen fort, aber es bestand die Chance eine Phi Beta zu werden. Sie kniff die Lippen zusammen, schluckte gegen den dicken Kloß in ihrem Hals an und richtete sich wieder auf.

Sie schloss die Augen, um nicht zu sehen, was Clara zeichnete. Stattdessen stellte sie sich vor, in ihrem warmen Bett zu liegen. All das ein fürchterlicher Albtraum.

Das Kribbeln in ihrer Nase holte sie zurück ins Clubhaus. Sie kräuselte den Nasenrücken – es half nicht.

Ihr Nieser ließ die Gruppe verstummen.

Als sie die Augen öffnete, sah sie Clara, deren Mundwinkel verdächtig zuckten. Auf ihrer Stirn erspähte Juliette ein paar feuchte Tropfen.

»Du … du …«, kreischte Clara und griff nach dem Taschentuch, das ihr Kimberly hinhielt.

»Es tut mir leid«, murmelte Juliette. »Ich …«

Die Vorsitzende hob die Hand, um sie zum Schweigen zu bringen. Flüsternd wandte sie sich an Alice.

Diese nickte, drehte sich um, bevor sie aus dem Raum verschwand.

Keine Minute später erschien sie wieder. Beladen mit den Tüten aus der Küche.

Vor den Augen der anderen wickelte sie die ganzen Burger aus. Jeder landete untermalt von einem gehässigen Grinsen auf den Boden.

Als alles ausgepackt war, zerrte Clara sie vom Stuhl herunter. Unsanft wurde Juliette auf die Knie gedrückt.

»Los, iss!«, befahl die Vorsitzende, ehe sie auf das Essen spuckte.

»Nein!« Juliettes Herz raste, als sie die Worte aussprach und aufstand. »Ich putze gerne für dich den Boden mit der Zahnbürste. Ich fahre ohne Murren mitten in der Nacht los, um für euch Essen zu holen, aber das ist menschenverachtend, was du da treibst.«

Ihre Wangen fingen an zu glühen, als sie die ganzen Blicke auf sich gerichtet fühlte.

Clara starrte sie ebenfalls nur an. Sichtlich überrascht wegen der Widerworte.

Juliette sah, wie sie schnell die Fassung zurückerlangte.

»Menschenverachtend? Es enttäuscht mich, was du von uns denkst. Ich dachte, dass du Hunger hast und Schweine essen schließlich vom Boden. Es war nett gemeint, wenn du jedoch nicht willst, da ist die Tür.«

Juliette öffnete den Mund, aber sie brachte keinen Ton hervor. Im Grunde hatte Clara recht. Sie konnte jeder Zeit gehen. Niemand würde sie aufhalten.

Eine stumme Träne lief ihr die Wange hinunter.

Du hast gewusst, was auf dich zukommt, schalt sie sich in Gedanken.

»Scheiß drauf!«, murmelte sie, kniete sich hin und hob den ersten Burger auf.

Nach dem achten schmerzte ihr Magen, als hätte sie Steine gegessen. Schweißperlen bildeten sich auf ihrer Stirn. Sie schluckte den Happen hinunter, würgte - hielt inne. Es kostete sie alle Überwindung, den letzten Burger aufzuheben. Tapfer biss sie sie hinein.

»Gut gemacht!« Clara klopfte ihr nach dem letzten Stück anerkennend auf die Schulter.

Juliette nickte und ließ sich keuchend auf den Rücken fallen. Es war ihr egal, dass sie die Krümel in ihre Haut bohrten. Nicht einmal die feuchte Burgersauce störte sie.

Ihr Bauch rumorte. Keine Minute später stieß sie auf. Der Geschmack von Fleisch und Zwiebeln breitete sich in ihrem Mund aus. Es kostete sie all ihre Kraft, sich nicht auf die Seite zu rollen. Die Blöße, sich vor den anderen zu übergeben, wollte sie sich nicht geben.

»Alles gut?« Die Stimme von Clara dröhnte in ihrem Kopf.

Sie nickte. Zu mehr war sie nicht in der Lage.

»Das freut uns. Wir haben über dich gesprochen«, meinte die Vorsitzende, die sich hinhockte. »Genauer gesagt: Wir haben uns entschieden. Los steh auf, eh wir es uns anders überlegen.«

Im ersten Moment glaubte Juliette, sich verhört zu haben.

Aber Clara lächelte sie freundlich an, streckte ihr die Hand hin. »Na los, steht auf!«

Ungläubig griff sie zu.

Ein paar der Mädchen klopften ihr auf die Schulter, sobald sie stand. Irgendwer wischte mit einem Tuch über ihren Rücken, während sie sanft zur Haustür bugsiert wurde.

Zielstrebig führte Clara sie zu Alice Auto und öffnete die Beifahrertür.

»Bereit?«

Das Nein lag Juliette auf der Zunge. Sie fror und hätte sich gerne erst mal angezogen, trotz alledem nickte sie.

Auf keinen Fall wollte sie die Entscheidung in letzter Sekunde gefährden.

All die Qualen – bei den Gedanken an die ganzen Demütigungen huschte ein Lächeln über ihre Lippen. Heute hörten sie auf. Das Warten hatte sich gelohnt.

Ihre Mutter würde so unglaublich stolz auf sie sein. Ihre Tochter trat in ihre Fußstapfen.

»Wir sind da!«, verkündete Clara vom Rücksitz.

Juliette sah aus dem Fenster und rechnete damit vor dem alten Haus zu stehen, indem sie ein Zimmer bewohnte, um ihre Sachen zu holen. Doch das fahle Mondlicht erleuchtete stattdessen das schmiedeeiserne Tor des Friedhofs.

»Euer Ernst?«, fragte sie und blicke zu Alice, die ihr die Hand auf die Schulter legte.

»Hast du Angst?«, hakte Clara nach.

»Nein, allerdings ist es kalt.« Dabei schaute sie demonstrativ an sich herunter.

»Anziehen kannst du dich später. Erstmal wartet dort eine Überraschung auf dich.«

»Eine Überraschung?«, wiederholte sie. An der ersten knabberte sie noch immer. Juliette betrachtete die Mädchen genauer.

Claras Lächeln wirkte mit einem Mal aufgesetzt und in Alice Augen lag dieses Glitzern, das sie schon oft dort entdeckt hatte, bevor eine Anwärterin in eine Falle tappte. Was zur Hölle hatten die beiden Mädchen ausgeheckt? Mit Sicherheit nichts Gutes.

»Na los, worauf wartest du?«, forderte Clara sie auf.

»Ich ...«, fing Juliette an. In ihrem Gehirn überschlugen sich ihre Gedanken auf der Suche nach einem Ausweg. Sobald sie ausstieg, würden sie garantiert losfahren.

Zu ihrer eigenen Überraschung schüttelte Alice den Kopf, zog den Zündschlüssel heraus und öffnete die Fahrertür.

Clara folgte ihrem Beispiel, sodass Juliette alleine im Wagen saß. Lag sie so falsch? Auf ihre Menschenkenntnis hatte sie sich immer verlassen können. In diesem Augenblick sagte ihr Bauchgefühl überdeutlich, dass die dummen Gänse etwas geplant hatten. Trotzdem stieß sie die Tür auf. Draußen schlang sie die Arme um ihren Oberkörper, auf dem sich binnen weniger Sekunden Gänsehaut ausgebreitet hatte.

»Wo ist denn die Überraschung?«

»Siehst du den Engel? Dort liegt es«, antworte Clara und deutete auf einen Grabstein, der gut zehn Meter entfernt stand.

Juliette kniff die Augen zusammen, sah aber nicht, was sie erwartete. Planten die Mädchen, sie hinterrücks zu erschrecken? Wollten sie abhauen, sobald sie weit genug entfernt war?

Am Ende siegte Juliettes Neugier.

Nach ein paar Metern erkannte sie den Gegenstand. Es war eine Plastiktüte mit dem Logo einer hiesigen Druckerei.

Konnte des möglich sein?

Ihr Herz machte einen Hüpfer vor Freude.

Die heißbegehrte Mitgliedsjacke.

Sie hatte es geschafft.

Juliette beschleunigte ihre Schritte.

In ihrer Brust raste ihr Herz, als sie die Tüte aufhob, die überraschend leicht war.

Da stimmte etwas nicht. Auf keinen Fall war die Clubjacke von so geringem Gewicht. Ein dicker Kloß bildete sich in ihrem Hals. Warum hatte sie nicht auf ihr Bauchgefühl gehört? Eine weitere Schikane? Die Ablehnung?

Die Gedanken überschlugen sich, als Juliette die Tüte mit einem Ruck öffnete. Sie war leer bis auf einen Zettel auf den in großen Buchstaben stand: DU BIST RAUS, LOSERIN!

Obwohl sie damit gerechnet hatte, trafen sie die Worte mit einer Härte, die Juliette ein paar Schritte rückwärts taumeln ließen.

Ausgeträumt.

Sie hatte versagt.

Wegen der Burger? War sie zu langsam? Zu dick?

Der Zettel glitt aus ihrer Hand, als sie sich wie in Zeitlupe umdrehte. Sie sah Clara und Alice, aber auch die anderen Clubmitglieder, die wie aus dem Nichts aufgetaucht waren. Sie entdeckte Kimberly, die eine Clubjacke trug. Sah das Gelächter, wie sich einige von ihnen ein High Five gaben oder sich vor Lachen auf die Knie klopften.

Ihr Kiefer schmerzte, so sehr presste sie die Zähne zusammen. Gleichzeitig ballte sie die Fäuste. Ihre Fingernägel gruben sich in ihren Handballen.

Sie wartete auf den Schmerz, die darauf folgenden Tränen, aber da war nur dieser unsagbare Hass, der sich in ihrem Bauch ausbreitete.

»Warum?«, schrie sie keuchend. »Ich habe alles getan und ihr … Warum seid ihr solche Miststücke?«

»Miststücke?« Claras Stimme klang dumpf in ihr Ohr. Sie hob die Hand und die Gruppe verstummte. »Gegenfrage. Warum bist du eine solche Loserin?«

Ein paar der Mädchen, darunter auch Kimberly, prusteten los. Claras ruhiger Blick, ließ sie jedoch prompt wieder verstummen.

»Hast du ernsthaft geglaubt, dass wir dich bei uns aufnehmen würde? Du bist genauso dumm wie deine Mutter. Naiv und hässlich wie ein Stück Scheiße. Dir mangelt es an Witz, Charme, Intelligenz und Eleganz – all das, was eine Phi Beta ausmacht. Hast du allen Ernstes gedacht, dass du es besser machst, als deine Mami?«

»Wenn sie so dumm war, wieso habt ihr sie damals aufgenommen?«, konterte Juliette.

»Haben wir nicht. Mommy hat dich eiskalt belogen, meine Liebe.« Nach diesen Worten fing sie an, laut zu lachen. Die anderen Mädchen stimmten mit ein. Lachend machten sie sich auf den Weg zum Ausgang, wo ihre Autos standen.

Ein paar Sekunden verfiel Juliette in eine Art Starre. Ihre Mutter war keine Phi Beta. Sie hatte sie angelogen. All die Jahre. Sie schüttelte den Kopf. Das hatte Zeit.

Wie von Zauberhand setzten sich ihre Beine in Bewegung. Sie erreichte die Straße, als die ersten Mädchen in die Autos stiegen. Juliette raste auf Clara zu und hob die Faust zum Schlag, als diese sich umdrehte.

Der kalte Blick stachelte sie nur noch mehr an. »Du Miststück, ich werde …«

»Du wirst gar nichts machen!« Claras Worte stoppten Juliette. »Du willst mich schlagen? Kein Problem, dann pack schon mal deine Sachen. Ich sage nur: Null-Gewalt-Toleranz.« Dabei grinste sie überlegen. »Du läufst zum Dekan? Wir sind die Phi Beta. Wir haben Macht. Du dagegen bist ein Niemand. Glaub mir, am Ende ziehst du den Kürzeren. Wäre doch schade, wenn alle von deinen Fressattacken erfahren. Du entschuldigst uns. Wir haben die neuen Mitglieder zu feiern, wozu du eindeutig nicht gehörst.« Damit stieg sie neben Alice ins Auto, die davonbrauste.

»Du«, schrie Juliette, blieb mit ihrem großen Zeh an einem Stein hängen. Der Länge nach knallte sie auf den Boden.

Ein stechender Schmerz breitete sich von den Knien über ihre Hände bis zum Kopf auf. Dumpf nahm sie ein Hupkonzert und ein paar Lacher wahr, dann war es totenstill um sie.

So blieb Juliette liegen. Ungehindert liefen ihr die Tränen über die Wangen.

»Wie konnte ich nur so dämlich sein«, schalt sie sich zwischen zwei Schluchzern. Nach einer gefühlten Ewigkeit rappelte sie sich auf, sodass sie auf ihren Knien saß und verbarg ihr Gesicht in den Händen.

In ihr Selbstmitleid hinein, erklang eine warme, vertraute Stimme an ihr Ohr: »Das nenn ich mal eine filmreife Bruchlandung!«

Obwohl sie genau wusste, wer hinter ihr stand, schaute sie sich um. Zuerst sah sie nur ein paar Beine in Jeans und zwei ausgelatschte Turnschuhe. Ihr Blick wanderte höher. Vorbei an einem dem weißen Muskelshirt, das seine sportliche Figur unterstrich, einem schwarzen Hemd, das er lässig offen trug, bis hin zu den kristallblauen Augen. Wie immer standen die dunklen Haare in sämtliche Richtungen ab.

»Hey«, sagte sie und griff nach der Hand, die er ihr hinhielt.

»Hey. Alles in Ordnung?«

Auf seine Frage ging sie bewusst nicht ein. Stattdessen fragte sie ihn bissiger als beabsichtigt: »Hast du mich verfolgt, Damian?«

»Nicht direkt.« Er legte den Kopf schräg. Wobei er vage ans andere Ende des Friedhofs deutete. »Da war ein Initiationsritual der Gammas. Ich hab dich zufällig gesehen.«

»Okay«, murmelte sie. Dabei warf sie einen kurzen Blick auf die geschundenen Knie.

»Hier!« Damian zog sein Hemd aus, um es ihr vorsichtig über die Schultern zu legen. Dann zog er sie an sich und drückte einen Kuss auf ihr Haar.

»Sagst du es ihm?«, fragte sie nach ein paar Sekunden. Als er nicht direkt antwortete, löste sie sich von ihm.

Er räusperte sich verlegen. »Wem? Deinem Vater?«

Sie nickte.

»Meinst du nicht, er weiß es? Falls nicht, werde ich mit Sicherheit schweigen. Auf seine Standpauke kann ich getrost verzichten. Du weißt, er ist kein Fan von mir.«

»Das ist er wirklich nicht«, stimmte sie ihm schnaubend zu.

»Trotzdem, ich weiß genau, was er hierzu sagen würde und in diesem Punkt wären wir einer Meinung. Entweder du nimmst es selber in die Hand, oder ich kümmere mich darum. Niemand springt so mit meiner Freundin um!«

»Ja, aber …«

»Keine Widerrede. Pläne schmieden können wir später. Jetzt lässt du dich von den Sanitätern verarzten. Die Platzwunde an deiner Stirn sieht nämlich echt übel aus.«

»Platzwunde? Sanitäter«, fragte sie, als sie den roten Fleck auf seiner Brust entdeckte. Gleichzeitig hörte Juliette eine näher kommende Sirene. Unvermittelt erfasste sie ein Luftzug und Damian war verschwunden.

Mit offenen Augen lag Juliette auf dem Bett. Missmutig starrte sie die weiße Krankenhausdecke an. Vom Gang her ertönten die üblichen Geräusche. Eine Klingel, eilige Schritte, ein Husten.

24 Stunden zur Beobachtung.

Warum musste sie auch so unglücklich auf der Bordsteinkante landen, dass der Arzt acht Stiche für die Platzwunde an ihrer Stirn brauchte.

Dabei fühlte sie sich prima. Der Kopf tat kaum noch weh und schwindelig war ihr ausschließlich, wenn sie sich zu schnell bewegte.

Innerlich verfluchte sie Damian, der den Notruf gewählt hatte.

Wie besorgt ihre Mutter ausgesehen hatte, als sie im Krankenhaus ankam. Eine halbe Stunde hatte Juliette zusammen mit dem Arzt auf sie einreden müssen, ehe sie begriff, dass eine Gehirnerschütterung nicht tödlich war, und nach Hause fuhr.

Bewusst langsam drehte sich Juliette auf die Seite, um aus dem Fenster zu schauen. Der Himmel war mit dicken Regenwolken zugezogen.

Ihre Stimmung sank gen Nullpunkt.

Zu gerne hätte sie ihre Mutter zur Rede gestellt, aber die Frage nach der Lüge, war kein Gesprächsthema für ein Krankenhaus.

Gleichzeitig ärgerte sie sich über ihre eigene Dummheit. Die Mädchen hatten recht. Sie war närrisch genug gewesen, alles für die Gruppe zu tun. Nicht einmal hatte sie etwas hinterfragt. Wie ein Roboter Befehle befolgt.

Dennoch gab es ihnen nicht die Erlaubnis sie so zu behandeln.

In dem Moment klingelte ihr Handy.

Bevor Juliette danach greifen konnte, piepste es erneut.

Im gesperrten Display sah sie eine Nachricht von Damian. DAS WERDEN SIE BÜSSEN. DARAUF KANNST DU GIFT NEHMEN.

Ein paar Sekunden später kannte sie den Grund.

Jemand hatte auf Facebook ein Foto gepostet und sie markiert. Auf dem Bild war sie. Halbnackt in diesem Nichts von Bikini mit der Tüte vor dem Grabstein. Darunter stand: Leicht bekleidet auf den Friedhof – was sie da wohl treibt?

Das Bild hatte schon mehr als 1000 Likes.

»Das werdet ihr definitiv büßen«, zischte sie. Das Maß war voll.

Die Sonne ging unter. Draußen im Flur nahm die Geräuschkulisse ab. Juliette schloss die Augen, als der Mond am Himmel erstrahlte. Es war an der Zeit es den Miststücken heimzuzahlen.

Andächtig drehte sie den Diamantring, ein Geschenk ihres Vaters. Leise murmelte sie die Worte: »Una nocte certe parvum malum - Für eine Nacht lass mich klein und böse sein.«

Mit jeder Wiederholung wurde es im Raum wärmer. Eine Schweißperle bildete sich auf Juliettes Stirn. Das Atmen fiel ihr schwerer. Als der

Schwindel einsetzte, atmete sie tief ein. Langsam zählte sie von drei runter. Das Gefühl verschwand.

Dicke Regentropfen klatschten gegen die Scheibe und vermengten sich mit einem leisen Schnarchen. Obwohl sich Juliette Mühe gab, Alice Tür unhörbar zu schließen, ertönte ein kleines Klicken.

Verdammt, dachte sie mit angehaltenem Atem. Da wähnte sie sich nach all den vielen Putzdiensten auf der sicheren Seite, umschiffte jede knarrende Holzdiele und dann das.

Doch niemand außer ihr schien das Geräusch gehört zu haben.

Dreißig Sekunden später schlich sie zum Bett.

Bedacht darauf diese nicht zu wecken, setzte sie sich vorsichtig auf die Bettkante.

Wie frei von Schuld sie aussah.

Juliette verwarf den Gedanken.

»Unschuldig bist du mit Sicherheit nicht«, flüsterte sie und verzog abschätzig ihre Mundwinkel. »Dieses Mal erfahrt ihr, wie es ist, sich mit der falschen Person anzulegen.«

Langsam beugte sie sich nach vorne. Ihre Zeigefinger schwebten über Alice Schläfen.

Eine Minute zögerte sie. Wenn sie diesen Schritt ging, war sie nicht besser.

Nein, Claras rechte Hand hatte es verdient.

Sie schloss die Augen und senkte ihre Fingerkuppen. Kaum berührte sie die Stirn, durchzuckte Juliette eine Art Stromschlag.

Es dauerte ein paar Sekunden, bis das anschließende Vibrieren nachließ. Juliette öffnete die Augen.

Sie guckte in einem strahlend blauen Himmel. Keine einzige Wolke verunstaltete dieses Bild.

Etwas Feuchtes traf sie unerwartet am Kopf.

Abrupt sprang sie auf und sah dem Wasserball hinterher, der gut einen Meter neben ihr bedächtig ausrollte.

»Kannst du nicht aufpassen, du Spinner?«

Juliette zuckte beim Klang der tiefen Stimme zusammen. Denn die gehörte eindeutig nicht Alice.

»Lass den Deppen!«, sagte diese just in dem Moment von weiter unten.

Wenn sie … Wer …?

Juliette schaute an sich herunter. Nackte sonnengebräunte Haut, ein durchtrainiert Sixpack, rote Badehshorts.

Zack Burschinksy.

Verflucht, warum musste es ausgerechnet dieser Schleimbolzen sein.

»Komm her«, flötete Alice, die sich in einem sexy Bikini auf einer Decke räkelte. »Trink lieber!«, fügte sie hinzu und hielt ihm eine Flasche Bier hin.

»Igitt«, antwortete Juliette direkt. Prompt biss sie sich auf die Zunge, als Alice die Augenbraue hob. Zack liebte dieses Gesöff. »Ich meinte den nassen Ball, nicht die Pulle. Gib her, Babe.« Zum Glück brauchte sie es nicht zu trinken, denn ihre Feindin kam ihr unverhofft zur Hilfe.

»Puh, ist das heiß. Kannst du mich eincremen, bevor ich verbrenne.« Mit den Wimpern klimpernd, hielt sie eine Tube Sonnencreme in die Luft.

Juliette warf einen Blick zum Bier, dann zur Creme. Sie wusste nicht, was schlimmer war.

Am Ende landete ein großer Klecks Sonnenschutz auf Alice' makellos gebräuntem Rücken. Diese quiekte kurz auf, schien dann aber die Hände von Zack zu genießen. Innerlich stöhnte Juliette. Es musste ihr gelingen den Traum zu ihrem zu machen.

»Sag mal, Babe, was ist denn da auf deiner Schulter?« Es war ein kläglicher Versuch.

Alice drehte den Kopf in ihre Richtung, schien allerdings nichts zu entdecken.

»Wo denn?«

»Na da«, versuchte es Juliette, während sie sich wie Zack am Hinterkopf kratzte. »Da, der schwarze Fleck. Sieht aus wie ein Tier.«

Das wirkte. Alice sprang auf. Ihre Augen weiteten sich angsterfüllt. Doch dann veränderte sich ihr Gesichtsausdruck und sie fing an zu lachen.

»Fast wäre ich darauf reingefallen. Ein lausiger Versuch, um an einen Kuss zu kommen.«

»Tja, bei den verlockenden Lippen«, brummte Juliette.

Bevor sie einen neuen Plan austüfteln konnte, wurde es um sie herum tiefschwarz.

In der nächsten Sekunde verschwand die Dunkelheit. Juliette befand sich nicht mehr am Ufer, sondern schwamm im Wasser. Auf einer pinken Luftmatratze lag Alice. In der Hand eine Dose Prosecco.

In der Theorie hatte alles ganz selbstverständlich geklungen. An das Geschöpf denken, diesen dämlichen Zauber aussprechen, dabei die Schläfen berühren. Von wegen. Wie damals beim Test, fiel es ihr schwer sich ausschließlich auf die Person zu konzentrieren.

Sie schloss die Augen. Konzentrierte sich allein auf das Plätschern. Alles andere blendete sie aus. Plötzlich nahm der Gummigeruch der Luftmatratze zu. Dann zu guter Letzt schmeckte sie den schalen Geschmack des Proseccos.

Juliette schlug die Augen auf und blickte direkt in Zacks dämliches Zahnpasta-Grinsen. Es war an der Zeit Alices Traum zu steuern. Der Teil erwies sich zum Glück als leichter.

»Wo ist Zack? Ich sehe ihn nirgends.«

Die Luftmatratze schwankte durch die Bewegung, als sich ihre Feindin sofort aufrichtete. Im nächsten Moment spürte Juliette das kühle Wasser über sich zusammenschlagen. Sie zog sich zurück und überließ Alice ihrer Angst.

»Zack?« Er blieb verschwunden. In weiter Entfernung entdeckte sie das Ufer. War sie eingedöst? Hatte er sie wegen des Kusses bestraft?

»Na warte. Das wirst du bereuen«, zischte sie.

In Gedanken erwürgte sie ihn, während sie sich gleichzeitig vorstellte, dass er sie als Entschuldigung einladen würde.

Sie hielt an, um die Distanz zum Ufer besser einschätzen zu können. Es lag noch immer in meilenweiter Ferne.

Wütend setzte sich Alice wieder in Bewegung. Diesmal langsamer, denn obwohl sie eine sichere Schwimmerin war, brannten ihre Muskeln.

Kurze Zeit später drehte sie sich auf den Rücken, um ihre Kräfte zu schonen. Durch die Bewegung krampfte ihre rechte Wade.

»Au«, schrie sie. Automatisch griff sie nach der Stelle und geriet unter Wasser.

Sie versuchte, an die Oberfläche zu gelangen. Ihr schmerzendes Bein erschwerte die Schwimmbewegung. In der Zwischenzeit brannte ihre Lunge. Vor lauter Schreck hatte sie unter Wasser direkt ausgeatmet. Sie öffnete die Augen, um die Distanz zur Oberfläche einzuschätzen. Um sie herum war nichts. Kein Glitzern, keine zaghaften Sonnenstrahlen. Wo zur Hölle war oben?

Der Druck in ihrer Brust nahm zu, als würde ein zentnerschwerer Stein auf ihr liegen. Hektisch sah sich Alice um, schwamm in die eine, dann in die andere Richtung. Sie hörte ihr Blut rauschen, der Schmerz im Bein war vergessen. Ihr Mund öffnete sich. Ein paar letzte Blubberblasen stiegen nach oben.

Das ist also die Richtung, dachte sie. Gleichzeitig atmete sie ein. Das kalte Wasser brannte in der Nase, den Lungen und zog sie mit sich in eine unbekannte Schwärze.

Juliette wurde förmlich aus dem Traum katapultiert. Nach Luft schnappend riss sie die Augen auf. Statt im Zimmer von Alice war sie direkt im Krankenhaus gelandet. Warm eingekuschelt in ihre Decke.

Sie hatte es geschafft. Nur ein Albtraum, aber sie fand, dass er ihr gelungen war. Morgen würde sie sich um Clara kümmern.

Der Weg vom Krankenhaus zu sich nach Hause führte sie über den Campus - vorbei am Verbindungshaus. Trotz des Albtraums fühlte sie sich weiterhin gedemütigt. Ein Umweg brachte nur eins – Zeit. Früher oder später würde sie auf eine Phi Beta treffen. Aus dem Grund entschied sich Juliette für den direkten Weg.

Das erste, was sie sah, war das blaue Licht, dass den grauen Himmel an diesem Vormittag durchzuckte. Als sie in die Straße vor dem Verbindungshaus einbog, sah sie einen Krankenwagen. Was bedeutete das?

Wie von selbst beschleunigten sich ihre Schritte, während sie sie sich nach einem bekannten Gesicht umsah, das ihr erklärte, was passiert war.

»Nicht!«

Sie hörte die Worte durch Watte. Eine Hand packte sie unsanft am Oberarm. Damian tauchte vor ihr auf, gerade als jemand aus dem Verbindungshaus trat. Zwei Männer schoben am jeweiligen Ende eine Art Trage, auf der ein schwarzer Sack lag.

»Ich bin echt stolz auf dich«, vernahm sie Damians Worte. »Man merkt, wer dein Vater ist.«

»Wovon redest du?«, stammelte sie.

»Weißt du nicht, was passiert ist?«, fragte Kimberly, die hinter Damian auftauchte. Ihre Augen schimmerten feucht und eine schwarze Spur lief auf beiden Seiten der Wangen nach unten.

»Alice … Clara hat sie vor einer Stunde gefunden … Sie … sie ist ertrunken. Die Polizei sagt, das ist möglich. Trockenes Ertrinken. Ich … ich kann es nicht fassen.«

Die Worte fühlten sich an wie eine Ohrfeige. Juliette schüttelte den Kopf. Taumelte rückwärts, bis sich zwei starke Arme um ihren Oberkörper schlangen.

»War ich das?«, flüsterte sie.

»Nicht hier!«

Vor der Bibliothek hielt er an und setzte sich auf die Lehne einer Bank. Juliette blieb mit verschränkten Armen vor ihm stehen.

»Um deine Frage zu beantworten. Was hast du bei all der aufgestauten Wut erwartet?«

»Einen grauenvollen Albtraum. Mehr nicht.«

»Dann verstehe ich nicht, wie du mit einer solchen Wut in ihren Traum eingedrungen bist. Das haben wir in der ersten Stunde gelernt. Wut ist ein Verstärker.«

»Oh«, flüsterte Juliette. Daran hatte sie keinen Gedanken verschwendet.

»Quäle dich nicht. Sie hat es verdient.«

»Den Tod?« Juliette warf einen Blick über die Schulter. Dorthin, wo das Verbindungshaus lag. Sie dachte an den Friedhof zurück, die Stifte auf ihrer Haut und die Tatsache, wie die Sanitäter sie vorfanden. Seufzend setzte sie sich neben Damian.

»Ich hasse es, wenn du Recht hast!«

»Das ist mein Mädchen!«

Es war ein Tag vor Alice Beerdigung, als sie die ach so trauernde Clara im Einkaufszentrum sah.

Am Vormittag hatte sie ein langes schwarzes Kleid der Trauer getragen. Beim Shoppen bevorzugte sie einen Minirock sowie ein bauchfreies Oberteil. Sie stand vor einem Display und probierte einen leuchtend roten Lippenstift aus.

Für Juliette fühlte sich dieser Anblick wie ein Schlag in den Magen an. Bevor sie es sich überlegen konnte, stellte sie sich im Laden zu Clara.

»Wow, coole Farbe.«

Ihre Blicke trafen sich einen Moment im Spiegel, bevor sich Juliette zu ihr drehte, um sie direkt anzuschauen.

»Zu diesem Outfit passt er hervorragend«, fuhr sie unbeirrt fort. Demonstrativ deutete sie auf das Oberteil. »Hast du nicht nach Alice' Tod angekündigt für den Rest des Jahres schwarz zu tragen. Von wegen Trauer und so?«

Die Worte verfehlten ihre Wirkung nicht.

Clara zuckte zusammen.

»Was geht dich das an?«, gab sie bissig zurück.

»Nichts. Bestätigt nur, was für ein scheinheiliges Miststück du bist. Von daher bin ich froh, keine von euch zu sein.«

In Zeitlupe legte Clara den Lippenstift in ihren Einkaufskorb. Dann drehte sie sich schwungvoll um und auf ihren Lippen lag ihr berühmtes Lächeln.

Vor wenigen Wochen hätte die Anwärterin dafür alles gegeben. Wie falsch es wirkte, erkannte Juliette erst heute.

»Du bist froh?« Clara klimperte mit den Wimpern. »Das sah auf dem Friedhof hundertprozentig anders aus. Die Realität tut eben weh. Es ist also nachvollziehbar, warum du dich hinter dieser Lüge versteckst.«

Darauf hatte Juliette gewartet. Wie ekelhaft Claras wahres Gesicht war. Ein Glück kannte sie inzwischen die komplette Wahrheit. Sogar die ihrer Mutter.

Juliette verdrängte den Gedanken daran. Sie deutete auf den Diamantring, den sie von Damian geschenkt bekommen hatte und seitdem an ihrem rechten Ringfinger trug. Es war ein ganz normaler Fingerring, den sie immer gedankenverloren drehte, wenn sie versuchte, Magie anzuwenden. Heute würde er für ihre Rachepläne herhalten.

Sie hielt Clara die Hand hin und forderte sie auf: »Hier, zieh den Ring ab!«

Genervt schaute diese auf das Schmuckstück. »Warum sollte ich? Kein Interesse an deinem abscheulichen Teil. Hast du den in der Mülltonne gefunden?«

»Traust du dich nicht?«, überging Juliette den Seitenhieb.

Clara seufzte.

»Du bist echt komplett gestört. Lässt du mich dann in Ruhe, wenn ich deinen dämlichen Ring abziehe?«

»Klar«, antwortete Juliette.

»Aber tragen werde ich ihn nicht«, meinte Clara, die angeekelt das Gesicht verzog, während sie das Schmuckstück von Juliettes Finger abstreifte.

»War es das?«

»Fast.«

»Was denn«, murmelte Clara, die Juliette nun den Ring zuwarf. »Was zur Hölle? Wo ist?« Suchend schaute sie sich um. »Wo ist sie? Wie habt ihr das angestellt?«

Juliette kicherte. Das hatte besser geklappt, als sie zu hoffen gewagt hatte. Sie brauchte keinen Spiegel, um zu wissen, was Clara verwirrte.

An Stelle der grauen, langweiligen Juliette, stand jetzt eine junge Frau, die sämtliche Blicke im Laden mit Leichtigkeit auf sich zog. Eisblaue Augen, tiefschwarzes volles Haar, ein sinnlicher Mund, eine gesunde sommerliche Bräune und eine wohlgeformte Figur, bei der die Rundungen ganz ohne Eingriff an den richtigen Stellen saßen. Mit ihren langen Beinen hätte sie problemlos auf jedem Laufsteg der Welt glänzen können.

»Wo ist sie? Ist das so was wie versteckte Kamera?« Ein nervöses Lächeln huschte dabei über Claras Gesicht.

»Nö.«

Zum Beweis steckte Juliette sich den Ring wieder auf den Finger. Kurz darauf zog sie ihn ab. Ein paar Mal wiederholte sie das Spiel, dann drückte sie gegen Claras Kinn, damit diese den staunenden Mund schloss.

»Ich … ich verstehe das nicht«, stammelte Clara. Fassungslos schüttelte sie den Kopf. »Das ist …«

»Du ohne Worte. Das ich das erleben darf«, meinte Juliette. Es war nicht zu übersehen, wie sich Claras Gedanken überschlugen. Es war nur eine Frage der Zeit, bis es Klick machen würde. Einen winzigen Moment empfand Juliette Mitleid. Sie hoffte sogar, dass sie sich irrte.

»Verrat mir diesen Trick. Ich verspreche dir, dass dir Alice' Platz sicher ist«, sagte Clara, und zerstörte damit die Hoffnung.

»Eiskaffee? Auf meine Kosten.«

Juliette nickte.

»Erzähl! Wie stellst du das an? Warte! Erst will ich wissen, warum du das machst. Ich meine, du siehst perfekt aus. Wieso läufst du dann mit diesem Erscheinungsbild herum.« Clara plapperte ohne Unterlass, während sie in der Schlange des Coffeeshops warteten. Auf andere wirkte es, als wären sie beste Freundinnen.

»Nicht hier!«, sagte Juliette und zog sie in eine ruhigere Ecke, wo sie sich auf eine Bank setzte. »Fangen wir mit der leichtesten Frage an. Warum ich nicht immer so herumlaufe?« Dabei zog sie den Ring ab.

»Heiß oder?«, fragte sie. »Zumindest auf den ersten Blick.« Dann kämmte sie ihren toupierten Pony zur Seite. Zum Vorschein kamen zwei kleine Hörner. »Der Nachteil«, erklärte sie. Rasch steckte sie den Ring wieder über ihren Finger. »Nicht sonderlich sexy, dafür total auffällig. Genau das, was meine Eltern vermeiden möchten – ich im Rampenlicht. Aus diesem Grund die langweilige Version.« Sie rückte ein Stück näher. »Das hat den Vorteil, das ich lernen kann, ohne das jeder Idiot mit einem Schwanz in der Hose mir nachrennt.«

»Mir wäre das total egal«, erwiderte Clara.

»Das glaube ich dir gerne. Kommen wir zu der zweiten Frage. Im Grunde wolltest du wissen, ob du das ebenso kannst.«

Zufrieden bemerkte Juliette, wie sich Claras Augen weiteten und ihr Atem eine Spur schneller ging.

»Ich habe eine Idee, von der wir beide profitieren. Sofern du willst«, ließ Juliette sie mit einem verschwörerischen Augenzwinkern wissen. »Ich geb dir meinen Ring, wenn …«

Wie aus der Pistole geschossen, kam die Antwort. »Ich bin dabei!«

»Ohne die Bedingungen zu kennen? Welche Nebenwirkungen dich erwarten?«

Clara verdrehte die Augen. »Die Voraussetzung ist Alice' Platz. Das ist sonnenklar. Deine Hörner finde ich sexy. Also, ja.«

»Und du bist dir zu 100% sicher?«

»Ja«, stöhnte Clara.

»Gut, dann werde ich das Besitztum auf dich übertragen.« Mit geschlossenen Augen lehnte sich Juliette zurück. Nach einigen Augenblicken drehte sie den Ring. Dabei murmelte sie die lateinischen Worte: »Realis ostende faciem tuam« vor sich hin.

»Was redest du da?«, hakte Clara nach.

Juliette hob nur die Hand, um sie zum Schweigen zu bringen. Weitere vier Mal wiederholte sie den Satz, dann hörte sie abrupt auf.

»Fertig!« Juliette zog den Ring von ihrem Finger, ohne das sich ihr Äußeres veränderte. »Scheint geklappt zu haben«, sagte sie und hielt ihn Clara hin.

Sofort nahmen deren Augen einen gierigen Glanz an. Sie schnappte ihn sich. Kurz betrachtete sie ihn. Dann steckte sie ihn auf ihren Zeigefinger.

»Passt.« Sie grinste. »Hast du einen Spiegel? Wie seh ich aus?«

»Wow.«

»Wusste ich es doch. Wenn bei deinen bescheidenen Genen schon ein sexy Vamp zum Vorschein kommt, …«

»Wie meinst du das?«, unterbrach Juliette sie.

»Na, deine Mutter. Ich hab ihr Foto in dem ‚Loser-Jahrbuch' entdeckt. Oh man, sie sah echt gruselig aus. Hat sie einen Mann dafür bezahlt, sie zu schwängern, oder war dein Vater sternhagelvoll?« Als sie die hochgezogenen Augenbrauen bemerkte, fügte sie zurückhaltender hinzu: »Du stammst doch nicht aus einem Reagenzglas?«

Bei der Vorstellung prustete Juliette los.

»Das denkst du?«, meinte sie. Lachend schlug sie sich auf die Oberschenkel. »Nein, weder noch. Ich wurde aus Liebe gezeugt.«

Clara zog die Stirn kraus, woraufhin Juliette erklärte: »Es stimmt, dass meine Mutter dick ist. Bei einer Miss Wahl hätte sie höchstwahrscheinlich den letzten Platz belegt. Aus diesem Grund war ihr bewusst, dass sie es trotz ihrer Stiefmutter und Halbschwester schwer bei den Phi Beta haben würde. Sie war dafür bereit, ein Bündnis mit dem Teufel einzugehen - ihre Seele für die Aufnahme.«

Clara prustete los. »Das hat dann ja echt gut geklappt.«

»Nein, an dem Abend passierte etwas, bevor sie den Pakt einging. Sie schluckte eine ganze Packung Schlaftabletten. Ihre Stiefmutter fand sie fünf Tage später. Was alles sagt.«

Juliette legte eine Pause ein. In Claras Gesicht war nicht die Spur von Mitleid. Nicht einmal ein Hauch von Entsetzen. Stattdessen drehte sie selbstverliebt den Ring.

»Durch den Selbstmord landete sie auf kürzestem Wege in der Hölle. Statt zu jammern, wie alle, nahm sie jede Qual mit einer traurigen Selbstverständlichkeit hin, die letztendlich das Herz des Teufels berührte. Ob du es glaubst oder nicht, in ihrer Nähe ist er ein echter Engel, so wie er es einst war. Er trägt meine Mutter auf Händen.«

Die Worte drangen langsam zu Clara durch. Ganze zehn Sekunden vergingen, ehe sie laut losprustete.

»Du … du willst mir erzählen … dass dein Vater … oh mein Gott. Du kannst ja lustig sein.«

»Findest du? Dabei ist es die Wahrheit.«

»Klar, du bist die Tochter des Teufels. Und die muss studieren«, meinte Clara. Vor Lachen hielt sie sich den Bauch.

»Ja, wem sagst du das. Meiner Mutter war es allerdings immer wichtig, dass ich eine in ihren Augen angemessene, klassische Ausbildung erhalte. Neben all dem Verrückten, das ich da unten gelernt und gesehen habe, hatte ich nichts einzuwenden. Mir liegt dieser Dämonenkram nämlich gar nicht.« Sie legte eine kurze Pause ein. Dabei verschränkte sie die Arme im Nacken. »Highschool, College und Jurastudium. Findest du nicht auch, dass das zu meinem menschlichen Ich passt? Ich glaub, das habe ich von Mom geerbt. Leider hat sie den Teil mit den Phi Beta beschönigt. Hätte ich die Wahrheit gewusst, hätte ich nicht versucht in ihre Fußstapfen zu treten.«

»Wer sagt seinem Kind gerne, dass man zu fett war.« Clara schüttelte den Kopf.

Juliette nickte. »Inzwischen kenne ich den kompletten Sachverhalt. Meine Mutter stand am ersten Tag ihrer Anwärterschaft auf dem Stuhl der nackten Tatsachen. Damals war deine Mutter die Sprecherin und beschmierte sie von oben bis unten mit Edding, als wäre sie kopfüber in einem Eimer schwarzer Farbe gelandet. In diesem Aufzug durfte sie über den ganzen Campus laufen.«

»Echt? Das hat sie mir nie erzählt«, hakte Clara kichernd nach.

»Wie ich sehe, scheint es dich zu erheitern.« Juliette schüttelte den Kopf. »Weißt du, irgendwie habe ich jetzt Mitleid mit dir, bei diesen Genen.«

»Wovon redest du?« Das Lachen verschwand aus Claras Gesicht.

»Davon, dass du bekommen hast, was du verdienst – wahre Schönheit.« Sie holte ihr Handy hervor und hielt es Clara als Spielgel vor die Nase.

»Was …« Clara fasste in ihr Gesicht und Juliette stellte belustigt fest, dass es sich erst rot und dann totenbleich färbte. »Ist das eine App?«

Juliette schüttelte den Kopf.

»Du …«, kreischte Clara, eine Minute später, nachdem sie ihr Gesicht in ihrem eigenen Handy sah. Nackte Angst lag in ihrem Blick.

»Ich? Du wolltest es.«

»Aber doch nicht das hier!«, schrie sie, zog den Ring ab und pfefferte ihn Juliette vor die Füße. »Du hast sie nicht mehr alle.« Voller Hoffnung blickte sie in ihr Handy, dann kreischte sie: »Mein Dad wird dich umbringen. Das schwöre ich!« Wie eine Furie rannte sie zum nächstbesten Schaufenster. Dort blieb sie stehen. Fassungslos starrte sie ihr Spiegelbild an. Es dauerte ein paar Sekunden, dann wanderten ihre Hände panisch über ihr Gesicht.

»Na, welche Hälfte gefällt dir besser?«, fragte Juliette, die ihr gefolgt war. »Meine makellose Fassung mit dem perfekten Make-up, oder dein wahres Ich? Wenn du mich fragst, finde ich, dass dir die andere Seite besser steht. Die grüne, schuppige Haut, das gelbe Auge – wie die falsche Schlange, die du bist.«

»Mach das rückgängig«, schrie Clara hysterisch ohne ihre Hände von ihrem Gesicht zu nehmen. »Du … Ich will wieder ich sein. Los, verwandel mich zurück, sonst … Mein Vater bringt dich um. Ich schwöre es. Er macht dir die Hölle heiß.«

Im nächsten Moment drehte sie sich um und packte Juliette heftig an den Schultern. »Du miese dreckige Schlampe. Du …«

»Alles in Ordnung?« Ein älterer Herr blieb stehen und warf Juliette einen fragenden Blick zu. »Brauchen Sie Hilfe?«

»Nein, es ist …«, sagte sie, wurde aber prompt von der keifenden Clara unterbrochen.

»Ob alles in Ordnung ist? Sehe ich aus, als wäre alles in Ordnung? Haben Sie Tomaten auf den Augen?«

Juliette zuckte entschuldigend die Schultern. Der alte Mann wandte sich ab, was Clara anstachelte.

»Ja, verpissen sie sich ruhig. Bloß nicht helfen.«

Als er sich daraufhin wieder umdrehte, zeigte Clara ihm den Mittelfinger. Diese Geste ließ sie verstummen. Entsetzt blickte sie auf ihre Hand, die ebenfalls mit einer Schlangenhaut überzogen war.

»Nein … bitte nicht«, keuchte sie auf. Ihr Blick glitt von den Fingern über den Arm bis zu ihren Fußspitzen. Ihre komplette rechte Körperhälfte hatte sich zu einer menschlichen Schlange transformiert. »Du …«

»Wie wäre es mit elendes Dämonenblut, Ausgeburt der Hölle?«, half ihr Juliette grinsend auf die Sprünge. »Egal, wie du mich nennst, das wird nichts an deinem Äußeren ändern. Realis ostende faciem tuam. Du hast doch vorhin gefragt, was das heißt. Es ist lateinisch und bedeutet sinngemäß: Zeig dein wahres Gesicht. Tja, in dir steckt, welch Überraschung, eine falsche Schlange. In mir dagegen ein langweiliger Mensch sowie ein heißer Halbdämon. Du verstehst? Ja, okay, ich hätte fair sein können, sodass das Gesicht, wie bei mir an den Ring gebunden ist. Aber das hast du nicht verdient. Wie ich sagte, jedem was ihm gebührt. Dir, Alice …«

»Nein, das kann nicht. Du …« Zitternd ließ sie von Juliette ab. Langsam schlich sie zurück. Einen wackeligen Schritt nach dem anderen. Dann drehte sie sich um und lief wie ein aufgescheuchtes Huhn umher, bis sie eine Gruppe junger Frauen vor den Fahrstühlen entdeckte.

»Bitte, Sie müssen mir helfen«, schrie sie. Dabei klammerte sie sich an eine von ihnen. »Sie will mich umbringen. Sie ist ein Dämon, eine Hexe. Sehen sie, meine Hände, mein Gesicht. Das war sie.« Dabei zeigte Clara direkt auf Juliette, die sich nicht vom Fleck gerührt hatte. »Sie hat mir einen verzauberten Ring geschenkt. Ich ...«

»Hast du Drogen genommen?« Die Frau schubste sie weg. Der Rest rückte ebenfalls ab. »Verschwinde! Ansonsten mache ich den Sicherheitsdienst da hinten auf uns aufmerksam.«

»Rufen sie lieber die Polizei, die Armee oder nein, noch besser die katholische Kirche. Ihr Vater ist der Teufel höchstpersönlich. Sie tarnen sich als Menschen, sie ...«

Die Fahrstuhltüren öffneten sich und die Frauen ließen die verzweifelte Clara stehen.

»Dämliche Ziegen«, schrie diese. Hilfesuchend blickte sie sich um. Ein Mann in einem feinen Anzug erschien ihr passend. »Bitte. Sie müssen mir helfen. Sie ist die Tochter des Teufels. Hören Sie, meine beste Freundin ist ertrunken. In ihrem Zimmer. Das war sie. Mich hat sie zum Glück nur verhext ... Sie sehen, wie ich aussehe. Das war die Irre. Ich ...«

Im nächsten Moment drehte ein dunkelhaariger Typ Clara den Arm auf den Rücken.

»Ich denke, wir beruhigen uns erst mal. Gleich kommt jemand, der ihnen hilft. Versprochen.«

Um sie herum sammelte sich mit gebührenden Abstand eine kleine Menschentraube.

»Was glotzt ihr so dämlich?«, keifte Clara los. »Meint ihr, ich sehe gerne so aus? Halb Mensch, halb Schlange. Daran ist diese Dämonin schuld. Wir haben sie nicht in unseren Club aufgenommen. Deswegen hat sie meine Freundin in ihrem Zimmer ertrinken lassen. Bitte. Helft mir!«

Inzwischen war Juliette zu dem Auflauf gegangen und stand in der ersten Reihe.

Als Clara sie entdeckte, rief sie: »Da, das ist sie. Das ist das Mädchen. Haltet sie fest.«

Ein paar Köpfe schnellten herum. Mehr passierte nicht. Niemand kam der Aufforderung nach.

»Bitte, mein Vater hat Geld«, wandte sie sich nun an den Mann, der sie festhielt. »Lass mich los und schnapp dir diese Bitch. Ich verspreche dir, er wird dich reich belohnen.«

»Hast du gerade meine Freundin eine Schlampe genannt? Dabei hat sie, unter uns gesagt, echt gute Arbeit bei dir geleistet«, flüsterte der Fremde Clara ins Ohr.

»Du …«

»Jupp, Juliette ist mein Mädchen.« In dem Moment löste Damian den Griff und Clara stolperte direkt in die Arme eines Polizisten.

»Gott sei Dank. Sie müssen mir helfen«, keuchte sie erleichtert. Widerstandslos folgte sie den beiden zu einer Sitzgelegenheit.

»Es wird alles gut«, versicherte ihr der Polizist. »Gleich kommt jemand.«

»Haben sie meinen Vater erreicht?«, fragte Clara mit inzwischen kraftloser Stimme. »Ein Glück. Ich hoffe, er bringt einen Priester mit.«

Der Polizist schüttelte den Kopf. »Erstmal kommt ein Arzt. Er gibt Ihnen eine Spritze zur Beruhigung. Ihre Freundin hat uns schon erzählt, dass sie so eine kleine Pille probiert haben. Vom Krankenhaus rufen wir ihre Eltern an.«

»Pille? Reden Sie von Drogen? Das ist totaler Blödsinn«, rief sie. »Wenn Sie mir nicht helfen, dann …«, sie erhob sich. »Ich …«

Klick!

Ein weiteres Klicken ertönte. Juliette sah, dass der Polizist Clara an der Armlehne angekettet hatte. »Es ist nur zu ihrer Sicherheit.«

»Was soll das? Ich bin auf keinem Trip. Ich habe in meinem Leben noch nie Drogen eingeworfen. Nie. Ehrlich. Okay, da war ein Joint oder auch zwei, aber das war in der Highschool. Mir wird davon speiübel.«

Juliette nutzte die Gelegenheit.

»Wird sie wieder? Ich hätte sie abhalten müssen.«

»Ich sorge dafür, dass sie dich verhaften. Mein Vater macht dir das Leben zur Hölle. Ich schwöre es. Verwandel mich zurück, sonst …«

Juliette schüttelte den Kopf. Sie sah zu dem Polizisten, dann hockte sie sich vor Clara hin.

»Weißt du, wie verrückt du klingst? Das müssen die Drogen sein. Anders kann ich es mir nicht erklären«, sagte sie. Leiser, sodass es nur die falsche Schlange hörte, fügte sie hinzu: »Ich gebe dir einen gut gemeinten Rat – hör auf. Lass es auf sich beruhen. Niemand glaubt dir deine Geschichte.« Sie tätschelte Claras Knie und schüttelte mitleidig den Kopf. »All das, spielt sich nur hier oben ab.« Sie tippte sich an die Stirn. »Für gewöhnliche Menschen siehst du aus wie immer. Abgesehen von deinem verlaufenen Make-up. Je mehr du darüber redest, umso unzurechnungsfähiger wirkst du.«

»Du, damit kommst du nicht durch. Ich werde der Welt erzählen, dass du die Tochter des Teufels bist.«

Juliette schüttelte den Kopf.

»Diese verdammten Drogen.«

»Das klingt für mich eher nach einer ausgeprägten Psychose und weniger nach einem Horrortrip«, meldete sich ein Zuschauer lautstark.

Etwas an der Stimme veranlasste Juliette, sich umzudrehen. Dunkelblonde Haare, drei-Tage-Bart, T-Shirt. Trotz der Verkleidung erkannte sie ihren Vater. Sie erhob sich, was Clara dazu brachte, wieder von vorne anzufangen. Die Psychiatrie war ihr sicher.

»Hi, Paps«, begrüßte sie ihn und gab ihm einen zärtlichen Kuss auf die Wange.

»Was hat mich verraten?«

»Der Teufelsschwanz. Die Spitze schaut aus ihrem Hosenbein heraus«, klärte Damian, der sich zu ihnen gesellt hatte, ihn auf.

Der Teufel bückte sich, um den Übeltäter in der Socke verschwinden zu lassen.

»Bist du mir gefolgt?«, fragte sie, als er sich wieder aufrichtete.

»Was denkst du bitte«, fing er an, wurde jedoch unvermittelt unterbrochen. Juliettes Mutter legte den Arm um ihn.

»Du kennst ihn ja. Immer muss er gucken, dass es unserem kleinen Baby gut geht. Dabei bist du inzwischen groß und nicht im Ansatz so hilflos wie deine alte Ma.«

Sie lachten gemeinsam. Es war gut, Familie zu haben.

Ausreisserin

Katharina Gerlach

»Nein!« Das Wort hallte durch das geschmackvoll eingerichtete Zimmer mit seinen Beige- und Brauntönen und den geraden Linien der modernen Möbel, die Sonja so hasste.

»Bitte, Papa.« Das Leben war so voller Farben, aber ihre Eltern ließen sie nie zu. »Es ist das einzige Konzert in unserer Nähe und Jenni geht auch.« Sie schob den Flyer mit den Tourdaten ihrer Lieblingsband über den glatten, rechtwinkligen Tisch, an der geblümten Suppenterrine vorbei zu ihrem Vater. Die bunten Bilder hoben sich stark vom weißen Baumwollstoff des Tischtuchs ab.

»Muss ich mich wiederholen?« Der Blick ihres Vaters war so hart und eckig wie seine geliebten Möbel.

»Es ist doch nur zu deinem Besten, Liebling. Immerhin ist der nächste Tag ein Montag.« Wie immer versteckte sich Sonjas Mutter hinter seiner Entscheidung.

Wut brauste durch Sonja, brannte heiß in ihren Adern. Sie sprang auf und schleuderte den Stuhl mit den Metallbeinen absichtlich mit dem Schwung ihrer Knie über das Holzparkett.

»Ich hasse euch!« Sie stürmte aus der großen Wohnküche, stampfte die frei schwebenden Treppenstufen zum Obergeschoss hinauf und knallte die Tür ihres Zimmers hinter sich zu.

Obwohl sie bei der Auswahl ihrer Möbel nicht hatte mitreden dürfen, brachten wenigstens die Poster an ihren blassen Wänden Leben in ihr Reich. Sie ging auf und ab und versuchte, die Wut unter Kontrolle zu bringen. Alles vergeblich. Immer wenn ihr Blick auf den seelenvollen Gesichtsausdruck des Sängers ihrer Lieblingsband fiel, schlugen die Flammen wieder hoch. In kürzester Zeit packte sie ein paar Kleidungsstücke zusammen, schnappte sich ihr Portmonee mit dem Geld, das sie für die Eintrittskarte gespart hatte, Zahnbürste, Zahnpasta und einen Schlafsack. Sie würde es ihren Eltern schon zeigen. Und wenn sie unter einer Brücke am Fluss in der Stadt sterben würde, umso besser. Vielleicht würden sie es dann verstehen.

Nur noch ein Tag, dachte Ben und sah zu, wie das Fleisch an seinen Fingern so schwarz wurde wie die sternlose Nacht um ihn herum. Wenigstens hatten *sie* ihn mal aus seiner stinkenden Wohnung gelassen und der Gang vom Dorfplatz zur Wiese war überraschend schmerzfrei geblieben. Vielleicht war's ja doch nur noch ein einziger Tag, falls sie nicht gelogen hatten. Aber sie hatten schon so oft gelogen, dass er gar nicht zu hoffen wagte.

Der Fingernagel seines linken Daumens fiel zu Boden und brennende Schmerzen jagten die Nerven seiner Arme entlang. Doch Qualen kannte er und hatte sie verdient. Es waren nicht einmal mehr Tränen übrig, um den Schmerz wegzuwaschen. Schulterzuckend akzeptierte er seine Strafe. Hoffnung schmerzte so viel mehr, also würde er sie nicht in sein Herz lassen: Er war bereits lange hier, aber sicherlich noch nicht so lange, oder?

Er kämpfte darum, seinen Pessimismus festzuhalten, doch eine winzige Stimme in seinem Kopf hörte nicht auf zu flüstern: *Nur noch ein Tag!*

Drei Stunden später war Sonja hundemüde, aber die Weigerung ihrer Eltern brannte immer noch in ihrem Herzen. Ihre Schultern schmerzten vom Tragen des Rucksacks. Sie wanderte durch die Stadt auf der Suche nach einem bezahlbaren Ort, an dem sie die Nacht verbringen konnte. Im Moment war ihre Wut, so unterdrückt sie auch durch die Müdigkeit war, die einzige Kraft, die sie noch vorwärts trieb. Sie würde sich auf gar keinen Fall finden lassen.

»Hey, Süße.« Ein junger Mann mit glattem Gesicht, der auf den Treppenstufen eines dreistöckigen Backsteingebäudes saß, packte den Saum ihrer Jacke. »Wie viel kostet die Nacht?«

Sie riss sich los und eilte weiter, den Kopf gesenkt wie einen Rammbock. Sie hatte von Mädchen gelesen, die sich auf die falschen Leute eingelassen hatten, nachdem sie von zu Hause weggelaufen waren. Sie würde ihren Körper jedenfalls nicht verkaufen. Als das anzügliche Lachen des Jünglings verklang, traute sie sich aufzusehen. Eine Leuchtreklame ein paar Meter die Straße hinunter verkündete freie Zimmer. Vielleicht hätte sie dieses Mal Glück.

Die Tür führte in eine verräucherte Bar, nicht in die Lobby eines Hotels, wie Sonja gehofft hatte. Sie stand im Schatten des Eingangs, bis sich ihre Augen an das Dämmerlicht gewöhnt hatten. Ein Tresen aus dunklem Holz mit grün bezogenen Barhockern dominierte den Raum. Ein paar winzige Tische – kaum groß genug für zwei – standen in kleinen Nischen bei den Fenstern und an der hinteren Wand. Niemand war zu sehen. Sie ließ sich auf einen der Sitze nieder und wartete auf die Bedienung. Vielleicht würde ihr Geld ja diesmal reichen. Sie sah sich um, aber die Bar war immer noch verwaist. Sie seufzte. Wenigstens war es hier warm. Ihre Augenlider sanken herab. Wenn sie nur hundert Jahre verschlafen könnte. Sie bemerkte ihr eigenes Gähnen kaum.

Sie erwachte mit einem Ruck. Der Raum war mit Leuten gefüllt, die redeten und tranken. Keiner kümmerte sich um sie. Machte es niemandem etwas aus, um diese Zeit ein minderjähriges Mädchen hier zu sehen? Vielleicht war es doch keine so gute Idee gewesen hereinzukommen. Immerhin fühlte sie sich ausgeruht und warm. Und das war besser als vorher. Vielleicht sollte sie noch ein bisschen länger unsichtbar bleiben.

»Nur eine?« Eine heisere Stimme erhob sich über das Gemurmel. »Du weißt, dass wir zwei brauchen.«

»Es mag dir ja entgangen sein«, antwortete eine scharfe, wütende Stimme, »aber heutzutage ist die Menge der Leute, die ein paar Jahre in einem Dorf verbraten wollen, überraschend klein. Wie ich schon sagte, wir haben einen Kandidaten. Wir können darum würfeln, wer von uns geht.«

Sonjas Körper kribbelte. War das ihre Chance? Sie drehte sich um und erwartete irgendwelche Gangster zu sehen. Aber die beiden Männer, die sich im Augenblick den Kopf darüber zerbrachen, wie man einen weiteren Kandidaten finden könne, wirkten eher wie Bankangestellte – vielleicht ein bisschen müder als normal. Trotzdem. Konnte sie den Fremden trauen? Vermutlich sollte sie lieber den Inhaber der Bar nach dem Preis für eine Nacht in seinem Hotel fragen.

Gerade als sie aufstehen wollte, um zum Tresen zu gehen, fiel ihr Blick aus dem Fenster. Der rote Wagen ihrer Familie kroch die Straße entlang. Das verzerrte Gesicht ihres Vaters blickte von einer Seite zur anderen, während er jeden Winkel absuchte. Instinktiv drehte Sonja dem Fenster den Rücken zu. Ihre Wut flammte erneut auf. Wie konnte er es wagen? Wollte er sie nach Hause schleifen wie eine Kriminelle?

Sie wandte sich an die beiden Fremden.

»Habe ich recht gehört? Sie suchen jemanden, der für ein paar Jahre in einem kleinen Dorf leben möchte?«

Die geröteten Gesichter der Männer wurden blass, als sie ihre pinkfarbene Daunenjacke, die Stiefel mit dem Fellrand und ihre engen Jeans sahen.

»Ich bin älter, als ich aussehe«, versicherte ihnen Sonja. »Nächsten Monat werde ich siebzehn.« War es eine Lüge, wenn sie zu erwähnen vergaß, dass es der nächste Monat in zwei Jahren war?

»Nun ja …« Der Jüngere wirkte skeptisch. »Sie passen nicht …«

»Quatsch.« Der Ältere zeigte auf den Rand ihres Tisches. »Bitte, setzen Sie sich zu uns, damit wir Ihnen ein bisschen über das Dorf erzählen können. Zusätzlich haben Sie drei Tage Zeit, das Angebot zu prüfen. Sie können es ablehnen, wenn es Ihnen im Dorf nicht gefällt.«

Sonjas Herz pochte in ihrer Brust wie ein Dampfhammer, aber sie drehte ihren Stuhl um und setzte sich zu den Männern an den Tisch.

»Sie bekommen eine eigene Wohnung, ganz kostenlos, und genug Fleisch, um eine Armee zu füttern«, begann der ältere Mann. Immer wieder schob er seine rutschende Hornbrille die Nase hinauf.

»Sie sind keine Vegetarierin, oder?« Der Jüngere wirkte besorgt, aber das konnte auch an den Schatten liegen, die das Licht auf sein Gesicht warf, besonders da er eine sehr lange Nase hatte. Sie schüttelte den Kopf und er seufzte. »Gut. Denn das hätte Probleme verursachen können.«

»Es gibt auch einen Aufpasser, der sich anhören wird, welche Verbesserungen Sie an Ihrer Unterkunft vornehmen möchten. Er wird sich immer sofort um Sie kümmern.« Das Lächeln des älteren Mannes war freundlich, aber die Schweißperlen auf seiner Stirn bereiteten Sonja Sorge. Hatte er vor etwas Angst oder war ihm nur zu warm?

»Es ist ein sehr kleines Dorf, aber es hat alle Annehmlichkeiten, die man heutzutage braucht: Internet, Fernsehen, Handyempfang und so weiter.« Der jüngere Mann kratzte sich ständig den Handrücken. Ein nervöser Tick? Aus unbekannten Gründen fühlte sich Sonjas Magen wie verknotet an. Irgendwie fand sie, dass dies eine ganz dumme Idee war. Doch dann erinnerte sie sich an das resolute ‚Nein' ihres Vaters und ihre Wut drängte erneut alles andere beiseite.

Sie hörte nicht länger zu, was die beiden Männer erzählten. Ihre Geschichte über ein Dorf, das nur alle hundert Jahre einmal auftauchte, klang wie ein Märchen. Sonja hatte sich bereits entschieden.

Ben blinzelte ins Licht. Die Wiese, auf der er im Stehen verrottete, war noch grün, aber mit Schnee bestäubt. So hatte sie schon den ganzen Tag ausgesehen. Ob das Absicht war, um das Ende der hundert Jahre zu feiern? Er traute sich kaum, es zu glauben. War seine Zeit wirklich vorbei? Bedeutete das, dass ihm jetzt vergeben worden war? Oder war das nur eine neue Methode, ihn zu foltern?

Er kämpfte darum, seine Gesichtszüge unbeweglich zu halten. Wenn nur einer von *ihnen* bemerkte, dass er hoffte, dann war das hier lange noch nicht das Ende. Er würde noch viel mehr leiden müssen.

Ganz langsam drehte er sich im Kreis. Die Dächer des Dorfes leuchteten rot im Licht der Nachmittagssonne, ganz wie die Dächer unzähliger anderer Dörfer. Mit dem Schnee auf dem ansonsten grünen Gras wirkte es fast idyllisch. Ben schnaufte. *Was für eine Lüge.*

Eine einzige Straße führte aus dem Dorf und endete in der Mitte der Wiese, etwa zwanzig Meter rechts von Ben. Gerade als er sich abwenden wollte, begann das Gras vor der Straße zu welken. Es verwandelte sich in Teer, und die Straße wuchs dem Horizont entgegen, dem Wald und der Stadt entgegen, von denen er wusste, dass sie irgendwo da draußen sein mussten. War es möglich?

Sein Herz schlug schneller. Ganz egal, wie sehr er darum kämpfte, seine Gefühle und Gesichtszüge unter Kontrolle zu halten, er konnte der Hoffnung nicht entweichen, die sein Herz zu zerreißen drohte. Zweifellos hatte sich in den hundert Jahren eine Menge verändert. Ob er sich würde anpassen können?

Er schnaubte abwertend. Mal wieder plante er viel zu weit voraus. Zuerst musste er dieser Hölle entfliehen.

»Das war's dann also?« Der Mann, der in der Nähe stand – Ben hatte schon lange seinen Namen vergessen – beschattete sein Gesicht mit einer zitternden Hand und sah zu, wie die Straße immer länger wurde. Der Bartansatz auf seinen Wangen und die Ringe unter seinen Augen ließen ihn tausend Jahre älter aussehen als damals, als sie angekommen waren. Ben fragte sich, ob er selbst auch so kaputt aussah. Gut möglich, obwohl er immer schon viel jünger gewesen war als der Mann. Wie alt war er gewesen? Gerade volljährig, Anfang zwanzig? Er konnte sich nicht mehr erinnern. Alles, was ihm einfiel, waren die reglosen Gesichtszüge seines kleinen Bruders, als seine Mutter den winzigen Körper für die Beerdigung wusch. Wie sehr er sich danach sehnte, ihr zu sagen, wie leid ihm das tat. Aber es war schon damals zu spät gewesen.

»Ihr seid frei zu gehen.« Die Stimme des Aufpassers war überall um sie herum, sogar in ihnen. »Natürlich könnt ihr auf das Auto warten, das euch abholen wird. Es war eine interessante Zeit. Vielleicht treffen wir uns mal wieder.« Das Echo seines Lachens hallte durch Bens Schädel und brachte seine Zähne zum Klappern. Was ein Auto war, hatte ihm der Aufpasser oft genug demonstriert. Ben spürte noch immer das Knacken seiner Knochen, wenn wieder ein Wagen über seinen Körper rollte.

»Nur über meine Leiche«, sagte der Mann und ging los.

Ganze hundert Jahre hatten nicht ausgereicht, um Ben auf diesen Tag vorzubereiten. Der erste Tag der Freiheit. Die vormals winzige Flamme der Hoffnung, die gegen seinen Willen die ganze Zeit überlebt hatte, drohte mit einem Mal, ihn zu verschlucken. Seine Muskeln versagten den Dienst und er sank zu Boden.

Ohne wirklich darüber nachzudenken, sah er dem Mann dabei zu, wie er über die Wiese ging. Als er die Straße erreichte, waren seine Beine blutüberströmt, zerschnitten von Tausenden von rasiermesserscharfen Grashalmen. Aber er schleppte sich vorwärts auf die Stadt zu, die irgendwo am Ende der Straße sein würde. Bald war er verschwunden. Nur sein Weinen und Jammern tönte noch eine lange Zeit über die Wiese.

Ben konnte sich nicht vorstellen, wie es sein musste, mit zerschnittenen Beinen in die richtige Welt zurückzukehren. Am schlimmsten wäre es, dass absolut niemand auf ihn warten würde. Er zwang sich aufzustehen. Hoffentlich – er verzerrte die Miene bei dem Wort – würde ihn das Gras weniger schlimm zerschneiden, wenn er ins Dorf zurückkehrte. Wenigstens war die Entfernung kürzer. Mit angehaltenem Atem machte er sich auf den Weg zum Dorf. Bei jedem Schritt schossen Schmerzen durch seine Beine und Füße.

Nachdem sie noch einen – eher stillen – Passagier eingesammelt hatten, döste Sonja auf dem Weg ins Dorf und versuchte, die merkwürdigen Blicke des Mitfahrers zu ignorieren. Die Sonne ging bereits unter, als sie der Wald, durch den sie gefahren waren, in eine Wiese entließ, die wie mit tausenden Diamanten besetzt zu glitzern schien.

Mit offenem Mund starrte sie den Schnee an. Es war so lange her, dass sie welchen gesehen hatte. Das letzte Mal war sie mit den Eltern in der Schweiz gewesen, Skiferien. Ihr Hals verengte sich, und mit einem Mal wollte sie nichts lieber, als umzukehren und sich in die Arme ihrer Mutter zu werfen.

Aber nein! Sie riss sich zusammen. Wenn sie zu früh zurückkam, würde sie bloß wieder wie ein Baby behandelt.

Sie betrachtete das Dorf, dem sie sich näherten. Die Häuser schienen ziemlich klein, die Dächer zu rot – wie Blutstropfen im Schnee – und die Bäume wirkten wie Skelette.

Es ist unmöglich, hier mehr als ein paar Tage zu leben, dachte sie. *Und überhaupt. Ich bin mir sicher, dass die Männer übertrieben haben. Kein Dorf taucht für drei Tage auf und verschwindet dann für hundert Jahre, ohne dass die Einwohner altern. Dafür wäre Magie nötig, und jeder weiß, dass es Magie nur in Filmen gibt.*

Sie würde ein paar Tage bleiben und am letzten der drei Tage gehen, die sie für ihre endgültige Entscheidung hatte. Dann würde sie zwei weitere Nächte irgendwo in einer Kirche oder einem anderen Versteck bleiben. Wenn ihre Eltern sie fast eine ganze Woche nicht gesehen hatten, sollte das wohl ausreichen, oder? Bestimmt würden sie sie besser behandeln, wenn sie dann zurückkehrte.

Trotzdem, je näher die Häuser des Dorfes kamen, desto unglücklicher war sie mit der ganzen Sache.

Als Ben die Straße betrat, die aus dem Dorf führte, schoss Schmerz durch sein Bein, als wäre der Teer geschmolzene Lava. Das bestätigte seine Vermutung. Niemand konnte zu Fuß entkommen. Er blinzelte Tränen weg, drehte sich um und ging zurück zu seiner Wohnung.

Ausnahmsweise schmerzte das überhaupt nicht. Er würde auf das Auto warten, das ihm versprochen worden war. Auf halbem Wege zu seiner Wohnung überlegte er es sich anders.

Vielleicht wäre es eine gute Idee, den Bewacher zu überwachen. Er schlüpfte in eine kleine, dunkle Gasse, die niemand außer ihm zu kennen schien.

Sie war eines Tages aufgetaucht, als er vor lauter Verzweiflung lautlos für einen Rückzugsort gebetet hatte, obwohl er den Glauben an das Gute längst hinter sich gelassen zu haben glaubte. Weder der Bewacher noch einer seiner Untergebenen hatten diese Gasse bisher gefunden. An ihrem Ende war eine Treppe zu einem versteckten Raum in einem riesigen Saal, der dem Bewacher gehörte. Ben hatte ihn schon einige Male benutzt, um das Wesen zu beobachten. Da er bisher nicht erwischt und für seine Spionage bestraft worden war, vermutete er, dass der Raum – wie die Gasse – niemandem bekannt war. Wenigstens hoffte er das.

Das winzige Fenster des Verstecks erlaubte es ihm, in den Saal zu blicken. Er wurde vom roten Flackern zahlreicher Monitore erhellt. Komisch eigentlich, dass man hier so viele Erfindungen der Menschheit nutzte, obwohl das Dorf so selten in der normalen Welt war.

Ben hielt die Luft an. Natürlich war der Bewacher da, genauso wie viele der anderen Wesen, die im Dorf lebten. Sie starrten auf mehrere an der Wand befestigte Monitore. Dabei wurden ihre Gesichter von unten her von den Tischmonitoren beleuchtet, wodurch sie noch mehr wie Monster aussahen.

»Wie weit ist er?«, fragte der Bewacher.

»Fast bis zum Wald.« Ein Wesen verbeugte sich, wodurch sein madengleicher Körper schwankte. »Ich habe nicht erwartet, dass er das schafft.«

Der Bewacher lachte. »Hast du seine Beine gesehen? Der wird nicht lange genug durchhalten, um irgendjemandem von uns zu erzählen. Selbst wenn, würden die ihn für verrückt halten. Und wo ist unser süßer Kleiner?«

»Er hat sich noch nicht auf den Weg gemacht, aber ich kann ihn im Moment auch nicht finden, Meister.« Die Made duckte sich und die Kralle des Bewachers riss ihren Kopf auf. Hirnmasse verteilte sich überall und begann sofort, sich zu sammeln. Als alles in einer großen Pfütze zusammengeflossen war, glitt der graue Schleim über den Körper der Made zurück in ihren Schädel, der sich anschließend wieder schloss. Ben hatte die Pein dieser Zerstörung und Wiederbelebung mehrfach durchstehen müssen. Er hätte die Made bedauert, hätte sie ihm nicht noch Schlimmeres angetan.

»Der Irre wird ihn schon finden. Lasst uns sehen, wer heute kommt.« Der Bewacher drehte seinen Kopf mit den vielen Hörnern einer anderen Wand zu, an der ebenfalls Monitore angebracht waren. Sie zeigten ein kleines, weißes Auto. Er betrachtete es schweigend, bis es in der Mitte des Dorfes auf dem Marktplatz hielt. Nur, dass dort noch nie ein Markt stattgefunden hatte, so lange sich Ben erinnern konnte.

Ein bärtiger Mann stieg aus dem Wagen, sah sich kritisch um und nickte dann einem menschlich wirkenden Wesen zu, das ihn in die Richtung von Bens alter Wohnung schickte.

»Ah! Ein Serienmörder. Mit dem wird es Spaß machen zu spielen. Hat Vega nicht noch dieses Kostüm der menschlichen Jungfrau?« Er drehte sich zu einer der dünnen, fast fadenförmigen Kreaturen um, die sich im Hintergrund hielten. »Sagt ihr, sie soll es anziehen und den Mann dazu bringen, sich nach ihren Schenkeln zu verzehren und ihr den Hals umdrehen zu wollen, bevor der Tag zu Ende geht.«

»Ja, Meister!« Der Fadenmann eilte davon.

Bens Blick klebte an dem Bild des Monitors. Ein Mädchen stieg aus dem Auto und sah sich mit großen Augen um, als wäre sie nicht sicher, warum sie hier war.

»Faszinierend! So voll von selbstgerechtem Zorn. Das gefällt mir!« Die Stimme des Bewachers klang wie das Schnurren der Katze, die Bens kleine Schwester so sehr geliebt und der er vor Ewigkeiten den Kopf zerschlagen hatte, um sie zum Weinen zu bringen. Oder war das auch wieder eine dieser falschen Erinnerungen, die *sie* so mochten? Er war sich nicht sicher. Also schob er den Gedanken beiseite und hörte dem Bewacher weiter zu.

»Ich weiß, was wir machen. Lasst uns ihren Vater hierher rufen. Er gehört uns ja sowieso schon halb. Es wird viel Spaß machen, zuzusehen, wie sie ihn umbringt. Ich liebe es, Unschuld zu zerstören.« Sein Lachen hallte durch den Saal und ließ Ben erzittern. Er wusste nur zu gut, was das bedeutete.

Ein Gedanke schoss ihm durch den Kopf, und sein Unterkiefer klappte herunter. Seine hundert Jahre waren vorüber. Er konnte tatsächlich gehen. Ob er das Mädchen noch retten konnte, bevor es zu spät war? Vielleicht könnten sie zusammen fliehen. Vertraute er den Gesetzen, die das Dorf regulierten? Wenn ja, dann würde das Auto noch einmal wiederkommen, für den Fall, dass sie ihre Zustimmung zurückzog.

So leise er konnte, kroch er zurück zur Treppe die in die Gasse führte. Er musste das Mädchen finden.

Sonja stand auf dem Marktplatz und sah zu, wie das kleine, weiße Auto die einzige Straße entlangsauste, die aus dem Dorf führte. Aus unbekannten Gründen raste ihr Herz und ihre Hände waren feucht. War es falsch gewesen herzukommen? Niemand war zur Begrüßung erschienen und die Reihen der identischen Fachwerkhäuser wirkten, als hätte man sie aus einem Film mit Schwarzwald-Flair herausgeschnitten. Was machte sie hier? Tränen schossen ihr in die Augen und löschten endlich die Flammen ihrer Wut. *Wenn nur Mama hier wäre,* dachte sie. *Oder mein Handy. Dann könnte ich sie anrufen und sie bitten, mich abzuholen.*

Einsamkeit schoss durch sie und drohte, ihr das Herz zu zerreißen. Der andere Mitfahrer hatte auf der ganzen Fahrt nicht mit ihr geredet, ihr aber immer wieder Blicke zugeworfen, die sie hatten erstarren lassen, als wäre sie ein Hase im Licht eines heranbrausenden Autos. Sie war erleichtert, dass er fort war. Doch nachdem der Fahrer und sein Freund so von diesem Ort geschwärmt hatten, hatte sie ein Willkommenskomitee erwartet, oder wenigstens jemanden, der ihr sagen würde, was sie jetzt tun und wohin sie gehen sollte. Sie sah sich auf dem Marktplatz um. Alles war wie ausgestorben. Nur eine alte Frau wies ihrem Mitreisenden den Weg, vermutlich zu einem Hotel oder einer anderen Unterkunft. Sollte sie auch dort hingehen? Sie schauderte bei dem Gedanken, mit dem Mann im selben Haus leben zu müssen.

Als die Sonne hinter den pittoresken Häusern verschwand, trat ein schlanker junger Mann aus dem Dunkel einer Gasse und kam direkt auf sie zu. Im Dämmerlicht des Abends war er selbst kaum mehr als ein Schatten. Doch als die Straßenlampen aufflammten und ein unangenehm rotes Licht verströmen, konnte sie Details ausmachen.

Er war so dünn, dass er verhungert wirkte. Das ehemals weiße Hemd hatte wohl irgendwann mal eine Form gehabt, aber jetzt war es kaum mehr als eine Sammlung von Flicken. Die Haare hingen ihm bis auf die Schultern und die Ringe unter seinen Augen und die Bartstoppeln an seinem Kinn ließen ihn wie einen Verrückten aussehen. Doch als er direkt vor ihr stehen blieb, lag etwas Vertrauenswürdiges in seinem schiefen Lächeln.

»Guten Abend. Ich bin Ben und du musst von hier verschwinden. Jetzt sofort!« Er streckte ihr die Hand entgegen wie ein großer Bruder.

»Ich bin doch eben erst angekommen.« Aus unbekannten Gründen legte sich Sonjas Angst ein wenig, trotzdem musste sie widersprechen. Schon aus Prinzip. Allerdings gestand sie sich ein, dass es dumm gewesen war, mit den Männern mitzufahren. Wieso hatte sie denn nicht den Kopf eingeschaltet? Der junge Mann versuchte zu lächeln, was ihm gründlich misslang.

»Glaub mir. Hier willst du nicht bleiben.« Er warf einen Blick über die Schulter, der gehetzt wirkte. »Lass uns abhauen.«

Mit einem Mal wollte Sonja nichts lieber, als daheim auf ihrem Bett zu liegen. So wenig sie auch von dem Dorf erkennen konnte, es strahlte etwas aus, das ihr Angst einjagte. Wortlos legte sie ihre rechte Hand in seine und setzte sich den Rucksack auf. Gemeinsam machten sie sich auf den Weg und folgten der Straße aus dem Dorf. Obwohl der junge Mann bei jedem Schritt zusammenzuckte, ging er zügig.

»*Sie*«, Ben zitterte bei dem Wort, erklärte aber weiter, »bringen die Hölle alle hundert Jahre auf die Erde. Es gibt hier in der Nähe noch ein Dorf, das die Aufgabe hat, sie an diesem Ort zu halten. Solange sich jedes Mal zwei Menschen opfern, können *sie* die Welt nicht überrennen.«

»Und das soll ich dir glauben?« Auch wenn Sonja versuchte, forsch zu klingen, wusste sie, dass sie in ihrer Wut Scheiße gebaut hatte. Ohne es erklären zu können, war sie sich sicher, dass Ben nicht log. Sie hätte niemals herkommen dürfen.

»Wie du willst.« Ben sprach so leise, dass sie ihn kaum verstehen konnte. Er schien so viel Schmerz im Herzen zu tragen, dass sie gar nicht anders konnte als ihm zu glauben.

»Bist du freiwillig hier?«

Er nickte.

»Meine hundert Jahre waren furchtbar. Eine endlose Ewigkeit.«

Eiswasser schien über Sonjas Rücken zu laufen. Die Männer, die sie hergebracht hatten, mussten gewusst haben, was es mit dem Dorf auf sich hatte. *Sie* war als Opfer auserkoren. Was für Lügner. Aber

Ben würde sie hier herausbringen. Sicher. Oder? Ihr Blick flackerte von einem Haus zum nächsten. Ihre Kehle wurde trocken und ihr Herz raste.

Rotglühende Augen beobachteten sie aus jedem Fenster, an dem sie vorbeigingen. Noch bevor sie das letzte Haus erreichten, kribbelte Sonjas Nacken, ihre Haare standen zu Berge und sie atmete schwer.

»Lass *sie* nicht wissen, dass du Angst hast, oder es wird noch viel schlimmer«, sagte Ben.

Sonja saugte die Unterlippe ein, schob das Kinn vor und marschierte schneller. Und dann fing es an zu regnen. Die rote Flüssigkeit lief in Strömen über die Straße und roch nach Rost. Eine Stimme lachte laut und hart.

Nachdem sie etwa einen Kilometer aus dem Dorf gelaufen waren, taten Bens Füße so furchtbar weh, dass er alles dafür gegeben hätte, den Schmerz stoppen zu können. Die Wiese mit den messerscharfen Grashalmen umgab sie immer noch, und der Wald schien endlos weit weg zu sein. Die Sonne ging langsam unter – Moment mal, hatte sie das nicht gerade erst getan? Er sah zum Dorf zurück, wo in diesem Moment die Straßenlampen wieder aufleuchteten.

Ben schluckte. Das musste Absicht sein. *Sie* versuchten offensichtlich, das Mädchen um ihre drei Tage zu betrügen. Er presste die Lippen fest aufeinander, um den Schmerz zu verdrängen. Sie mussten schnellstens weg von hier, bevor auch der letzte Tag unbemerkt verstrich.

»Du hinterlässt leuchtende Spuren«, sagte das Mädchen – er hatte sich noch nicht getraut, nach ihrem Namen zu fragen –, und zeigte auf eine Reihe Fußstapfen, die hinter ihnen im Dämmerlicht rot glühten.

»Das ist mein Blut.« Er konnte kaum sprechen. »Die Straße lässt es fließen und die untergehende Sonne bringt es zum Glühen.« In all den hundert Jahren, die er in dieser Hölle verbracht hatte, war er nie so schlimm gefoltert worden. Er konnte kaum noch denken. Er sollte das Mädchen töten, so wie er schon …

Nein! Er blieb stehen und atmete tief durch.

»Am liebsten mischen *sie* sich in deine Gedanken ein«, sagte er zu ihr. »Glaub *ihnen* kein Wort, egal was *sie* sagen. *Sie* sind Meister der Lügen.«

»Woher weiß ich, dass *du* mir die Wahrheit sagst?«

Ben musste zugeben, dass das eine gute Frage war. Mit hängenden Schultern sagte er ihr die eine Wahrheit, die er so furchtbar lange für sich behalten hatte.

»Ich bin hier, weil ich meinen kleinen Bruder umgebracht habe.« Er sah nicht auf, denn er wollte ihren Gesichtsausdruck nicht sehen. Stattdessen ging er weiter, starrte auf den Boden und kämpfte darum, dass seine Stimme nicht zitterte. »So! Das ist die Wahrheit. Und die werden *sie* dir niemals sagen. *Ihre* Worte klingen immer irgendwie gut.«

»Wer sind *sie*?« Ihre Stimme war so frisch, so jung, so … unschuldig. Er wollte wirklich antworten, aber sein Blick fiel auf ein Bündel Kleidung im Straßengraben. Selbst im schwächer werdenden Licht konnte er die menschliche Form erkennen, die sie kaum verdeckten. Es war der Mann, dessen Namen er vergessen hatte. Seine Augen starrten blicklos in den Himmel. Ben wurde blass, als er die Beine bemerkte. Sie wirkten wie Hackfleisch, aus dem weiße Stöcke ragten. Eilig zog er das Mädchen weiter.

»Sieh nicht hin«, flüsterte er. »Man kann nie sicher sein, was echt ist und was nicht.« Doch der Tod seines Leidensgenossen – ob er seinen Namen nun kannte oder nicht – lastete schwer auf seiner Seele. Hatte der Mann jetzt Frieden gefunden? Oder war der Anblick seines Körpers nur ein neuer Weg, um Ben zu foltern? Er wusste es nicht, und ihm fiel nicht das kleinste Gebet für die Seele des Mannes ein.

»Bipety, bipety, Buh! Ich komme!« Die Singsangstimme kam vom Dorf und jagte ihm Angstschauer über den Rücken. Der Irre! Ben ging schneller. Mit Sorge bemerkte er, dass es bereits wieder hell wurde. Der letzte Tag brach an. Sie mussten den Wald unbedingt erreichen, bevor der Irre sie einholen konnte.

»Beeil dich«, flüsterte er. »Schneller. Viel schneller.« Und das Mädchen gehorchte.

Der junge Mann an ihrer Seite verwirrte Sonja. Manchmal wirkte er völlig normal, zu anderen Zeiten nicht. Aber als die seltsam melodiöse Stimme vom Dorf nach ihnen rief, folgte sie lieber seinem Rat.

Bald rannten sie fast. Hinter ihnen erfüllte lautes Kratzen die langsam dunkler werdende Nacht. Es klang wie das Kratzen von Fingernägeln auf einer Schiefertafel oder das einer Sense auf der Fahrbahn. Und es kam unerbittlich näher.

Sonja zitterte. Warum hatte sie es je für eine gute Idee gehalten, von zu Hause wegzulaufen? Während sie mit dem Kratzgeräusch auf den Fersen rannten, rollte Licht über sie hinweg und schon dämmerte es wieder. Wieso vergingen hier die Tage so schnell? War das jetzt der zweite oder schon der dritte Tag? Sonja wusste es nicht genau. Müde stolperte sie weiter durch die Dunkelheit neben Ben her.

Ein Paar weißglühende Augen erhellte die Straße aus Richtung des Waldes und badete sie in eisiger Helligkeit. Sonja brauchte eine Weile, um zu begreifen, dass es die Lichter eines Autos waren.

Das Auto!

Wie versprochen. Also musste sich der letzte Tag dem Ende zuneigen. Sonja weinte beinahe vor Freude.

»Es kommt zurück!« Sie ließ Bens Hand los und rannte in die Mitte der Straße, wo sie wild winkte.

Mit quietschenden Reifen hielt das Auto, die Tür sprang auf und eine sehr bekannte Stimme sagte: »Mein Gott, Sonja!«

»Papa!« Ihre Wut schien unendlich weit entfernt und so lange her. Alles, was sie wollte, war, ihn zu drücken. Sie breitete die Arme aus und eilte auf den Schatten neben der geöffneten Autotür zu. Doch eine heisere Stimme hauchte ihr direkt ins Ohr und weckte ihre Wut wieder.

»Erinnerst du dich nicht an die Demütigungen? Will er nicht immer dein Leben bestimmen? Wenn du mit ihm gehst, wirst du all deinen Freundinnen erzählen müssen, dass dich deine Eltern wie ein Baby behandeln.« Etwas Glattes glitt in ihre Hand. Etwas, das so perfekt passte, als wäre es nur für sie gemacht. Ein Messer? Was sollte sie mit einem Messer?

Der Schatten auf ihrer Schulter flüsterte erneut und füllte ihre Gedanken mit Details darüber, wie großartig sie sich fühlen würde, wenn sie erst einmal das Monster los wäre, das sich ihr Vater nannte. Ihr Herz füllte sich mit Wut. Schweiß brach aus und Blut donnerte in ihren Ohren. Sie hob das Messer und trat um die Autotür herum. Die Stimme hatte so recht. Sie wäre erst frei, wenn sie ihren Vater getötet hatte!

Gerade als sie den letzten Schritt auf ihren Vater zugehen wollte, geriet Ben für einen winzigen Moment in ihr Gesichtsfeld. Es war, als stünde er direkt vor ihr und nicht ein paar Schritte hinter ihr. Der Mund hing ihm offen und seine Augen waren vor Angst geweitet. Sie erinnerte sich an sein Geständnis und an seinen Rat.

»Am liebsten mischen *sie* sich in deine Gedanken ein.«

Mit einem Schrei ließ sie das Messer fallen. Sie fühlte sich, als hätte ihr jemand die Hand abgerissen. Aber als sie sich in die Arme ihres Vaters warf, ließ der Schmerz nach, und das, was sie für einen Armstumpf gehalten hatte, war wieder ihre ganz normale Hand.

»Los!« Ben drängelte. »Flieht, solange ihr könnt.«

»Nicht ohne dich.« Sie drehte sich um und streckte ihm die Hand entgegen.

»Ich kann nicht mehr.« Mit einem traurigen Lächeln zeigte er auf seine Beine, deren Haut und Muskeln bis zu den Knien aufgerissen waren. Selbst die Knochen schienen gebrochen. Wie kam es, dass er trotzdem noch laufen konnte? Sonja starrte erst ihn, dann den Weg ins Dorf an. Blutige Spuren führten zurück. Dunkle Magie? Es kostete Ben offensichtlich viel Kraft, nicht ohnmächtig zu werden.

»Hilf mir«, befahl sie ihrem Vater. Zusammen packten sie Bens Schultern. Gerade als sie die hintere Tür des Autos öffneten, um ihn auf den Rücksitz zu legen, trat ein Schatten aus dem Gras.

»Bipety, bipety, Buh! Hab euch!« Es war die trällernde Stimme, die sie vom Dorf gerufen hatte.

Bens Schrei ließ Sonja erstarren, und ihr Griff rutschte von seiner Schulter ab. Als er auf dem Teer landete, rollte er sich auf den Bauch, stemmte sich auf die Arme und verbeugte sich vor der fürchterlichsten Kreatur, die Sonja je gesehen hatte. Mit großen Augen starrten sie auf das Unwesen. Obwohl es wie ein Mensch auf zwei Beinen lief, erinnerte der raubtierhafte Blick eher an eine große Katze, auch wenn das Wesen nichts mit einer solchen zu tun hatte.

Es hatte halbdurchsichtige Haut und Muskeln und einen gehörnten Schädel, der in kränklich grünem Licht leuchtete. Das breite Grinsen zeigte spitze Zähne, und die Stimme ließ Sonja unkontrolliert zittern.

»Was glaubt ihr wohl, wohin ihr geht?« Es leckte sich schwarze Lippen mit einer blutroten gespaltenen Zunge. »Die Zeit ist um.«

»Nein, ist sie nicht.« Sonja konnte kaum glauben, dass Ben die Kraft hatte, zu widersprechen. Er hob den Kopf und sah das Wesen direkt an. Dabei winkte er ihr hinter seinem Rücken zu. »Sie hat sich entschlossen zu gehen, und dieses Recht hat sie auch.«

»Versuchst du etwa, uns um unser Spielzeug zu betrügen?« Die Kreatur beugte sich vor, bis sie fast Nase an Nase mit Ben war. Sonja gab ihrem Vater einen leichten Schubs. Nach kurzem Stocken rutschte er auf den Fahrersitz des Autos.

»Nein«, sagte Ben. Sonja konnte nur ahnen, wie viel Kraft es ihn kostete, in die gelben, geschlitzten Augen zu gucken. Allein die Nähe der Kreatur ließ ihre Beine zu Gelee werden. Er aber hielt dem Wesen stand. »Ich werde bleiben. Du hattest viel Spaß mit mir, sagtest du. Und ich verdiene die Strafen.«

Mit einem Schmerzensschrei sprang die Kreatur ein paar Meter zurück. Sonja nutzte ihre Chance, packte Ben unter den Schultern, hob ihn hoch und ließ sich rückwärts auf den Rücksitz des Autos fallen.

»Fahr los!«, schrie sie ihren Vater an. Mit quietschenden Reifen wendete er den Wagen und raste die Straße entlang auf den Wald zu. Die Kreatur folgte, griff mit scharfen Krallen nach ihnen. Doch obwohl die Fingernägel über das Metall des Autos kreischten, konnten sie es nicht durchdringen.

Sonja krabbelte unter Ben hervor und half ihm, sich aufzusetzen.

»Wir schaffen es nicht«, flüsterte er. »Es sind nur noch wenige Minuten bis Mitternacht.«

»Wir sind fast im Wald.« Sie musste nicht einmal aus der immer noch offenen Tür in die Nacht gucken, um zu wissen, wie nahe sie der Sicherheit waren. Vorsichtig beugte sie sich vor und angelte nach dem Türgriff.

»Wenn ihr mich hierlasst, werden *sie* euch ziehen lassen.« Er versuchte auf dem Po zur offenen Tür zurück zu kriechen, aber der Blutverlust hatte ihn zu sehr geschwächt. Er konnte sich kaum bewegen. »Bitte werft mich raus. Ich verdiene es hierzubleiben.«

Sonja schüttelte den Kopf, knallte die Tür zu und suchte unter dem Sitz nach dem Erste-Hilfe-Kasten. Sie hatte nicht viel vom Dorf mitbekommen, aber das, was sie gesehen hatte, war genug.

»Niemand verdient so etwas.«

»Ich habe meinen Bruder ermordet. Ich habe ihn vom vollbeladenen Heuwagen gestoßen und ein Rad hat seine Brust zerquetscht.« Tränen liefen über Bens Gesicht. Zuerst nur wenige, dann immer mehr.

Gerade als die ersten Bäume des Waldes in Sicht kamen, griff eine Pranke mit spitzen Krallen durch das offene Fenster der Tür. Die Kreatur musste auf dem Dach des Autos sitzen. Im letzten Moment zog Sonja Ben zur Seite. Sie duckte sich unter den tastenden Fingern weg. Ihre Gedanken rasten. Es musste doch irgendetwas geben, das dieses Monster aufhalten konnte. Etwas, das den Bann der Hölle durchbrechen konnte.

Aus dem Dorf hinter ihnen erklang eine Glocke.

Eins, zwei, drei …

Was war wohl stärker als der Hass und die Erbarmungslosigkeit dieser Kreatur? Sonja wurde erst jetzt bewusst, wie heftig Ben weinte. Sein ganzer Körper zitterte und seine Tränen tropften auf die Polster des Rücksitzes. Ganz klar bereute er den Tod seines Bruders.

Reue …

Einer Eingebung folgend griff Sonja Ben ins Gesicht und benetzte ihre Finger. Dann berührte sie mit den feuchten Fingern ganz sanft den suchenden Arm der Kreatur.

… vier, fünf, sechs …

Das Wesen riss den Arm zurück und heulte vor Schmerz. Poltern und Kratzen auf dem Dach sagten Sonja, dass es den Halt verloren hatte.

Sie schloss das Fenster so schnell sie konnte und kämpfte gegen einen inneren Druck, der sie zwingen wollte, ins Dorf zurückzukehren.

… sieben, acht, neun, zehn …

Sie erreichten den Waldrand im Schneckentempo, denn das Ziehen wurde immer stärker. Der Automotor heulte so laut wie die Kreatur. Ein Blick aus dem hinteren Fenster zeigte Sonja einen Strudel aus wirbelnden Flammen, der sie ins Dorf zu ziehen versuchte.

… elf …

Die Reifen quietschten und der Geruch von verbranntem Gummi füllte die Luft. Bäume wiegten sich im Wind, durch die Seitenscheiben klar erkennbar. Die Kreatur heulte so laut, dass Sonja beinahe das Trommelfell platzte.

… zwölf!

Der Sog riss ab.

Das Auto schoss vorwärts.

Und ihr Vater schrie: »Wir haben's geschafft!«

Sonja hörte die Erleichterung in seiner Stimme. Mit einem Lächeln drehte sie sich zu Ben um. Seine Beine waren immer noch furchtbar wund, aber wenigstens bluteten sie nicht mehr. Obwohl er wie ein Hundertjähriger wirkte, atmete er noch, und in seinen Augen lag Bewunderung, als er sie ansah. Seine Stimme war kaum mehr als ein Flüstern.

»Du hast mich gerettet.«

»Hast du deinen Bruder denn mit Absicht vom Heuwagen geschubst?« Sie starrte ihn an, aber er schüttelte nur den Kopf.

»Nun, dann war es ein tragischer Unfall und nicht deine Schuld.«

»Ich war älter. Ich hätte es wissen müssen. Mama hat uns immer und immer wieder gesagt, dass wir nicht auf dem vollen Wagen spielen dürfen.«

Sie streichelte über seine tränenfeuchte Wange.

»Dafür hast du dich doch selbst schon mehr als genug bestraft.«

Ein Lächeln glättete die Falten auf seinem Gesicht und ließ ihn wieder wie den Jungen wirken, der sie aus dem Dorf gerettet hatte.

»Danke«, flüsterte er. Dann schien sein Blick durch sie hindurchzugehen. Seine Augen weiteten sich, er hob die Arme, als wollte er jemanden umschlingen, und ein glückliches Lächeln breitete sich über sein Gesicht. Er atmete ein letztes Mal aus.

Sonja legte ihren Kopf auf seine Brust und weinte.

Als sie eine lange Zeit schweigend durch den Wald gefahren waren, sagte ihr Vater: »Es tut mir leid. Es tut mir furchtbar leid.« Er redete immer weiter und versuchte sich an Erklärungen.

Und das erste Mal seit sehr langer Zeit hörte Sonja zu, ohne sich aufzuregen. Stattdessen starrte sie zitternd durch die Heckscheibe auf die Klaue, die noch immer im Metall des Autos steckte und nur langsam zu Staub zerfiel. Das Dorf würde wiederkommen, so viel stand fest. Aber wie viel Zeit hatten sie, jetzt wo ein Opfer zu wenig dort geblieben war?

Der Abschiedsbrief

Kim Rylee

Marseille, 10. September 1977

Mon très cher ami,

ich weiß, du kennst mich noch nicht, aber schon sehr bald werden wir uns begegnen. Dabei wünschte mir so sehr, dass wir noch mehr Zeit miteinander verbringen könnten, doch meine letzte Stunde hat geschlagen.

Zuvor möchte ich Dir jedoch diese Zeilen zukommen lassen. Vielleicht verstehst du dann meine Entscheidung, und dass ich keine andere Wahl hatte, als diesen Schritt zu gehen.

Paris!

Hier wurde ich geboren und erlangte meine Berühmtheit.

Die Stadt der Liebe.

Toujours l'amour!

Meine hohe und schlanke Statur hatte ich auf das Schönste herausgeputzt; trug mein bestes Gewand in braun, dazu meine silberne Kette mit dem asymmetrischen Anhänger.

Es war der letzte Schrei in dieser Zeit!

Alles an mir war makellos. Ich war bereit für den ersten großen Auftritt in der Öffentlichkeit.

Als ich auf dem Place de Grève ankam, wurde mir sofort klar, dass niemand ohne weiteres an mir vorbeigehen und sich meinen Reizen entziehen konnte. Immer mehr Menschen stießen hinzu, bestaunten mich, wie ich graziös und stolz in der Mitte des Platzes stand. Ich genoss merklich die Aufmerksamkeit, die mir zuteil wurde. Unter diesen neugierigen Blicken schritt ich zur Tat.

Wir schrieben den 25. April. Es war ein Mittwoch. Daran erinnere ich mich gern. Schließlich vergisst niemand sein erstes Mal.

Sein Name war Nicolas Jacques Pelletier, seines Zeichens Straßenräuber, der wohl auf SM stand. Man sagte ihm nach, dass er seine armen Hascherl mit Stockhieben geschlagen und ihnen danach die Brieftaschen entwendet haben sollte. Nicolas hatte so einiges auf dem Kerbholz, was ihn für mich umso interessanter machte. Ich habe ein Faible für Wölfe im Schafspelz. Doch das Vergnügen währte nur kurz.

Egal, aus welcher Gesellschaftsschicht sie kamen, ob reich oder arm, dünn oder dick, ich behandelte sie alle gleich. Sogar berühmte Persönlichkeiten vertrauten mir ihr Leben an.

Erinnerst Du dich noch an Louis Capet?

Hm. Vielleicht nicht. Doch ich bin mir sicher, dass Du schon von ihm gehört hast. Jeder kennt Louis Capet!

Um Dich nicht weiter auf die Folter zu spannen, lüfte ich das Geheimnis, denn es liegt ja schon einige Zeit zurück und Louis kann mich nun nicht mehr wegen Hochverrats anzeigen. Ich hatte einen One-Night-Stand mit Louis Capet alias König Ludwig XVI.

Was? Du glaubst mir nicht?

Ich schwöre!

Es ist sogar geschichtlich belegt.

Aber genug von Ludwig! Es gab viele andere Verehrer, darunter auch einige Frauen, denn ich war nicht wählerisch. Alle blickten voller Ehrfurcht zu mir auf, bewunderten meine imposante Statur in Kombination mit meinem messerscharfen Verstand.

Ich konnte spüren, wie das Herz wild in ihnen pochte, und aus der Brust zu springen drohte. Ihr Adrenalinspiegel stieg bis ins Unermessliche. Das konnte ich riechen.

In letzter Sekunde wollten viele von ihnen einen Rückzug machen, denn sie hatten das Gefühl, dass sie ihren Kopf verlieren könnten. Und dennoch ... bis zum Ende hielt ich sie in meinem Bann gefangen. Niemand, der mir zugesprochen war, konnte mir entkommen.

Wer das Vergnügen hatte unter mir zu liegen, kam stets zum Höhepunkt, und ich auf meine Kosten.

Aaaah!

Ein Seufzer des Genusses entfleucht mir, wenn ich an das köstlichste aller Elixiere denke. Viel zu lange musste ich bereits darauf verzichten. Ich liebe seine dickflüssige Konsistenz, wie es langsam an meinem Körper herabfließt. Sein salzig-metallischer Geschmack lässt mich auf *meinem* Zenit vor Entzücken fast zerbersten! Nur ungern lasse ich zu, dass auch nur ein Tropfen den Boden berührt. Nichts darf einfach so im Staub und damit im Nirgendwo versickern. Du kannst dir gar nicht vorstellen, wie rasend mich das macht! Es gehört mir. Es hat schon immer mir gehört! Mein Verstand weigert sich zu akzeptieren, dass man es mir nach dem heutigen Tag auf ewig verwehren wird.

Stell Dir mal vor, man hält mich für grausam!

Mich!

Sogar als barbarisch wurden meine Handlungen einmal in einer Zeitung beschrieben.

Dabei wurde ich immer als human gelobt! Ich arbeite mit Präzision, das Verfahren ist ausgeklügelt, bis ins kleinste Detail. Gänzlich wirkungsvoller als diese stümperhaften Schergen, deren Ausführung mit der sogenannten ›Axt im Walde‹ zu vergleichen sind.

Doch angeblich haben meine Verehrer alles mitbekommen, nachdem sie ihre Sternstunde erreichten:

Die Zuschauer.

Ja, sogar das atemberaubende Gekreische der Kinder.

Man vermutet sogar, dass sie ihren abgetrennten Leib noch gesehen haben, nachdem mein Fallbeil ihren Halswirbel so sauber durchtrennt hatte und der Kopf fiel.

Das viele Blut, das nach dem Schlag durch die Gegend spritzt, bis die letzten Tropfen langsam aus der Halsschlagader heraus sickern und sich schließlich um mich ergießen, mich einhüllen wie in ein rotes Seidentuch, entfachen in mir ein Gefühl der unendlichen Macht.

Oh! Sein süßlicher Duft ist wie das betörendste Parfüm, das eine feine Nase in Millionen von Stunden der Hingabe ins Leben gerufen hat.

Immer wieder lässt es mich schwach werden. Das war schon beim ersten Mal so.

Stets erschaudert mein Körper beim Jubel der Menge. Der anschließende tosende Applaus lässt meinen Ruhm über die Landesgrenze hinauswachsen.

Aber ich kann doch nichts dafür!

Ich wurde so geboren, als ich am 20. März 1792 das Licht der Welt erblickte.

Ich war unschuldig. So unschuldig wie jedes neugeborene Kind.

Jetzt wirst Du mich verstehen, mon cher ami. Der Zeitpunkt ist nun gekommen, an dem wir uns zum ersten Mal begegnen. Es wird ein kurzes Intermezzo, das verspreche ich Dir, denn ich bin heute dem Untergang geweiht. Doch blicke ich mit Stolz auf eine längere Lebenszeit zurück, als die meisten meiner Rendezvous; länger als deine 28 Jahre.

Vielleicht gibt es Dir ein wenig Genugtuung, wenn ich Dir verrate, dass unsere Schicksale miteinander verknüpft sind. Für dich wird es das erste und letzte Mal werden, für mich der finale Höhepunkt.

Nun ist es 4:40 Uhr. Zeit für die Henkersmahlzeit.
Sie wird gar köstlich!

Deine Guillotine

Eine Nacht in Whitechapel

Katharina Gerlach

Als ich aufwachte quälten mich Erinnerungen an Blut, Schreie und Innereien. Der Kupferkessel, den ich auf dem Boden gegenüber meines Bettes aufgestellt hatte, spiegelte zwei rote Lichter. Der Dämon saß immer noch unter meinem Bett. Hatte er mich dazu gebracht, es wieder zu tun? War ich überhaupt wirklich wach?

Ich berührte mein Gesicht. Die Stoppeln an meinem Kinn fühlten sich echt genug an. Dann starrte ich auf meine Hände. Die schuppigen, braunen Flecken auf meiner Haut und unter meinen Fingernägeln rochen nach Eisen und Verwesung. Mein Magen hob sich, und ich schaffte es gerade noch bis zu dem Eimer mit Deckel in der Zimmerecke. Nach einem ähnlich katastrophalen Morgen, der auf eine Nacht wie die heutige gefolgt war, hatte ich ihn neben den Hocker am Fenster gestellt.

Während ich Blut und halb verdaute Leber, Niere und andere Fleischstücken erbrach, über die ich lieber nicht nachdenken wollte, konzentrierte ich mich auf die Maserung der nackten Holzdielen meines gemieteten Zimmers. War sie echt? Immer, wenn ich einen Blick auf den Spalt unter dem metallenen Bettgestell warf, starrten die roten Augen des Dämons zurück.

Als Whitechapel die volle Stunde läutete, trug ich den Eimer mit seinem widerlichen Inhalt in den Keller, grub ein tiefes Loch und beerdigte ihn samt Inhalt neben den anderen. Die ganze Zeit über spürte ich die Augen des Dämons auf mir. Ich war schon so lange in seinen Klauen, dass ich kaum noch Tag von Nacht unterscheiden konnte.

Nur die Zeitungsjungen, die die Schlagzeilen eines weiteren grausamen Mordes durch die Straßen brüllten, halfen mir, mich zu orientieren. Ich zitterte, als ich darüber nachdachte, wozu mich der Dämon gezwungen hatte. All diese Frauen … Wenigstens gelang es mir, nur die perversen Weiber aufzusuchen, nicht die Unschuldigen.

Ich kehrte in mein Zimmer zurück. Meine Augen brannten von ungeweinten Tränen und ich wusste, dass Gebete mich nicht retten konnten.

Als ich mich auf mein Bett setzte, zerriss das Gewebe der Welt. Eine Person in einem wallenden, schwarzen Kleid trat heraus. Oder war es ein schwarzer Mantel? Auch das Gesicht war schwer zu bestimmen. Männlich? Weiblich? Ich konnte es nicht sagen. Vielleicht wurde ich endgültig verrückt. Würde der Dämon in Bedlam endlich verschwinden?

Rhythmisches Klopfen erklang von der Tür. War es begleitet von der Stimme meiner Vermieterin, die meinen Namen rief?

Der Fremde ignorierte alles, hockte sich hin und sprach die glühenden Augen unter meinem Bett an. »Komm nach Hause. Du weißt, dass du in dieser Welt keine Macht über die Menschen hast.« Das Wesen deutete auf den Riss in der Realität.

»Morpheus!« Der Dämon zischte.

»Der bin ich; und dein Meister. Komm nach Hause!« Der Befehl wurde mit Autorität gesprochen. Die Augen des Fremden flackerten mit einer Kälte, die mir noch nie begegnet war. Dann fügte er leiser hinzu: »Wir brauchen dich, Nightmare.«

Der Dämon huschte durch den Riss. Bevor ich mich erleichtert entspannen konnte, wickelte sich sein langer Schwanz um meine Kehle, und ich wurde mitgerissen.

Die Tür sprang auf. Die Vermieterin rannte auf mein Bett zu, gefolgt von einem Wachtmeister. War ich das, der da totenbleich und kaum atmend auf der Pritsche lag?

Ein letzter Ruck. Der Riss in der Realität schloss sich, und ich fand mich in meinem Körper wieder. Aber war er echt?

Aus der Stirn der Wirtin sprossen Hörner. An ihren weißen Reißzähnen vorbei sagte sie: »Willkommen im Reich des ewigen Albtraums, Ripper Jack.«

Mit diesen Worten war mein wahrer Name verloren und der ewige Albtraum begann.

Die Horrorpuppe

Sarah Drews

»Ist da die Polizei?«, keuche ich angsterfüllt ins Telefon. »Bitte Sie müssen sofort jemanden herschicken. Meine Mutter ist im Wohnzimmer. Sie schreit und fuchtelt mit einem großen Messer herum, weil Papa sich mit dieser Frau trifft. Ich hab total Angst, dass sie ihm etwas antut. Oder sich.«

»Alles wird gut. Ich schicke sofort jemanden vorbei«, antwortet die weibliche Stimme am anderen Ende. »Bist du im Wohnzimmer?«

»Nein, ich bin im Flur, aber ich habe große Angst«, wimmere ich.

»Bleib, wo du bist. Es ist gleich jemand bei dir«, verspricht die unbekannte Frau.

»Neiiiiin! Sie hat ihn mit dem Messer am Bein verletzt«, schreie ich. Dabei überschlägt sich meine Stimme. »Papa blutet. Er ... Oh Gott, er hat das Messer rausgezogen. Er geht auf Mama los. Er ...«

Mit diesen Worten lasse ich das Telefon fallen. Leise hörte ich die fremde Frau, die immer wieder Hallo ruft, ehe sie verstummt. Kurz darauf ertönen in weiter Ferne die Sirenen. Sie werden lauter.

16 Stunden zuvor

»Mama?« Zaghaft sah ich mich um, während ich auf dem Arm meiner Mutter die steile Treppe zum Dachboden getragen wurde.

Bei jedem Schritt ächzten und knarrten die Stufen unter der Last. Das Geräusch bereitete mir Gänsehaut.

Je näher wir der Dachbodentür kamen, umso energischer krallte ich mich mit meinen dünnen Armen an Mutter fest.

Was wollte sie mit mir hier oben?

Seit ich denken konnte, war der Dachboden eine völlig fremde Welt, die ich nie betrat.

»Mama?«, versuchte ich es erneut.

Inzwischen war sie oben auf dem kleinen Absatz angelangt. Schwungvoll öffnete sie die Tür zum Speicher.

»Mama?« Fragend sah ich sie an.

Ihr Gesicht wirkte hart, ihre sonst warmen, braunen Augen schimmerten im dämmrigen Licht schwarz. Was mir mehr Sorgen bereitete, war die Tatsache, dass sie nicht wie üblicherweise lächelte. Ohne ein Wort schritt sie über den Dachboden und setzte mich in der hintersten Ecke ab.

»Wollen wir hier oben spielen?«, fragte ich hoffnungsvoll, obwohl ich die Antwort kannte.

Sie schüttelte den Kopf.

»Nein, mein Spatz«, antwortete sie. Eine unüberhörbare Resignation schwang in ihrer Stimme mit. »Du bist jetzt ein braves Mädchen, Cathrine. Vergiss bitte niemals, dass ich dich sehr lieb habe.«

Sie biss sich auf die Lippe. In ihren Augen erkannte ich einen feuchten Film, als sie weitersprach: »Ich verspreche dir, es ist nicht für lange.«

Ich nickte, obwohl ich keinen blassen Schimmer hatte, was das bedeutete. Hieß das eine Stunde? Einen Tag? Warum hörte sie überhaupt auf ihn und brachte mich hierher?

Daraufhin beugte sie sich zu mir nach unten. Warm, weich - so vertraut fühlten sich ihre Lippen auf meiner kühlen Stirn an. Der liebliche Duft ihres Parfüms wehte mir in die Nase. Ich liebte diesen Geruch. Er gab mir das Gefühl von Sicherheit. Die Angst, die sich in mir ausbreitete, löste sich in Luft auf. Ein letztes Mal strubbelte sie mir liebevoll durch die blonden Korkenzieherlocken.

»Ich hab dich auch lieb«, ließ ich sie wissen.

»Das weiß ich, Spätzchen«, murmelte sie. Sanft strich sie mir über meine Wange. »Würdest du für Mami den Mund einmal weit öffnen?«

Was für eine Frage. Ich legte den Kopf in den Nacken und öffnete ihn. AHHHHHHH.

Ihr Finger schob sich in meinen Mund, berührte die Zungenspitze, hob sie hoch. Das Gefühl war merkwürdig. Dann hörte ich ein: »Danke, Engelchen.«

Bevor ich ihn schließen konnte, um etwas zu sagen, erhob sich meine Mutter. Sie durchquerte den Raum mit großen Schritten. In der Tür hielt sie inne. Ein langgezogener Seufzer ertönte, gefolgt vom lauten Klicken, als die Tür ins Schloss fiel.

Bei dem Geräusch zuckte ich zusammen. Am Knarren der Stufen erkannte ich, dass sie die Treppe eilig nach unten schritt.

Sie war weggegangen.

Nicht lange. Dieser Gedanke und die Tatsache, dass sie kommen, mich in ihre Arme schließen würde, wirkte beruhigend.

Sie meinte es nicht böse. Das verstand ich. Sie hatte ihre Gründe. Besser gesagt einen Einzigen, der just in dem Moment gedämpft zu mir nach oben drang.

»Na endlich«, vernahm ich die Stimme von Brandon. Seit zwei Jahren schimpfte er sich Mamas Freund. Bei dem Gedanken schüttelte es mich. Schmuddelig, fettige Haare und diese wulstigen Finger. Ich verstand nicht, was meine Mutter an ihm fand. Außerdem musste sie ihn ständig bedienen. Hatte er Hunger, schmierte sie ihm das Brot.

»Fehlt nur, dass sie es in kleine Happen schneidet, um ihn zu füttern«, kicherte ich bei der Vorstellung.

»Wehe, du holst sie wieder runter«, brummte Brandon. »Ich will sie hier nicht mehr sehen, diese dreckige Göre. Sie ist da, wo sie hingehört. Glaub mir, wenn ich sage, du hast das Richtige getan.«

Mamas Antwort ging im Quietschen der Kühlschranktür unter.

»Tztztzt«, tadelnd schüttelte ich den Kopf. »Bist du dumm genug zu glauben, dass meine Mutter mich hier oben lässt?«

Das Gespräch schien beendet, denn ich hörte lediglich den Fernseher aus dem Erdgeschoss.

Ein paar Minuten verharrte ich, falls sie wieder anfingen zu reden, doch dann entschied ich mich, den Dachboden zu erkunden. Schließlich würde ich die nächsten Stunden hier verbringen, ob es mir gefiel oder nicht.

Schnell war klar, dass dies kein Ort zum Spielen war. Jedenfalls nicht für eine Prinzessin wie mich. Überall lag Staub und von der Decke hingen Spinnweben.

Mit jeder Bewegung wirbelte ich Staubwolken auf.

In den Sonnenstrahlen, die durch das kleine Fenster fielen, hatte dieses Bild einen Hauch von Leichtigkeit.

Fasziniert von dem Anblick, tanzte ich ein paar Minuten mit dem Staub, dann sah ich mich wieder um. Nicht weit von mir entfernt entdeckte ich ein Spinnennetz mit einer fetten Bewohnerin.

Ein eiskalter Schauer lief mir den Rücken hinunter. Ich schüttelte mich.

»Damit das klar ist - du bleibst da, wo du bist«, teilte ich ihr mit. »Ich für meinen Teil, werde einen großen Bogen um dich machen!«

Abgesehen von der Spinne sowie dem Staub, gab es jede Menge alter Möbel, Kisten und anderes Gerümpel. Unweit der Tür entdeckte ich einen Standspiegel, der einen riesigen Sprung aufwies.

Einen Augenblick sah ich das Mädchen an, das mir entgegenblickte. Kein Wunder, das meine Mutter mich eine Prinzessin nannte. Mit den langen blonden Locken und dem roten Kirschmund sah ich engelsgleich aus. Das bodenlange Kleid liebte ich. Der Stoff leuchtete blau. War leicht wie Seide. Das Oberteil zierten winzige Kristalle. Immer wenn ich es anschaute, dachte ich an einen Sternenhimmel.

Im Spiegel stach mir ein Gegenstand ins Auge, der hinter mir stand – mein altes Kinderbett.

Ein wohliges Gefühl durchflutete mich. All die Märchen, die Mutter mir jeden Abend darin vorgelesen hatte. Stundenlange Kuscheleinheiten. Und all die Lieder, die sie mir vorgesungen hatte.

»Wie ging dieses Eine, das sie mir immer wieder vorsingen musste?«

Angestrengt versuchte ich, mich zu erinnern, aber es gelang mir nicht. Nur kleine Bruchstücke der Melodie fielen mir ein.

»Wieso hab ich das vergessen? Ich werde Mama nachher bitten es mir vorzusingen«, nahm ich mir vor. Der Text ließ mir keine Ruhe. »Verdammt.«

Erschrocken über meine eigene Wortwahl schlug ich mir auf den Mund. »Cathrine, junge Mädchen fluchen nicht«, tadelte ich mich.

Um zusätzliche Kraftworte zu vermeiden, ließ ich meinen Blick weiter wandern. An einer prallgefüllten Kiste blieb ich hängen. Sie lugte unter dem Bett hervor und war von oben bis unten mit Spielsachen gefüllt.

»Jippie!«, stieß ich einen Freudenschrei aus. »Damit wird es garantiert nicht mehr langweilig, bis Mama mich holt.«

Meine Freude währte nur kurz, dann setzte das Herz einen Schlag aus. Ich war drei, vier Schritte gegangen, als ich auf etwas spitzes trat.

»Au«, schrie ich auf.

Während ich mir die Fußsohle rieb, entdeckte ich auf dem Boden den Übeltäter – eine Wäscheklammer. Gleichzeitig erblickte ich meine weißen Socken. Die Unterseite war komplett schwarz.

»Oh nein!« Ich schluckte hart. »Jetzt wird Mama garantiert mit mir schimpfen.«

Wie oft hatte sie sich über Brandons Socken aufgeregt, die sie extra mit Backpulver einweichen musste, um sie wieder weiß zu bekommen.

Und nun bereitete ich Mama zusätzliche Arbeit.

»Das ist nicht meine Schuld. Sie hätte mir ja Schuhe anziehen können«, überlegte ich laut.

Ich tänzelte weiter. Vor der Kiste ging ich in die Hocke, und fing an, das Spielzeug zu sondieren.

Wie einen Schatz betrachtete ich jedes Teil. Ein Spielzeugauto mit drei Rädern. Dem Teddy fehlte ein Auge. Das Andere baumelte traurig an einem Faden herunter. Der nächste Gegenstand entlockte mir einen glücklichen Quietscher – eine Babypuppe. Sie hatte einen weichen Körper aus Stoff, den ich unter den gelben Strampler ertastete. Die Arme und Beine aus harten Plastik schauten heraus. Auf dem Kopf war mit brauner Farbe ein leichter Flaum angedeutet. Die blauen Augen schlossen sich für einen winzigen Moment, als ich sie an mich zog.

Genau so eine Puppe hatte ich mir schon immer gewünscht.

Ob sie Mutter gehört hatte? Mir kam sie nicht bekannt vor.

Den Rest sah ich weniger andächtig durch.

Lediglich das Püppchen und ein gelbes Quietsche-Entchen wählte ich zum Spielen aus. Alles andere räumte ich zurück in die Kiste.

»Hast du einen Namen?«, fragte ich die Puppe. Ein paar Sekunden schaute ich sie intensiv an. »Adelheid? Gefällt mir. Ich bin Cathrine.«

Ins Spiel vertieft, bemerkte ich gar nicht, wie die Sonne wanderte. Erst als sie hoch am Himmel stand, nahm ich die stickige Luft wahr.

Kleine Schweißperlen liefen mir den Rücken hinab, während ich erstaunt feststellte, wie viel Durst ich mit einem Mal hatte.

Voller Hoffnung sah ich zur Tür.

»Mama, wo bleibst du?«, murmelte ich.

Merkte sie nicht, dass ich sie brauchte, sie vermisste?

Ich lauschte in die Stille.

Ob Mutter zum Einkaufen in die Stadt gefahren war und mir wohl wissend, wie ich hier oben schwitzte, einen kalten Erdbeer-Milchshake mitbrachte?

Ich schmeckte schon die fruchtige Süße auf der Zunge, woraufhin mein Magen heftig knurrte.

Auf keinen Fall wollte ich ihn mit solchen Vorstellungen ärgern. Deswegen verwarf ich den Gedanken.

Mama kam, wenn sie es für richtig hielt. Genauso entschied sie, ob ich eine Belohnung verdiente. Dazu gehörte ganz klar ein Milchshake.

Um nicht weiter zu grübeln, nahm ich das Spiel auf. Ich stellte mir vor, dass die Ente ein verwunschener Prinz war, der die Prinzessin aus einem Schloss befreite. Auf seinem Weg bekam er es mit Hexen und wilden Drachen zu tun. Gab er auf? Niemals!

Es dämmerte draußen, als das Knirschen vom Kies in der Hofeinfahrt mich aufschreckte. Mama ist wieder da! Der Gedanke löste ein Lächeln aus. Sobald sie alles verstaut hatte, würde sie zum Speicher kommen.

In freudiger Erwartung lief ich zur Tür, um auf sie zu warten.

»Gleich macht sie die Tür auf. Dann bekommen wir was zu trinken und zu essen«, erzählte ich Adelheid. »Danach lässt sie mir sicher ein Schaumbad ein, wenn sie sieht, wie dreckig meine Kleider sind. In der Zeit erzähle ich ihr, was wir beide hier oben alles erlebt haben. Oh, das Lied darf ich nicht vergessen.«

Aus der Küche drangen Geräusche herauf. Die Kühlschranktür quietschte, dann klapperte sie mit Tellern und im nächsten Moment schaltete sie das Radio ein.

Mit schiefen Tönen sang Mutter lautstark *I Wanna Dance with Somebody* mit. Sie schien gute Laune zu haben.

»Hörst du? Sie scheint zu kochen«, erklärte ich Adelheid, als die Mikrowelle piepte. »Was es wohl gibt? Ich hätte große Lust auf Spaghetti oder Mamas berühmte Gemüsesuppe. Das ist die Beste im ganzen Land. Was rede ich da, auf der Welt.«

Geduldig warte ich auf sie. Bereit, mich in ihre Arme zu stürzen, sobald sie die Tür öffnete.

Die Zeit verging, das Lächeln verschwand. Dafür breitete sich ein enges Gefühl in meiner Brust aus. Es wanderte nach unten, als hätte ich Steine im Magen.

Hatte sie mich vergessen?

Nein, das durfte ich nicht denken!

»Mama kommt«, flüsterte ich Adelheid ins Ohr und drückte sie anschließend an meine Brust.

Weitere fünf Minuten später war ich mir nicht mehr sicher.

Konnte eine Mutter ihr Kind vergessen?

Konnte Mama mich vergessen?

Unsicherheit breitete sich aus. Angst keimte auf. Zaghaft klopfte ich an die Tür.

Zwei, drei Minuten lauschte ich in die Stille, aber die Schritte, auf die ich sehnlichst wartete, blieben aus.

Die Angst wuchs. Lähmte mich. Ein dicker Kloß bildete sich in meinen Hals. Ihn herunterzuschlucken gelang mir genauso wenig, wie die Tränen zurückzuhalten.

»Mama?«, rief ich, erst zögerlich, dann immer lauter. »Mami? Ich hab dich lieb. Bitte, lass mich raus!«

Die Worte veränderten nichts an der Geräuschkulisse.

»Mama!«, schrie ich diesmal aus Leibeskräften. Ich legte sogar Adelheid ab und trommelte gegen die Tür.

An Stelle von schnellen Schritten hörte ich meine Mutter lachen – zusammen mit Brandon. Kurz darauf ertönte die Titelmelodie des Freitagabends-Krimis.

»Wie kann sie mir das antun, Adelheid?«, fragte ich fassungslos. Erschöpft sank ich neben ihr zu Boden. Meine Augen brannten und ich entschied, sie für ein paar Sekunden zu schließen.

Ein Knarren ließ mich zusammenfahren. Ich lauschte. Jemand kam die Treppe herauf.

»Siehst du, ich hab gesagt, dass sie kommt!«

Vor lauter Vorfreude pochte mir das Herz wie verrückt. Ich stand auf, klopfte den Staub aus dem Kleid und stellte mich wartend vor die Tür. Endlich würde ich diesen tristen Ort verlassen. Ich warf einen letzten Blick über die Schulter. Die Sonne war untergegangen. Das fahle Mondlicht ließ den Dachboden in einem gespenstischen Licht erstrahlen. Ich würde das hier nicht vermissen. Eine einzelne Träne verirrte sich aus meinem Auge. Schnell wischte ich sie weg. Mama sollte nicht denken, dass ich geweint hatte.

In die Gedanken hinein, verstummte das Knarren der Treppe. Im nächsten Moment hörte ich weiter unten eine Tür, dann den Wasserhahn.

Was bedeutet das?, fragte ich mich.

Als das Spucken ertönte, wusste ich, dass meine Mutter ihre Zähne geputzt hatte.

Kurz darauf quietschte das Bett, als sie sich auf ihre Seite legte. Sie ging schlafen, obwohl ich hier oben war. Welche Mutter tat das?

Eine, die dich nicht lieb hat!, hörte ich eine Stimme in meinem Kopf.

»Sei still, das stimmt nicht!«, schrie ich laut, um deutlich zu zeigen, was ich davon hielt.

Das verhinderte jedoch nicht den Tränenfluss, der sich nun einen Weg bahnte. Jede einzelne von ihnen rannte eine hasserfüllte Spur in mein unschuldiges Herz.

»Das ist alles Brandons Schuld!«, teilte ich der Puppe mit. »Ich mag ihn nicht, und er mich nicht. Wenn es nach ihm ginge, würden wir hier oben verdursten. Das lasse ich nicht zu. Hast du gehört, Adelheid? Ich beschütze dich. Versprochen.«

Um dieses Versprechen einzuhalten, mussten wir raus.

»Mama!«, schrie ich in einer Lautstärke, die unmöglich zu überhören war.

Danach wartete ich. Eine Minute, zehn, zwanzig. Irgendwann wusste ich mit einer Gewissheit, die mir das Herz zerriss – sie würde nicht kommen.

Brandon gewann, ohne das ich einen blassen Schimmer hatte, wofür sie mich bestraften.

Ich war ein braves Kind - schimpfte nicht, wenn man von heute absah, räumte meine Sachen selbstständig weg und half Mutter, wo immer ich konnte.

»Warum, Mama?«

Ich zog Adelheid dicht an mich.

Nein, ich würde hier nicht schlafen. Der Gedanke jagte mir einen Schauer über den Rücken.

»Ich hasse dich, Mama. Ich weiß, es ist Brandons Schuld. Ihn verachte ich dafür umso mehr. Aber dich hasse ich auch. Du weißt, dass ich hier bin, und holst mich nicht.«

Ich wischte eine Träne ab, als ich zufällig in den Spiegel schaute. Das Bild, was ich dort entdeckte, stoppte den Tränenfluss.

»Das bin ich nicht!«, keuchte ich auf und trat dichter an den Spiegel heran.

Das Kleid war komplett verdreckt. Ein dicker schwarzer Streifen zog sich über meine Stirn. Selbst die goldenen Locken, auf die ich stolz war, hingen strähnig herunter. Was für ein Anblick. Ich wandte das Gesicht ab.

Mit einem Mal kam ich mir vor, wie der Rest auf dem Dachboden – vergessen, abgestellt und ungeliebt.

»Das habe ich nicht verdient«, teilte ich Adelheid mit. Entschlossen drehte ich mich zur Tür.

»Bitte lieber Gott, wenn es dich gibt, dann hilf mir. Ich war stets artig. Habe jeden Abend vor dem Schlafen gebetet. Sogar den ekeligen Spinat aufgegessen. Jetzt brauche ich deinen Beistand«, schickte ich ein Stoßgebet gen Himmel.

Ich trat vor und drückte gegen die Tür, die sich keinen Millimeter bewegte.

»AHHHHHHHHHH!«

Laut hallte der Schrei durch das Haus. Er trug all meine Verzweiflung, meine Wut, meinen Hass nach unten zu meiner Mutter, die ich bis hier oben schnarchen hörte.

Die folgende halbe Stunde gab ich alles. Ich schlug und trat – bis ich vor lauter Erschöpfung mit keuchendem Atem auf die Knie sank.

»Guck mich nicht so an, Adelheid. Ich gebe nicht auf. Irgendwann muss sie mich hören«, fauchte ich die Puppe an, die ich neben die Tür gesetzt hatte, um beide Hände frei zuhaben.

Ich stand wieder auf und kratzte wild mit meinen Nägeln an der Tür. Das Geräusch jagte mir eisige Schauer den Rücken herunter. Ein paar Minuten hielt ich durch, dann breitete sich ein pochender Schmerz in den Fingerkuppen aus. Das Holz färbte sich langsam dunkel von meinem Blut.

Von unten hörte ich Brandon in Gelächter ausbrechen. Ein sicheres Zeichen dafür, dass er sich die Late-Night-Show ansah.

»Wie sehr ich sein dämliches Lachen hasse«, ließ ich die Puppe wissen, während ich mich erneut neben ihr ausruhte. Ich hob sie auf und kuschelte mein Gesicht in ihren Strampler.

»Wie bitte«, flüsterte ich ein paar Sekunden später. »Denkst du das wirklich?« Ich nickte. »Jetzt wo du das sagst. Warte, ich probiere es aus.«

Als ich aufstand, wurde mir für einen Moment schwindelig. Meine Knie zitterten bedrohlich, ehe sich mein Körper beruhigte. Wenn Adelheid Recht hatte, war ich gleich draußen. Dann konnte ich essen, trinken, aber vor allen Dingen schlafen.

Ein letzter langer Atemzug, ehe meine Hand sich um den Türknauf schloss. Ein kurzer, stechender Schmerz durchfuhr mich, als ich dabei mit den Fingerkuppen versehentlich die Tür berührte,

Ich ignorierte ihn. Langsam zählte ich rückwärts bis fünf, dann drehte ich den Türgriff. Statt wie eben gegen die Tür zu drücken, zog ich vorsichtig daran.

Erst rührte sich nichts, doch nachdem ich fester zog, öffnete sie sich ein Stückchen.

»Das … Du hattest Recht«, stammelte ich und riss sie komplett auf.

»Mama hat mich nicht eingesperrt. Die ganze Zeit war sie offen. All der Schmerz, die Angst. Wie konnte ich das übersehen? Oh Mami, ich bin so ein Dummerchen.«

Zwei, drei Minuten starrte ich auf die dunkle Treppe, die vor mir lag. Der Flur im Obergeschoss war lediglich durch das Mondlicht, das durch die offene Badezimmertür fiel, beleuchtet. Ich hasste die Dunkelheit.

»Komm, wir laufen ganz schnell zu Mami«, flüsterte ich zur Puppe, als Brandons Lachen an mein Ohr drang. Explosionen folgten. Dann hörte ich vereinzelte Schüsse. Zwischendrin sein Schmatzen.

»Was hältst du davon, wenn wir lieber erst einmal diesen Widerling einen Besuch abstatten?«, flüsterte ich, während ich Adelheid aufhob.

Ohne auf eine Antwort zu warten, trat ich auf die Treppe. Nach jeder Stufe lauschte ich.

Da waren all die vertrauten Geräusche. Das Tropfen des Wasserhahns. Mamas gleichmäßiges Schnarchen. Zwischendrin Brandons Schmatzen.

»Chips«, stellte ich fest. »Aber wie sagt er immer so schön: Ich bin nicht dick. Meine inneren Werte brauchen halt ihren Platz. Von wegen. Er ist verfressen und faul.«

Auf Zehenspitzen huschte ich über den Flur. Vorbei an Mamas Schlafzimmer.

Vom Erdgeschoss ertönte eine Explosion, gefolgt von einer Salve Gewehrschüssen.

Ich nutzte diese Geräuschkulisse, um die knarrende Stufe auf dem untersten Treppenabsatz zu überdecken.

Eine Frau kreischte, woraufhin Brandon laut auflachte.

»Lach du nur. Du kennst ja den Spruch«, kicherte ich. »Wer zuletzt lacht … Das wirst heute Nacht nicht du sein. Ich lass nämlich nicht zu, dass du Mami nochmals zwingst, mich nach oben zu bringen. Niemand trennt uns jemals wieder. Und du bekommst, was du verdienst!«

Lautlos schlich ich in die Küche.

»Was meinst du, Adelheid? Das hier oder lieber das lange Dünne?«

Ich wog beide Messer ab, ehe ich zustimmend nickte.

»Du hast Recht. Das mit der breiten Klinge liegt besser in der Hand. Auf jeden Fall wird er, sobald er es sieht, begreifen, dass er sich nicht zwischen Mami und mich stellen darf.«

Durch die Wohnzimmertür beobachtete ich Brandon, der, wie erwartet, untätig auf dem Sofa lag. Sein schmieriges Unterhemd war hochgerutscht und präsentierte eine bleiche, dicke Wampe. Auf dem Hemd entdeckte ich unzählige Fingerabdrücke, die von fettigen Chips-Händen stammten. Er lachte, woraufhin Krümel direkt aus seinen Mund auf Mamas weißen Teppich landeten.

»Arme Mami, am Ende darfst du den ganzen Schweinkram wieder wegmachen. Ich verspreche dir, dass ich dir dabei helfe«, hauchte ich.

Ich atmete ein letztes Mal tief durch, dann trat ich, mit den Armen hinter dem Rücken, ins Wohnzimmer. Der Raum war erfüllt von Bier, Schweiß, dem Aroma der Chips und eindeutig Fürzen. Am liebsten hätte ich das Fenster weit aufgerissen.

Was fand Mama bloß an diesem Idioten?

Niemals würde ich so einen Mann in meinem Haus dulden, denn ich war stärker.

Sie konnte nie nein sagen. Deswegen hatte sie mich auch auf den Dachboden gebracht, als er es anordnete. Doch jetzt war Schluss!

»Hallo Papa«, begrüßte ich Brandon mit übertrieben freundlicher Stimme. »Hast du mich vermisst?«

Es war ein Bild für die Götter. Beim Klang meiner Worte zuckte er heftig zusammen und sprang überraschend beweglich auf. Die Schüssel mit den Chips landete kopfüber auf dem Boden. Fast wäre Brandon ebenfalls umgekippt. In letzter Sekunde gelang es ihm, sich an der Lehne festzuhalten.

»Was … Was zur Hölle«, stammelte er.

»Es ist bemerkenswert, zu sehen, wie doll du mich vermisst hast, Papa.« Unschuldig klimperte ich mit den Augen.

»Du … Du solltest auf dem Dachboden sein.« Langsam gewann er seine verlorene Fassung zurück.

»Da war ich. Mir hat nur keiner gesagt, wie lange ich dortbleiben soll. Deswegen bin ich jetzt hier.«

»Du Rotzgöre.« Er spuckte die Worte hasserfüllt aus. Einzelne Tropfen seines Speichels landeten auf meiner Wange. Aus Angst, er könne das Messer entdecken, schluckte ich den Ekel hinunter und verzichtete darauf, die Spucke wegzuwischen.

»Dir werde ich es zeigen«, zischte er. »Du kommst wieder auf den Dachboden, wo du hingehörst.«

»Mag sein, dass Mami Angst vor dir hat. Ich jedoch nicht, du dummer, dummer Brandon. Ich lasse nicht zu, dass du mir meine Mama wegnimmst, und mich wegsperrst.« Bei den Worten streckte ich die Schultern durch. »Mami liebt mich. Doch du versuchst, diese Gefühle zu zerstören, seitdem du da bist. Warum? Wir hätten zusammen glücklich sein können. Eine echte Familie.«

Sein Gesicht verfärbte sich dunkelrot. Ich sah, wie die dicke lila Ader auf seiner Stirn pulsierte. »Glaubst du, dass ich zulasse, dass du lästige Göre mir das mit deiner Mutter versaust? Meinst du, ich merke nicht, wer die Nummer Eins sein will?« Sein Blick war voller Hass. »Echte Familie. Das ich nicht lache.«

»Niemand versaut dir etwas. Ich möchte, dass Mama glücklich ist. Siehst du das nicht?« Tränen sammelten sich in meinen Augen. Verzweifelt kämpfte ich gegen sie an.

»Dann wärst du auf dem Dachboden geblieben«, erwiderte Brandon. »Denn genau das will deine Mutter!«

»Das glaube ich dir nicht. Sie hat gesagt, es ist nicht für lange.«

»Ich habe sie gewarnt, dass das passieren würde, aber sie wusste es ja besser. Von Anfang an hätte ich dich im Wald aussetzen oder dir gleich das Licht ausschalten sollen.« Sein dämliches Grinsen wurde immer breiter. »Ich denke, wir beide unternehmen jetzt einen kleinen Spaziergang, damit wir Mami nicht unnötig wecken.«

Brandon wollte mich beseitigen. Wie er vor mir stand, kam er mir mit einem Mal riesig vor. Doch ich hatte das Messer und war wendiger als er.

»Du hörst mir nicht zu. Ich will nur, dass Mama glücklich ist. Meinst du, sie ist es, wenn du mich aus den Weg räumst?«

»Das werde ich bald herausfinden«, teilte er mir mit, während er einen Schritt nach vorne trat.

In seinen Augen konnte ich deutlich lesen, dass er es ernst meinte. Diesmal war es kein Spiel mehr. Heute würde es sich entscheiden. Er oder ich!

Bevor ich überhaupt nachdachte, zog ich das Messer hervor und fuchtelte wild damit herum.

Brandon blieb stehen, blickte auf die Klinge in meiner Hand. »Denkst du, du kannst mich mit diesem kleinen Teil beeindrucken? Du vergisst, dass ich stärker bin als du«, teilte er mir mit und warf lachend den Kopf in den Nacken.

»Mag sein, aber du bist dir deiner Sache zu sicher. Stärke hat nichts mit Überlegenheit zu tun«, meinte ich.

Abrupt verstummte das Gelächter. Seine Augen weiteten sich. Vor Erstaunen, nicht vor Angst. Dann sah er zu seinem Oberschenkel, wo die Klinge eingedrungen war.

Ich zog sie wieder heraus und beobachtete Brandon, der zwei, drei Sekunden auf die blutende Wunde starrte.

»Du … Du …«, keuchte er, während er sich aufs Sofa setzte.

»Gar nicht so schwer. Fast wie durch Butter«, erklärte ich ihm, trat vor und stach erneut zu. Dieses Mal drang das Messer in die Schulterregion. Der nächste Stich landete dort, wo ich das Herz vermutete.

Kein Schrei, nur ein ungläubiger Blick.

»Ich hab dir gesagt, ich will meine Mama nicht verlieren. Du hättest auf mich hören sollen, Brandon.« Panisch weiteten sich seine Augen. Sie schienen zu flehen. »Möchtest du, dass ich ihr etwas ausrichte? Das mache ich, aber nur, wenn es nette Worte sind und keine deiner ekelhaften Lügen.«

Während ich sprach, erkannte ich, dass er nicht mich anschaute, sondern einen Punkt hinter mir.

Sah er einen Engel? Das helle Licht, von dem ich irgendwo gelesen hatte? Ich wollte ihn fragen, doch dann stieß er einen langen Seufzer aus und sackte in sich zusammen.

Er war tot.

»Brandon«, flüsterte eine Stimme hinter mir.

Ich drehte mich um.

»Mama!«

Mit offenen Mund stand sie in ihrem rosa Bademantel in der Tür zum Flur.

Eine Welle des Glücks durchflutete meinen Körper.

Das Monster gab es nicht mehr. Alles war wie früher. Nur Mami und ich.

Gleich würde sie mich in ihre Arme schließen, mir sagen wie sehr sie ihr kleines Mädchen liebte und mir versichern, dass ich das Richtige getan hatte.

Zwei, drei Sekunden vergingen, dann hielt ich es nicht mehr aus. Ich stürmte freudestrahlend auf sie zu. Schmiegte mein Gesicht an ihren Bauch. Warm, weich – der typische Mama Geruch.

»Mami, ich bin so froh, dass du da bist. Weißt du, wie sehr ich dich vermisst habe? Auf den Dachboden gab es Spinnen und …«

»Cathrine, was hast du getan?«, unterbrach sie mich. Unsanft löste sie meine Umarmung, dann stürzte sie vorbei ins Wohnzimmer und rüttelte seine Schultern.

»Brandon. Sag etwas, Liebling«, wimmerte sie hilflos. »Bleib bei mir, der Notarzt ist unterwegs. Bitte, verlass mich nicht!« Sie robbte zum Telefon, das neben dem Sofa stand.

Jedes ihrer Worte kam einem Schlag gleich. Ich verstand die Welt nicht mehr.

»Mami, warum kümmerst du dich um ihn? Bist du böse? Wenn ja, das war nicht meine Absicht. Ich hatte Angst, als er meinte, wir gehen spazieren. Er wollte mich aus dem Weg räumen.«

Sie blickte kurz auf, dann widmete sie sich mit zittrigen Fingern dem Notruf. Das Telefon rutschte ihr aus den Händen und landete auf dem Boden, wo der Akku hinaussprang.

»Mama, bitte! Nimm mich in den Arm. Ich brauche dich! Nicht er!«, flehte ich sie an.

»Er stirbt«, schrie sie, während sie das Telefon zusammensetzte. »Das ist alles meine Schuld. Hätte ich auf dich gehört. Ich verspreche dir, wenn du bei mir bleibst, werde ich nie wieder an dir Zweifeln. Dann kümmer ich mich um das Problem. Hörst du?«

»Was redest du da, Mama. Um was wirst du dich kümmern?«, fragte ich. »Und warum spricht du mit Brandon. Er … Er ist tot. Er kann mir nichts mehr tun. Alles ist wieder gut – wie früher.«

Meine Worte verfehlten nicht ihre Wirkung. Sie drehte sich langsam um. Die Hand mit dem Telefon senkte sich, ohne dass sie gewählt hatte.

»Alles wieder gut? Nichts wird mehr gut!« Sie schnappte nach Luft. »Hau ab! Verschwinde dahin, wo du hergekommen bist«, brüllte sie.

»Aber Mama«, wimmerte ich und wischte die heiße Träne, die mir die Wange herunterlief weg. »Hast du Angst vor mir?«

Das war die einzige logische Erklärung, warum sie mich wegstieß. »Ich würde dir nie etwas antun. Niemals. Ich hab dich doch lieb. Du kamst nicht nach oben und die Tür war offen. Deswegen bin ich runter, als Brandon …«

»Die Tür? Oh Gott, ich verstehe das nicht. Wieso …?«

Der Rest ihrer Worte ging in einem Schluchzer unter.

»Du wolltest, dass ich auf dem Dachboden bleibe?« Ausgesprochen kam die Erkenntnis einem Messerstich ins Herz gleich. »Ohne Essen, ohne Trinken. Was habe ich falsch gemacht, dass du mich so hasst?« Ich trat auf sie zu. »Ich hab dich unendlich lieb, und wollte nur, dass wir eine glückliche Familie sind«, flüsterte ich. »Er war es, der mir nie eine Chance gegeben hat. Von Anfang an. Ich wollte doch nur von ihm als eigene Tochter akzeptiert werden. Egal, wie doll ich mich angestrengt habe, ich war ihm ein Dorn im Auge. Bitte, sein Plan war, mir weh zu tun, sonst hätte ich niemals …«

Ich ging zögerlich einen Schritt auf meine Mutter zu.

»Mama«, startete ich einen weiteren Versuch. »Ich bin hier. Deine Tochter. Brandon war – er hat dich immer ausgenutzt. Wenn man jemanden liebt, unterstützt man ihn, und sitzt nicht ständig auf dem Sofa. Hätte Opa jemals von Oma verlangt dich auf dem Dachboden wegzusperren?«

Meine Mutter sah kurz zu Brandon, dann zu mir und schüttelte langsam den Kopf.

»Nein, das hätte er nie. Das sind zwei vollkommen unterschiedliche Sachen«, gab sie mit resignierter Stimme von sich. Den Blick, den sie Brandon schenkte, kam einem weiteren Stich mitten ins Herz gleich. Sie setzte sich aufs Sofa und legte ihre Hand auf sein Knie. »Es tut mir so leid, Liebling. Ich hätte sie im See versenken oder in den Kamin werfen sollen, wie du gesagt hast.«

»Wovon redest du da?«, hakte ich nach. Meinte sie mich? Mein Herz krampfte sich zusammen. Warum war ihr Brandon wichtiger als ihre eigene Tochter. Beklommen trat ich von einem Bein aufs andere. Was hatte ich falsch gemacht?

»Mami«, startete ich einen zaghaften Versuch, den sie mit einem scharfen Blick unterband.

»Hör auf damit. Ich kann es nicht mehr hören, dieses Mama. Ich bin nicht deine gottverdammte Mutter, und du nicht meine Tochter«, schrie sie mir entgegen, dann seufzte sie. »Verdammt, du bist eine Puppe, Cathrine!«

»Ich soll …«, begann ich, während ich gegen den dicken Kloß in meinen Hals ankämpfte. Bevor ich weitersprach, hielt ich Adelheid hoch. »Das ist eine Puppe, Mama. Ich bin aus Fleisch und Blut. Ich …«

In Gedanken ging ich durch, was ich wusste, was einen Menschen von einem Gegenstand unterschied.

»Puppen haben keinen Hunger. Ich hatte auf dem Dachboden solchen Durst. Sie wissen nicht, was Angst ist oder Liebe. Sie sind Spielzeuge, genau wie …«

»Du!«, vervollständigte sie meinen Satz. »Schau hin Cathrine. Erinnere dich«, seufzte sie und schenkte mir zum ersten Mal an diesem Abend ein kleines Lächeln. »Mir ist klar, uns verbindet all das eine lange Zeit. Vielleicht haben wir es beide zu Ernst genommen.«

Ungelenk erhob sie sich, dabei streckte sie mir ihre Hand hin.

Ich ergriff sie. Ein warmes Gefühl breitete sich aus. Der Kloß verschwand.

»Mama, ich …«

»Komm«, sagte sie. In ihrer Stimme schwang weiterhin diese Traurigkeit, die mir nicht gefiel.

Ruckartig entzog ich ihr die Hand. »Nein, ich folge dir nicht. Was hast du vor? Mich in den See werfen? Ich bin deine Tochter und du …«

»Es reicht!« Ihre Gesichtszüge verhärteten sich. »Wir spielen das Theater schon viel zu lange. Erinnere dich, Cathrine wie du zu mir gekommen bist.«

Ich schüttelte den Kopf. »Ich bin aus deinem Bauch, so wie jedes Baby.«

»Nein. Mein Vater war es, der dich von einer seiner Reisen mitbrachte. Bitte erinnere dich! Der Autounfall? Alle hielten mich für ein Scheusal. Ich selber tat es, bis du kamst. Ohne deine Liebe wäre ich zerbrochen.«

»Du bist doch kein Monster, wie in dem Märchen, was du mir immer vorgelesen hast. Sieh in den Spiegel, du bist wunderschön«, erwiderte ich empört.

»Nein, Cathrine. Sieh mich an. Schau genau hin!«, schrie sie.

Ich zuckte zusammen und aus heiterem Himmel bröckelte das Gesicht, das ich vor mir sah.

Entsetzt keuchte ich auf. Das war unmöglich – ein Albtraum, aus dem ich gleich erwachen würde. Ich rieb mir die Augen, aber das Bild blieb.

Die linke Gesichtshälfte meiner Mutter war übersät mit wulstigen Narben, die in einem dunklen Rot leuchteten. Das Auge versteckte sich hinter einem winzigen Schlitz. Die Nase vollkommen deformiert.

Erschrocken wich ich einen Schritt zurück.

»Funktioniert es?«, fragte sie, während sie ebenfalls vortrat und meine Hand ergriff, ehe ich protestieren konnte. Ein vertrautes Gefühl durchflutete mich.

»Ja, nur verstehe ich das nicht«, gab ich zu.

»Du scheinst dich ernsthaft nicht zu erinnern. All die Jahre, die ich dachte, dass du mir zu Liebe diese Rolle spielst, Cathrine.«

Liebevoll strich sie mit ihrem Daumen über meinen Handrücken, dann hockte sie sich vor mich.

»An Opa erinnerst du dich?«, fragte sie. Als ich nickte, erzählte sie weiter. »Ich war fünf Jahre alt. Es war ein sonniger Samstag im Frühjahr. Meine Mutter saß am Steuer. Ich weiß noch, dass ich am Himmel eine Wolke entdeckte, die wie ein Einhorn aussah. Darauf machte ich sie lautstark aufmerksam. Es war ein kurzer Augenblick, der ausreichte, um die Kontrolle zu verlieren. Das Auto krachte in einen Baum und fing Feuer. Sie starb noch vor Ort, während ich überlebte, aber ... Du siehst es ja.«

Ich warf ein kurzes Nicken ein.

»Mein Vater reiste damals durch Südamerika. Er gab sich all die Jahre die Schuld daran, weil er nicht da gewesen war. Nach den vielen Operationen kam ich heim, aber jeder hatte Angst vor mir. Keiner wollte mehr mit mir spielen. In der Pause hörte ich sie tuscheln. Sogar meine Großmutter bedachte mich mit diesem mitleidigen Blick. Ich litt unvorstellbar darunter. Zu Weihnachten, er kam von seiner letzten Forschungsreise wieder, ehe er für immer zu Hause blieb, zauberte er dich aus dem Koffer. Eine Puppe, die genauso groß war wie ich. Wie eine Prinzessin sahst du aus.«

Bei den Worten lächelte sie.

»Jeden Abend erzählte er mir, dass du meine Freundin seist. Und wenn ich wollte, könnte ich dich zum Leben erwecken, wie in einem richtigen Märchen. Ich müsste dir nur einen Namen geben, den auf einen Zettel schreiben und dir in den Mund stecken - direkt unter die Zunge. Obwohl ich es für ein Hirngespinst hielt, tat ich es. Keine fünf Sekunden später legtest du den Arm um mich.«

Die Worte berührten etwas in mir. Ein Bild von einem weinenden Mädchen tauchte vor meinem inneren Auge auf.

»Du hast bitterlich geweint, weil du deine Großmutter hattest sagen hören, dass sie manchmal wünschte, du wärst ebenfalls in dem Auto gestorben«, flüsterte ich. »Den restlichen Nachmittag hielten wir mit einem Teddy einen Teekranz ab.«

»Genau«, stimmte sie zu. »Am Anfang dachte ich, du wärst meiner Fantasie entsprungen – ein unsichtbarer Freund. Nach ein paar Tagen wurde mir bewusst, dass du echt bist. Du hast mich zum Lachen gebracht, mit mir gespielt. Wir gingen in dieselbe Klasse. Sogar gestritten haben wir, wie beste Freundinnen - fünf Jahre lang. Dann fingen die Leute an zu tuscheln, warum du nicht größer wurdest. Papa entschied, dass wir umziehen. Er unterrichtete mich zu Hause, arbeitete als Professor an der Uni und wenn wir rausgingen, warst du die kleine Tochter einer Verwandten, die uns besuchte.«

»Ich bekam jedes Mal eine andere Frisur, damit es nicht auffiel«, warf ich kichernd ein.

»Kurz nach der Highschool starb mein Vater. Auf der Beerdigung lernte ich Simon kennen. Einer von Papas Studenten. Wir freundeten uns an. Vier Monate später fragte er mich, ob ich mit ihm essengehen würde.«

»Du saßt im Restaurant. Er kam, aber nicht alleine, sondern mit den Jungs aus seiner Verbindung. Alle machten sich über dich lustig. Das war der Tag, an dem ich zum ersten Mal Mama zu dir sagte.«

»Du warst fortwährend da, Cathrine. Ich dachte immer, dass es so sein soll. Wir beide gegen den Rest der Welt. Als Brandon nebenan einzog, war ich genauso wenig begeistert wie du. Er war die erste Person, nach dir und Papa, die mein Inneres gesehen hat – nicht die entstellte Gesichtshälfte. Von Anfang an hat er dich akzeptiert, während du ihm Steine in den Weg gelegt hast. Immerfort wolltest du mich beschützen. Die Tatsache, dass er mit mir eigene Kinder wollte, hat alles verschlimmert. Du warst strikt dagegen. Ich hätte dich. Aber du bist eine Puppe.«

»Ich … Ich bin Cathrine. Deine Tochter«, sagte ich. Eine Spur leiser fügte ich hinzu: »Egal, ob durch mich Blut fließt oder ich aus Plastik bin.«

»Darum ging es nie. Weißt du, wie sehr ich Brandon geliebt habe? Zu fühlen wie ein Baby in einem Bauch heranwächst, älter wird, hinfällt, aufsteht. Der erste Liebeskummer, der Abschlussball, Enkelkinder. Ja, die Vorstellung Oma zu werden, gefiel mir. Du hast mir das alles geraubt, Cathrine.«

»Das stimmt so …«, fing ich an, wurde jedoch direkt unterbrochen.

»Doch! Was meinst du, warum ich dich auf den Boden gebracht und dir den Zettel entfernt habe? Ich wollte dich nicht loswerden, nur die Chance auf eine richtige Familie haben. Ich dachte, später würdest du anders denken und meinen Sohn oder meine Tochter akzeptieren. Ich war es leid immer umzuziehen, sobald die Leute sich über dich wunderten.«

Während sie sprach, legte sie ihre Hand auf den Bauch. Eine kleine Geste, die mir die Augen öffnete. Sie war schwanger. Mit keiner Silbe hatte sie es erwähnt und mich stattdessen stillschweigend auf den Dachboden gebracht. Wie sehr ich mich geirrt hatte. Sie war keinen Deut besser als Brandon. Vier, fünf Sekunden sah ich sie an, dann sagte ich mit gefasster Stimme: »Du hast alles kaputt gemacht.«

»Ich?« Sie schüttelte den Kopf. »Mein Kind wird ohne Vater aufwachsen, weil du neidisch warst.«

»Eifersüchtig? Auf Brandon?«

Es war gleichermaßen erschreckend wie traurig, dass sie das dachte. All die Jahre an meiner Seite und so schätzte sie mich ein.

»Es ist meine Aufgabe die Person, zu der ich gehöre, zu beschützen. Das hat Brandon nie verstanden. Ständig musstest du hinter ihm herräumen. Kein Tag verging, ohne das du ihn verflucht hast.«

»Das war nicht ernst gemeint. Menschen regen sich künstlich auf. Und ja, er hat allerlei liegen lassen, dafür hat er andere Sachen erledigt. Er hat mich auf Händen getragen.«

»Davon habe ich nicht viel mitbekommen. So wenig, wie du begriffen hast, dass ich immer eine gute Tochter war, die dich stets beschützt hat.« Und ein Geschwisterchen auch, fügte ich im Stillen hinzu. All das brachte nichts. Wir drehten uns im Kreis. Das hier ergab für mich keinen Sinn mehr.

Bevor ich es mir überlegen konnte, flitze ich an meiner Mutter vorbei zum Sofa, zog das Messer heraus und rammte es ihr in den Hals. Blut drang aus der Wunde, tropfte auf den Boden.

Langsam drehte meine Mama den Kopf zu mir nach.

»Du hast Recht, ich bin kein Mensch. Dennoch habe ich Gefühle, die du mit Händen und Füßen trittst.«

Sie öffnete den Mund, um etwas zu sagen. Doch mehr als ein Gurgeln war ihr nicht möglich.

»Du hast mich gebeten, mich zu erinnern. Dabei hast du selbst eine Kleinigkeit aus dieser Zeit verdrängt.«

Ein dünner Rinnsal Blut floss ihrem Mundwinkel hinunter, als sie wieder den Mund öffnete.

»An dem Tag, als du mich bekamst, erzählte dir dein Vater nicht nur von dem Zettel. Er bat dich, es dir weise zu überlegen, denn damit würdest du einen Bund fürs Leben eingehen.«

Ich kniete mich vor sie und streichelte ihr die Wange.

»Aber … der … Zettel …« Blut quoll bei jedem Wort aus ihrem Mund.

»Da ist deinem Vater, bei der Übersetzung, ein Fehler unterlaufen«, erklärte ich schulterzuckend.

»Meine erste Mutter hat mir einen freien Willen gegeben. Ich entscheide, ob ich mich an jemanden binde oder nicht. Weißt du, wie oft der Zettel nicht funktionierte? Ich überlege genau, bevor ich meine Wahl treffe. Das ist der Unterschied zwischen einem echten Menschen und mir. Ich weiß, was es heißt, jemanden bedingungslos zu lieben. Wusstest du, dass mich dein Vater auf einem Flohmarkt gefunden hat? Meine vorherige Mama war wenige Tage vorher mit 90 Jahren friedlich eingeschlafen. Sie hatte zwei Kinder und fünf Enkel. Du lagst falsch mit der Annahme, ich wäre dagegen, dass du schwanger wirst. Ich hatte nur Zweifel an Brandon. Außerdem sind kleine Schwestern im ersten Moment eifersüchtig. Ein menschlicher Zug, den ich mir abgeschaut habe. Nur das mit der Langeweile ist mir ein Schleier. Ihr betrügt euch, so wie Brandon, der sich jeden Sonntag mit der Frau von der Tankstelle getroffen hat, während du in der Kirche warst.«

Einen Moment ließ ich meine Worte wirken, sah ihre Augen, die sich weiteten. Zweifel, die auftauchten – dabei war es die Wahrheit.

»Falls du dich fragst, woher ich das weiß. Sie kam vor vier Monaten zu uns, als du einkaufen warst. Sie stritten sich, weil sie wollte, dass er sich trennte.«

Sie legte den Kopf schief. In ihren Augen lag nun eine traurige Erkenntnis, dann sackte sie zusammen.

Ein paar Minuten vergingen, in der ich sie anstarrte. Sie hatte ich von ganzem Herzen geliebt, und ich würde sie wahnsinnig vermissen.

Ein Kribbeln breitete sich von den Zehenspitzen her aus. Ich brauchte keinen Spiegel, um zu wissen, dass sich mein Körper regenerierte. Wunden heilten, der Glanz kehrte in die Haare zurück, die Wangen nahmen den gesunden rosa Ton an. Als der Zauber zu Ende war, beugte ich mich nach vorne.

»Ich hab dich lieb«, flüsterte ich. Vorsichtig drückte ich ihr einen letzten Kuss auf die kühler werdende Stirn. »Du sollst wissen, dass es mir leidtut. Alles!«

Mein Blick fiel auf Adelheid, die achtlos auf dem Boden lag. »Jetzt gibt es nur noch uns.« Ich drückte sie fest an mich. »Wir bleiben zusammen, das verspreche ich dir. Vorher muss ich mich erstmal um das Chaos hier kümmern. Ich kann sie nicht so liegen lassen und darauf warten, dass sie jemand findet. Außerdem verdient Brandon es, dass alle Welt erfährt, was für ein Idiot er war.«

Ich zog das Messer aus Mamas Hals, ehe ich den Griff erst Brandon in die Hand drückte, um es dann wieder in die Brust zu stecken. Hoffentlich achteten sie nicht zu sehr aufs Detail.

Die Polizei, die ich gerufen hatte, ist schneller als gedacht. Das schnurlose Telefon lasse ich bewusst im Flur liegen, während ich geschwind die Haustür öffne. Die Polizei wird denken, das kleine Mädchen, das angerufen hat, ist hinausgelaufen, um sich zu verstecken.

»Komm«, flüstere ich zu Adelheid, als ich zurück ins Wohnzimmer renne und mich auf einen Sessel setze. »Unsere Arbeit ist getan. Sollen sie ruhig herumrätseln, wo Cathrine ist oder warum ich ihr wie aus dem Gesicht geschnitten bin. Ich wette, damit sind sie einige Zeit beschäftigt. Der Rest ist ja dank meines Anrufs klar«, erzähle ich ihr. »Brandon hatte eine Affäre, Mama kam dahinter, es gab Streit, sie verletzte ihn, er rastete aus, brachte sie und anschließend sich selbst um. Geschieht ihm Recht der Sündenbock zu sein.«

Die Vorstellung entlockt mir ein belustigtes Kichern. »Bereit?«, frage ich Adelheid, nachdem ich die perfekte Position eingenommen hab. »Mal gucken, wie lange ich, Pardon, wir diesmal schlafen werden.«

Sicherlich werde ich bald wieder aufwachen, denn es gibt immer jemanden, der mich und meine Liebe braucht.

Kettenreaktion

Kim Rylee

Ich hätte mir nie träumen lassen, dass jemandem so etwas passieren könnte, weder einem meiner Freunde, noch meinem Bruder. Nun ja, meinem Bruder würde das sowieso nie passieren. Und erst recht hielt ich es für undenkbar, dass so etwas mir widerfahren könnte.

Warum? Bin ich etwas Besonderes?

Wenn man mich nach meiner Meinung fragen würde, so wäre meine Antwort: nein. Doch das Leben teilt einem nicht immer einen Hauptgewinn zu. Nun muss ich am eigenen Leib erfahren, was es bedeutet, wenn man am Boden angekommen ist.

Wie bin ich noch in diese Situation geraten?

Eine düstere Stimmung macht sich in mir breit, während ich mir die Umgebung genauer betrachte. Es ist nicht zum ersten Mal. Das Bild hat sich nicht verändert.

Noch immer bin ich von Felsen eingekreist. Dicke, aufeinander geschichtete Felsblöcke halten mich seit langem gefangen. Nur zwei Fackeln erleuchten den Raum. Mit ihren geisterhaften Lichtreflexen an der Wand leisten sie mir Gesellschaft.

Es ist feucht!

Ich schlinge die Arme um meinen Oberkörper. Außer dem zerschlissenen Leinenhemd trage ich nichts am Leib.

Oh, das stimmt nicht ganz. Um nicht so fade auszusehen, hat man mir eine besondere Zierde angehängt. Für meinen Geschmack ist sie zu klobig und vor allem viel zu schwer. Doch ich bin nicht gefragt worden, als man mir die Eisenkette an das Fußgelenk angelegt hat.

Zudem nagt der Hunger an mir, erschwert mir das denken. Meine Erinnerung, sie besteht nur aus Fragmenten. Mühsam versuche ich, sie zusammenzusetzen. Ich weiß noch nicht einmal, wann man mich in diesem dunklen Kerker eingeschlossen hat. Ja, auch das Tageslicht habe ich schon seit langem nicht mehr gesehen.

Ich kenne meinen Aufenthaltsort nicht, weiß nur, dass er unterirdisch liegt. Er muss sehr weit vom Dorf entfernt sein.

›Niemand verirrt sich hierher. Noch nicht einmal Ratten.‹ Mit diesen Worten hat man mich eingesperrt, um die Ausweglosigkeit einer Flucht zu untermauern.

Vom steinigen Boden kriecht eisige Kälte über meine nackten Beine aufwärts und beschert mir eine Gänsehaut, sodass ich aufstehe. Dabei stütze ich mich an der Wand ab.

Im Licht der Fackeln schweift mein Blick über meine Arme, dann über meine Hände. Ich bin schmutzig. Ein Außenstehender würde die Nase rümpfen, sofern er es wagte, sich mir auch nur auf wenige Meter zu nähern. Mir selbst fällt der Gestank nicht mehr auf. Auch meine Nägel tragen tiefe Trauer. Vermutlich sind sie die Einzigen, die am Tag des jüngsten Gerichts Schwarz tragen werden.

Habe ich etwa abgenommen? Ich sehe so dünn aus.

Ein wenig lüfte ich das Leinenhemd. Begutachte meine Oberschenkel. Viel ist an mir nicht mehr dran. Das grollende Geräusch aus meiner Magengegend wirkt durch den Widerhall so laut, als würde man Kiesel mit der Hand mahlen. Immerhin sorgt die Feuchtigkeit, die mich unentwegt umgibt, dafür, dass der Durst nicht übermächtig wird.

Zaghaft streiche ich mit dem Zeigefinger über die felsige Wand, bis er die Flüssigkeit erreicht. Sie ist eisig.

Haben wir bereits Winter?

Wenigstens kann ich über den Tag verteilt ein paar Handvoll aus dem kleinen Rinnsal an der Wand abzwacken. Ich halte inne, forme die Handfläche zu einer Mulde und presse die Kante gegen die Mauer.

Regelmäßig wiederhole ich diese Handlung. Es ist ein Geschicklichkeitsspiel und lenkt mich von meinem Dilemma ab. Für einen Augenblick gibt es mir das Gefühl, doch nicht den Verstand zu verlieren. Mehrmals starte ich den Versuch. Zu meinem Frust sucht sich die größte Menge der Flüssigkeit ihren Weg einfach um meine hagere Hand herum. Mir bleibt nichts anderes übrig als aufzugeben. Schon wieder einmal. Nur diesmal ohne das hämische Grinsen meines Peinigers.

Also lehne ich die Stirn gegen die kühle Wand. Die aufgeplatzten Lippen öffnen sich automatisch. Schließlich soll nichts verloren gehen. Ein Zittern durchfährt meinen gesamten Körper. Gleichzeitig versuche ich, gierig das Wasser von der Wand zu lecken, damit es den direkten Weg in den Mund findet.

Es schmeckt brackig. Zudem ist es wenig, aber dennoch ausreichend, um die trockene Kehle zu befeuchten.

Sehnsüchtig schaue ich dem Wasser nach, wie es in einer kleinen Spalte im Boden versickert. Dabei fällt mein Blick auf meine Füße.

Der Schmerz ist mein ständiger Begleiter, seit mir das Eisen ins Fleisch schneidet. Gelblich-grüner Eiter quillt unter dem Schorf heraus und verhindert, dass die Wunde heilt. Die Entzündung um den Fußknöchel wurde nie behandelt.

Hier gibt es keinen Heiler, der sich um mich kümmert, keine Freunde oder Familienmitglieder, die dafür sorgen, mich mit Heilkräutern sowie sauberen Tüchern zu versorgen. Wäre ich nicht hier, wäre es ein Leichtes, ihnen zu sagen, was ich benötige. Mühelos könnte ich beschreiben, wo alles in meiner Hütte oder dem kleinen Garten zu finden ist. Dann wäre ich in der Lage, meine Wunden selbst zu heilen. Doch man hat meiner Familie das Besuchsrecht verweigert.

Plötzlich keimt ein Verdacht in mir auf. Vielleicht wollen sie ja von sich aus nichts mehr mit mir zu tun haben!

Erschöpft lehne ich meinen Rücken gegen die schroffe Steinwand. Meine Lider fallen zu. Ja. Ein weiteres Teil dieses Puzzles landet an seinem Platz in meinem Gedächtnis. Mühsam kehren die Erinnerungen zurück, wabernd, wie eine Nebeldecke über dem Feld am frühen Morgen.

Ich wurde verurteilt.

Meine Strafe? Der Tod.

Habe ich Angst? Und wie!

Mich wundert es, dass ich noch nicht verrückt geworden bin. Zumindest glaube ich, dass der Wahnsinn noch nicht von mir Besitz ergriffen hat. Allmählich wird mir der Grund bewusst. Alles ist plötzlich so klar wie Wasser, das einer Quelle entspringt.

Ich bin eine Heilerin. Jahrelanges Wissen über die verschiedenen Kräuter habe ich mir angeeignet, die Kenntnisse über deren Wirkstoffe vertieft. Sogar Selbstversuche habe ich durchgeführt, denn nur Kundige sind in der Lage, diese wertvollen Informationen an die nächste Generation weiterzugeben. Es ist eine Lehre auf Lebenszeit, die nur wenigen zuteil wird. Viele Frauen scheuen sich davor, da dieser Beruf Gefahren birgt.

Und dennoch, ich bin ein angesehenes Mitglied in unserer Dorfgemeinschaft gewesen.

Um abzuzählen, wie oft ich bereits Frauen während der monatlichen Beschwerden mit meinen Kräutern die Schmerzen nahm, benötigt man mehrere Hände. Wie vielen Neugeborenen habe ich das Leben geschenkt, dessen sie ohne meine Hilfe nicht fähig gewesen wären?

Langsam glaube ich selbst daran, eine Hexe zu sein. Jedes Kind weiß, dass Hexen nicht verrückt werden. Sie werden bereits so geboren. Deswegen können sie auch in die Zukunft sehen oder Liebestränke brauen. Das Reiten auf einem Besen gehört jedoch ins Reich der Ammenmärchen.

Ein weiteres Bruchstück kommt ans Licht. Es ist ohne Vorwarnung geschehen. Etwas ist schiefgegangen. Einer meiner Tränke hat einen Mann getötet. Wenn ich ehrlich sein soll, seine Frau ist jetzt viel besser dran.

Eines Abends ist sie in meine Hütte am Waldrand gekommen und hat von mir verlangt, dass ihr Mann sie wieder lieben und verehren solle. Dabei hat der Scheißkerl sie nach Strich und Faden betrogen und die arme Frau unentwegt geschlagen, sogar während ihrer Schwangerschaft. Doch sie hat nie aufgehört etwas für ihn zu empfinden.

Was für ein dummes Ding!

Irgendetwas muss ich bei der Zusammensetzung der Tinktur verwechselt haben. Die Witwe hat mich angezeigt.

In derselben Nacht sind sie zu mir gekommen, die Soldaten. Sie brechen einfach die Tür auf. Dann stürmen die Männer – bewaffnet bis an die Zähne - in meine Hütte. Noch im Halbschlaf, zerren sie mich aus dem Bett, nehmen mich gefangen und verpassen mir einen Knebel, damit ich keinen Fluch über sie verhängen kann.

Beißender Schweißgeruch steigt mir in die Nase, erstickt mich fast, während die Männer – einer nach dem anderen – über mich herfallen.

Niemand stoppt sie. Niemand klagt sie an. Niemand verurteilt sie.

Der Richter, ein ›treuer Diener Gottes‹, wie er sich selbst bezeichnet, lässt sich nicht erweichen. Er ist überzeugt, dass ich eine Hexe und somit schuldig bin. Das will er mit allen Mitteln beweisen. Sein Ziel: mein Geständnis.

Sie gehen nicht gerade zimperlich mit mir um. Mehrfach werde ich verhört, bis man mich schließlich in dieses Verlies eingesperrt hat. Doch ich bleibe stur.

Sie machen weiter: Die Streckbank, die Daumenschrauben, zu guter Letzt das Strappado. Bis zu jenem Tag habe ich nur davon gehört. Die Angst in mir wächst ins Unermessliche.

Sie binden meine Handgelenke hinter dem Körper zusammen, befestigten ein Seil daran und ziehen mich in die Höhe. Dabei renken sich meine Schultergelenke aus. Diesem Martyrium können weder mein Körper noch die Seele lange standhalten. Ich schreie unentwegt. Weine. Flehe.

Doch sie hören nicht auf. Sie lachen laut, verhöhnen mich, als hätten sie Spaß an meinen Schreien. Schließlich umarmt mich eine gnädige Ohnmacht.

Warum man mich anschließend weiter gefoltert hat, verstehe ich noch immer nicht.

Ich war doch geständig! Habe ich ihnen nicht von meinem Missgeschick erzählt, dass es einem Unfall gleichkam? Keine meiner Zutaten hätte einen Mann in den Tod schicken können. Weshalb es dennoch geschehen ist, ist mir noch immer ein Rätsel. Um den Beweis anzutreten würde ich selbst von dem Elixier trinken, aber das wird abgelehnt.

»Eine Hexe ist immun gegen ihre Gifte«, brüskiert sich der Richter.

Seit dem bin ich hier unten.

Allein. Bis das Urteil vollstreckt wird.

Mein Blick wandert zur Tür.

»Verdammt noch mal! Ihr habt mich in den Kerker geworfen, mich an die Mauer gekettet! Wie lange soll ich hier noch versauern?« Meine verzweifelten Rufe verlieren sich im Nichts. Seufzend lehne ich mich mit den Rücken gegen die raue Wand. Ich starre nach oben an die mit Ruß verschmierte Steindecke. Diese Einsamkeit macht mich mürbe.

Die Fackeln an der Wand scheinen mich zu verspotten, während ihre Feuerzungen gierig nach mir lechzen.

Ich lausche.

Sind das Schritte? Oder spielen mir meine Sinne einen Streich?

Die kleine Luke in der Tür schiebt sich mit einem knarzenden Geräusch zur Seite, dass einem das Blut in den Adern gefrieren lässt. Mein Herz pocht wild. Die Anspannung in mir steigt ins Unermessliche. Endlich jemand der mich besucht.

»Sei still!«, ruft der Wärter verärgert durch den kleinen Schlitz hindurch. »Bald hast du's überstanden. Dann fährst du auf direktem Wege in die Hölle!«

Ich schrecke zusammen. Werde innerlich ganz klein. Seine Worte erinnern mich wieder an das mir bevorstehende Schicksal, sodass ich trocken schlucke.

»Ich kann dieses Urteil nicht annehmen. Es wurde kein Recht gesprochen!« Voller Verzweiflung renne ich auf die geschlossene Tür zu, muss mit dem Wärter reden. Nur ein paar Worte wechseln, selbst wenn seine Antworten aus Beleidigungen oder Verwünschungen besteht.

Ruckartig werde ich zurück gerissen, dabei reißt die Kette mir ungnädig die Beine unter dem Leib weg. Gerade noch schaffe ich es, meinen Körper im Fall zu drehen, um nicht mit dem Gesicht auf dem Boden aufzuschlagen. Ich lande rücklings und hart auf dem Felsuntergrund. Zusätzlich knallt mein Kopf gegen die Wand. Ich höre wie Knochen brechen. Meine Glieder beginnen vor Schmerzen zu zucken.

Als ich laut aufstöhne, vernehme ich das dreckige Lachen der Wache.

Laut krachend fällt die Klappe zu.

Wieder allein.

Meine Situation ist aussichtslos.

Etwas hält mich vom Aufstehen ab. Hinzu kommt, dass ich nicht in der Lage bin, mich zu bewegen. Mein Hinterkopf will zerbersten. Mein Arm … Er schmerzt höllisch. Ich versuche, ihn zu heben, es gelingt mir nicht. Ich schaffe es nur, den Kopf zur Seite zu drehen.

Mir stockt der Atem, als ich meinen Arm betrachte. Einer der Knochen hat sich durch das Fleisch gebohrt. Seine Spitze ragt einige Zentimeter heraus, während sich Blut in zähen Tropfen auf dem Boden sammelt. Langsam bildet sich eine Blutlache neben mir. Erneut stöhne ich laut auf. Schließlich verliere ich die Besinnung. Mit der einhüllenden Dunkelheit verschwindet der Schmerz.

Doch nur für kurze Zeit, wie mir scheint. In weiter Ferne vernehme ich eine Stimme, dennoch ist es um mich herum immer noch stockdunkel. Mein Körper wird unsanft durchgeschüttelt. Die Rippen wollen die Brust durchstechen.

»Sie rührt sich nicht mehr. Anscheinend hat sie sich bei dem Sturz das Genick gebrochen. All das Blut … Hast du gesehen, wie sie durch die Luft geflogen ist? Ich wusste es doch. Sie ist eine Hexe!« Schallendes Lachen erfüllt den Raum.

»Schade, dass sie jetzt tot ist. Ich hätte sie gern auf dem Scheiterhaufen brennen sehen. Komm Justus. Wir haben hier nichts mehr verloren. Lass uns dem Scharfrichter die Nachricht überbringen. Diesmal ist für ihn nichts zu holen.«

Ich weiß nicht, wie lange ich bereits daliege. Als ich langsam die Augen öffne und zur Seite blicke, bemerke ich, dass die schwere Kerkertür offen ist. Wann hat man sie geöffnet? Und warum?

Etwas nagt an mir. Sind es Gedanken über meine Situation? Werde ich vielleicht doch noch gerettet? Wendet sich nun alles zum Guten?

Hoffnung macht sich in mir breit, sorgt für ein wenig Licht in meinem dunklen Inneren.

Ohne Vorwarnung packt mich die Realität, sodass ich laut aufschreie.

»Au! Scheiße, tut mir der Kopf weh!«

Ich bemerke das viele Blut um mich herum. Der größte Teil davon ist bereits getrocknet. Nüchtern stelle ich fest, dass es mein Blut ist. Noch immer bin ich außerstande mich zu bewegen. Nicht nur mein Arm ist gebrochen. Auch spüre ich die Beine nicht mehr.

Der Schmerz, den der offene Bruch verursacht, raubt mir die Sinne. Erneut sinke ich in ein tiefes, dunkles Loch. Noch dunkler als jenes, in dem ich mich gerade befinde.

Als ich wieder erwache, bemerke ich, dass das Hemdchen, das ich trage, über den Bauchnabel gerutscht ist. Etwas krabbelt über meine

Brust. Es kitzelt mich, sodass ich keuchend auflache. Sofort verstummt das Lachen. Immer noch dieser verdammte Schmerz im Oberkörper, begleitet vom tosenden Kopfweh.

Vorsichtig schaue ich erst an die Decke, dann zur Wand. Nur langsam gewöhnen sich meine Augen an das diffuse Licht. Eine Fackel ist erloschen. Die andere schafft es kaum noch, den gesamten Raum auszuleuchten. Vorsichtig drehe ich den Kopf zurück, als mich plötzlich zwei kleine Knopfaugen anstarren.

»Wer bist *du* denn?« Meine Stimme klingt heiser, doch voller Hoffnung.

Eine spitze Nase beschnuppert mein Gesicht, die langen Barthaare kitzeln mich, sodass ich die Mundwinkel verziehe. Ich will lachen, doch stattdessen schreie ich auf.

»Aua! Was machst du da?« Verwirrt blinzle ich den Besucher an.

Das Tier erschrickt nicht einmal, sondern beißt mich erneut in die Lippe.

Ich spucke das Blut aus, doch das Tier scheint das nicht zu stören, denn es verschwindet nicht, zeigt keine Scheu. Frech setzt es sich auf die Hinterbeine. Die Nase in die Luft gereckt, erkenne ich im fahlen Licht zwei lange Nagezähne.

Es ist eine Ratte, die mir gerade Gesellschaft leistet. Die Wärter haben Unrecht mit der Aussage, hierher würde sich nichts und niemand verirren.

Ich spüre, dass sich etwas verändert hat. Weshalb ist es hier so still wie in einem Grab?

»Wärter!« Mein Ruf bleibt unbeantwortet. »Wärter!«

Ich erkenne meine Stimme nicht mehr. Sie klingt anders als zuvor. Dumpfer, als würde ich wieder einen Knebel tragen. Wollen sie mich erneut foltern? Wieso hören sie damit nicht auf? Was wollen sie noch von mir? Mein Körper ist doch längst gebrochen.

Ich betrachte meine Umgebung durch einen Schleier. Weine ich?

Allmählich kehrt meine Sehkraft zurück. Und mit ihr das Knurren in der Magengegend. Der Hunger wird unerträglicher. Und der Durst erst …

Die Ratte putzt sich, dreht sich um, dann setzt sich der Nager erneut auf die Hinterpfoten. Sein nackter Schwanz streift über meinen

Hals, als wolle er mir damit die Kehle durchschneiden. Er gibt ein Quieken von sich.

Glücklich darüber, endlich nicht mehr einsam in diesem Kerker zu sein, hebe ich vorsichtig den Kopf. Mein Blick schweift an seinem kleinen Körper vorbei. Mit aufgerissen Augen, den Mund vor Schreck geöffnet, starre ich die Katastrophe an.

Die Ratte ist nicht allein gekommen. Sie hat nicht nur ihre Familie, sondern auch jede Menge Freunde mitgebracht. Noch mehr dieser ungeliebten Tiere.

Das Trippeln der nackten Füße auf dem steinigen Boden treibt meinen Verstand fast in den Wahnsinn. Sie können sich frei bewegen. Neidisch schaue ich ihnen dabei zu, wie die pelzigen Verwandten um meine Beine herum wuseln, schmatzen und kauen. Einige quieken vor Freude.

Der Anblick, der sich mir bietet, wird sich auf ewig in mein Gedächtnis einbrennen.

Ich erkenne einen Unterschenkelknochen. An der Stelle sollten sich eigentlich Fleisch und Haut befinden. Darunter bildet sich Blut – viel Blut.

Bewegungsunfähig liege ich da, bin gezwungen mit anzusehen, wie sich die Meute an meinem Körper genüsslich zu schaffen macht. Meine rechte Hand haben sie zur Hälfte abgenagt. Seltsamerweise spüre ich keine Schmerzen mehr. Nur Hunger. Unerträglichen Hunger!

Schwerfällig schaffe ich es, mich aufzusetzen. Dabei rutscht die Eisenkette von meinem skelettierten Fußgelenk, denn es gibt keinen Fuß mehr, der sie aufhalten könnte.

Endlich bin ich frei!

Die Rattenfamilie wirkt gut genährt. Sie sind zutraulicher als gedacht. Sanft streicht mein Zeigefinger über einen Rücken. Das graue Fell fühlt sich weich und warm an.

Dann packe ich zu.

Der Nager stößt ein angsterfülltes Quieken aus. Doch der schrille Ton stört mich nicht. Mein Hunger ist viel mächtiger als das schrille Pfeifen der Ratte, die sich in meinem festen Griff windet. Sie beißt mir in den Mittelhandknochen.

Ich öffne den Mund, doch kein Schmerzensschrei kommt über meine Lippen. Beherzt beiße ich in den Körper der Ratte.

Das rohe Fleisch schmeckt köstlich, das warme Blut wie lieblicher Wein!

Bis auf die Knochen nage ich das Tier ab. Dabei stört es mich nicht, dass Eingeweide auf den Boden fallen, oder Blut von meinem Kinn tropft. Hastig sammle ich Nieren, Leber und Gedärm vom Schoß auf. Alles verschwindet genüsslich in meinem Schlund.

Die Gier nach etwas Essbarem verstärkt sich. Ich muss etwas auf die Rippen bekommen. Ich bin viel zu dünn.

In der Zwischenzeit haben sich meine Augen an die kargen Lichtverhältnisse gewöhnt. Einige der Ratten sind geflohen. Das Tier in meiner Hand hat sie wohl gewarnt. Die Mutigeren unter ihnen sind geblieben.

Ich sammle das winzige Herz, das neben mir auf dem Boden liegt, auf. Damit locke ich mein nächstes Festmahl zu mir. Eine braune Ratte mit weißem Brustfleck … Ebenso köstlich, wie die Graue zuvor.

Das Buffet scheint unerschöpflich. Wie das Paradies. Nur anstelle von Milch und Honig fließt hier Blut. Köstlich! Endlich kein Durst mehr. Auch die Schmerzen sind wie durch Zauberhand verschwunden, als würde das Blut der Ratten zur Linderung beitragen, ja sogar den Schmerz in Gänze vertreiben. Diese Möglichkeit hatte bisher niemand in Erwägung gezogen. So ist es nun einmal. Wunder passieren durch Zufälle.

Nachdem ich das siebte Tier verspeist habe rappel ich mich auf.

Kaum stehe ich auf den Beinen, strauchle ich und stürze zu Boden. Mein Blick wandert an meinem Körper entlang. An mehreren Stellen gibt es weder Fleisch noch Muskeln, doch das ist nicht der Grund für meinen Sturz. Schließlich erkenne ich ihn. Der fehlende Fuß am Unterschenkel. Die dazugehörigen Knochen liegen verstreut auf dem Boden.

Erneut raffe ich mich hoch. Einige der hungrigen Biester werden übermütig, angestachelt durch den Duft des Todes, sodass ich mir noch einen Snack für den Weg sichere.

Die Ratte quiekt, dass menschliche Nervenstränge am liebsten mitschreien wollen. Doch mich stört es nicht. Allerdings geht mir ihr nicht enden wollendes Fluchtverhalten auf den Geist, sodass ich ihr kurzerhand den Kopf abbeiße.

Humpelnd begebe ich mich Richtung Zellentür, begleitet von einem klackenden Ton, wenn der bloße Knochen auf den steinigen Boden trifft.

Bevor ich mich in die verdiente Freiheit aufmache, werfe ich einen Blick über die rechte Schulter.

Zwischen meinen Fußknochen liegen zusätzlich Rattenkadaver herum. Erleichtert atme ich aus. Dabei ertönt ein Pfeifen durch meine Zahnlücke.

Die toten Körper und Skelette der Ratten beginnen zu zucken. Mit unkontrollierten Bewegungen kommen sie auf die Pfoten. Ein Schlagen wie von Peitschenhieben ist zu hören, sobald die nackten Schwänze auf den Boden treffen.

Eine junge Ratte schnüffelt an den Überresten eines Verwandten. Noch bevor das Jungtier weiß wie ihm geschieht, stürzt sich der Kadaver auf ihn. Ein Kampf beginnt, den die junge Ratte nicht überlebt. Das Skelett beißt ihm in die Kehle und schleckt schmatzend das Blut, während die anderen Skelette ebenfalls über die Beute herfallen. Jede von ihnen will ein Stück abbekommen. Futterneid lässt die Tiere um die letzten Bissen kämpfen. Ein Wirrwarr an Fell, Knochen, Barthaaren, Eingeweiden, sowie peitschenden Schwänzen lässt den Boden lebendig wirken, bis das Jungtier seinen letzten Atemzug aushaucht.

»Kommt mit. Von nun an werden wir keinen Hunger mehr leiden.«

Dutzende untote Ratten folgen mir in die Freiheit.

Von Albträumen und Nachtmahren

Katharina Gerlach

Mit den Armen hinter dem Kopf lag ich auf meinem Bett und starrte Moms letztes Geschenk an, das von einem Haselnusszweig hing, den sie an die blassgrüne Wand genagelt hatte.

Des Traumfängers feines Netz aus weißen Seidenfäden stand in hübschem Kontrast zu den blauen Glasperlen und dem runden Rahmen aus dunklem Holz. Tränen stiegen mir in die Augen, als ich mich an den Tag erinnerte, an dem ich die drei Adlerfedern gefunden hatte. Mom hatte sie zusammen mit drei Hühnerdaunen, die sie blau gefärbt hatte, am unteren Ende befestigt.

»Adler sind ein Symbol der Stärke. Viele Völker rund um die Erde halten sie für kraftvolle Totems oder magische Lebewesen«, hatte sie erklärt, und ich hatte ihr Wissen wie ein Schwamm aufgesaugt. Ich wollte Anthropologin werden, genau wie sie.

Aber seit Moms Autounfall – seit dem Tag, der für mein strohblondes, sommersprossiges, fröhliches Leben das Ende bedeutete – war nichts mehr so, wie es sein sollte. Klar, unser Haus im Badger State war immer noch ordentlich. Wir hatten eine Haushälterin. Es war mit hellen Tapeten in Gelb-, Orange- und Grüntönen und überwiegend weißen Möbeln eingerichtet, die ich hasste, denn Mom hatte sie ausgesucht. Aber das Herz war Dad herausgerissen worden, als sich Moms Auto überschlug.

Er besuchte sie jeden zweiten Tag in der Pflegeeinrichtung, die jetzt ihr Zuhause war. Wenn er heimkam, konnte er die Tränen kaum zurückhalten.

Ich besuchte sie lediglich einmal. Danach wollte ich nur noch weg von dieser sabbernden, blicklosen Kreatur, die das engelsgleiche Gesicht meiner Mutter trug, ihre schlanke Figur und die langen, hellbraunen Locken.

Als Dad eine genealogische Lass-uns-wieder-glücklich-werden-Reise nach Deutschland vorschlug, zuckte ich mit den Schultern. Dad meinte, mit fünfzehn Jahren gäbe es nichts Besseres als eine lehrreiche Reise in die Heimat unsere Vorfahren. Mir war's egal. Hauptsache ein ganzer Ozean befand sich zwischen mir und dem Körper meiner Mutter.

»Tilly, hast du gepackt?« Dads Stimme klang seltsam dumpf durch die Tür. »Das Taxi ist gleich da.«

Ich sprang vom Bett und schnappte meine Tasche. Ich wollte schon die Tür öffnen, als ich unwillkürlich alles fallen ließ und aufs Bett stieg. Der Traumfänger nahm ja nicht viel Platz weg. Warum ich ihn einpackte, konnte ich nicht begründen. Es fühlte sich einfach richtig an, als käme Mom irgendwie mit. Vielleicht hoffte ich ja, ich könne so lernen, mich an sie zu erinnern, wie sie früher war. Erbärmlich, nicht wahr?

Die Reise dauerte ewig, aber schließlich waren wir da, und am Anfang war Deutschland magisch. Ganze Dörfer bestanden aus Fachwerkhäusern und alles lag so dicht zusammen. Wir fuhren von Westen nach Osten und die Städte gingen mehr oder weniger ineinander über. Die Felder waren winzig, verglichen mit denen daheim, und es gab kaum Gegenden, in denen man fahren konnte, ohne ein Haus zu sehen. Ich wette, man könnte das ganze Land in Wisconsin stecken und es wäre noch Platz.

Dad liebte die Autobahnen, hielt aber für regelmäßige Pausen an. Mich faszinierten eher die Wälder, in denen wir wandern gingen, auch wenn sie mir ein wenig Angst machten. Ich hätte nie gedacht, dass es da, wo meine Vorfahren herkamen, so viele Bäume geben würde. Zuerst besuchten wir den Schwarzwald, wo Moms Urgroßeltern herkamen, dann den Bayerischen Wald, den Dads Großeltern vor langer Zeit verlassen hatten.

Interessanterweise ähnelten sich die Landschaften – Wald, Dörfer mit Fachwerkhäusern und winzige Felder in schneller Folge. Vielleicht hatten sich die Vorfahren deshalb in Wisconsin niedergelassen. Doch so malerisch es auch war, nach einer Weile wurde es ermüdend. Hätten unserer Vorfahren nicht irgendwo leben können, wo es ein wenig interessanter war?

In den Wäldern, in die Dad mich mitnahm, gab es genügend Wege, aber die dichten Baumkronen hielten das Sonnenlicht fern, sodass alles ziemlich düster wirkte, sogar mittags. Einmal, als wir durch den Bayerischen Wald marschierten, dachte ich sogar, einer der Bäume hätte mit mir gesprochen. Muss der Wind gewesen sein.

Ich war ziemlich glücklich, als Dad entschied, zum Auto zurückzugehen und weiterzufahren, obwohl ich die endlosen Straßen durch das baumschattige Halbdunkel langsam zu hassen begann. Es war so anders als der Rest dieses Landes. Manchmal kam es mir so vor, als sähe ich überall Gesichter – lange, verdrehte Kreaturen mit leuchtenden, gelben Augen und krallenbewehrten Gliedmaßen.

»Hoffentlich sind wir hier bald raus«, sagte ich.

»Keine Sorge, Süße.« Dads Lächeln versöhnte mich zum Teil mit dem langweiligen Trip. »Es sind nur knapp zwei Stunden bis Bayreuth. Und da gibt es ein paar wirklich interessante Sehenswürdigkeiten wie das Opernhaus und den Garten der Eremitage. Das wird dir gefallen.«

Es war früher Nachmittag und trotzdem musste Dad das Licht unseres winzigen Autos einschalten. Die Karre war gerade groß genug für die beiden Koffer im Kofferraum und die Wanderrucksäcke auf dem Rücksitz. Die einzigen Vorteile dieser Sardinenbüchse waren seine unglaubliche Sparsamkeit und das Glasdach.

Also kurbelte ich meinen Sitz in Liegeposition und starrte eine Weile in das, was vom Himmel zu sehen war. Ich ignorierte das Blätterdach, so gut es ging. Irgendwann musste der Wald ja mal enden. Ich freute mich schon darauf.

Mit der Zeit hasste ich es immer mehr, wie die riesigen Bäume mit ihren ausladenden Ästen das Sonnenlicht blockierten, bis nur noch ein graues Halbdunkel übrig blieb. Merkwürdigerweise wurde es auch da nicht heller, wo die Äste über uns weniger dicht aussahen. Entweder wurden die Kronen dichter, je weiter wir fuhren, oder wir waren in eine Welt des Halblichts auf einen anderen Planeten gebeamt worden. Ha. Das hätte was. Vielleicht müsste ich dann Außerirdische bekämpfen.

Na ja … Dad würde sicher auch die Erforschung einer anderen Welt zu einem langweiligen Unternehmen werden lassen. Immerhin war von der Aufregung, die ich gespürt hatte, als Dad die Reise angekündigt hatte, nichts mehr übrig. So viel zum Thema »Wieder glücklich werden«.

Als das Auto in ein weiteres dieser Fachwerkhausdörfer rollte, die nur aus einer einzigen Straße bestanden, knurrte mein Magen. Es war ja auch schon eine Weile her, dass wir etwas gegessen hatten. Dad verstand den Hinweis und hielt vor dem größten Haus an.

Seltsamerweise war es schwer zu sagen, ob es auch ein Fachwerkhaus war oder doch eher etwas Moderneres. Ein paar Mal dachte ich sogar, es sei aus Stahl, Glas und Beton mit einem Krankenhauslogo über der Tür. Ich runzelte die Stirn und versuchte genauer hinzusehen, aber mein Blick glitt immer wieder von der Fassade ab zu einem rechteckigen, beleuchteten Schild über der Tür, das das Haus als ‚Hotel und Restaurant' auswies. Es war schon komisch, dass die Worte auf Deutsch und Englisch dieselben waren, obwohl die Aussprache vermutlich ganz anders war.

Mein Magen knurrte noch einmal, diesmal lauter. Ich wand mich aus der Sardinenbüchse und sagte: »Hoffentlich gibt es hier vernünftiges Essen.«

»Lass es uns herausfinden.« Dad hielt mir den Arm hin, als wäre ich eine Lady. Mit seinen wuscheligen, schwarzen Haaren, der sportlichen Figur und den feinen Lachfalten um die Augen wirkte er viel jünger als seine uralten vierzig Jahre. Hätte er nicht diesen traurigen Blick, könnte er als mein großer Bruder durchgehen. Ich entschied, dass es Zeit für einen Witz war. Wir würden niemals wieder glücklich werden, wenn wir uns keine Mühe gaben. Also nahm ich den angebotenen Arm, und klapperte mit den Zähnen, als wolle ich ihn beißen.

»Vielen Dank für das Fleisch. Frühstück ist schon eine Weile her«, sagte ich und grinste erfreut, als er laut auflachte. Es war lange her, dass er das getan hatte.

Er führte mich durch die massive Eingangstür in die Lobby des Hotels. Wie das Äußere schien sie sich ständig zu verändern. Von einem großzügigen, modernen Raum aus Stahl und Holz mit schwarzen Ledersesseln und einer hölzernen Rezeptionstheke flackerte sie zu einer überfüllten Notaufnahme eines Krankenhauses mit einem Wartebereich mit Spielzeug für Kinder, ungemütlichen Sitzen, Glastüren überall und Liegen in den Untersuchungszimmern. Schließlich verfestigte es sich zu einer kleinen, altmodischen Lobby mit Wänden, die mit roter Seide bezogen waren, dunklen Möbeln und Plüschsesseln. Und wie draußen glitt mein Blick ab und konzentrierte sich auf die Rezeptionistin, ganz egal wie sehr ich versuchte, die Lobby genauer zu betrachten.

»Gibt es bei Ihnen noch Mittag?« Dad klang seltsam dumpf, als würde der Raum seine Stimme verschlucken. »Wir verhungern.«

»Selbstverständlich, mein Herr. Treten Sie einfach durch die Tür zu Ihrer Rechten.« Die Rezeptionistin zeigte darauf.

War da vorher schon eine Tür gewesen? Ich war mir nicht sicher. Aber als wir hindurchtraten und uns der Duft von Pommes begrüßte, dachte ich nicht länger darüber nach. Die frisch zubereiteten Mittagessen, so wie Mom sie früher gemacht hatte, würde ich am meisten vermissen, wenn wir wieder heimfuhren.

Das Restaurant war ziemlich groß und ebenso wenig mit meinem Blick festzuhalten wie der Rest des Hauses. Aber ich ignorierte es wegen der Düfte, die aus der Küche drangen. Überrascht, dass ich die einzelnen Gerüche auseinanderhalten konnte, genoss ich die verschiedenen Geschmacksrichtungen: Klöße, Bratkartoffeln, Steak, Spargel, Kuchen und einiges mehr.

Nur die Note von Desinfektionsmitteln, die über allem hing, irritierte mich kurz.

Ich sah mich um. Der Raum mit den getäfelten Wänden und den drei Glasleuchtern war leer bis auf ein älteres Ehepaar, das mit Kaffee und Keksen auf der anderen Seite des Raums an einem Fenstertisch saß. Sie lächelten einander an, als wären sie frisch verheiratet. Gruselig …

Dad suchte uns einen Tisch so weit wie möglich von ihnen entfernt, was merkwürdig war, denn normalerweise genoss er es so sehr, neue Leute kennenzulernen, dass er mich schon etliche Male in Verlegenheit gebracht hatte. Mein knurrender Magen lenkte meine Gedanken von seinem komischen Verhalten ab und zwang mich, mich auf das Menü zu konzentrieren. Ich wählte etwas und hoffte, dass es nicht mehr war, als ich schaffen konnte. Das wusste man vorher nie. Manche Restaurants servierten Portionen so groß wie Mäuseköttel, bei anderen flossen die Teller fast über.

Da Dad fließend deutsch sprach, bestellte er für uns beide, als der Kellner kam, und bald füllten dampfende Teller unseren Tisch. Wir aßen schweigend. Doch als der gröbste Hunger gestillt war, machte mich das ziemlich nervös.

»Alles in Ordnung, Dad?«

»Ich bin nur ein wenig müde. Das ist alles.« Er stützte die Ellenbogen auf den Tisch und lehnte seine Stirn auf die Hände. »All diese Fahrerei … Ich habe Kopfschmerzen.« Nach einem Moment des

Schweigens stand er auf und ging in die Lobby zurück, ohne auf den Kellner mit der Rechnung zu warten.

Ich lief ihm nach. Ein eisiger Ball aus Angst wuchs in meinem Magen, als er mit der Rezeptionistin sprach. Sie war eine kurvige Blonde mit Augen so schwarz wie die Obsidiansteine, die ich mir als Erinnerung in einem der Museumsläden auf unserer Reise ausgesucht hatte.

»Ich hätte gerne ein Zimmer für zwei«, sagte Dad. »Nur für den Rest des Tages. Ich muss mich etwas ausruhen.«

»Das ist kein Problem, mein Herr. Hier ist der Schlüssel zu Zimmer zwei null fünf. Nehmen Sie den Fahrstuhl in den zweiten Stock. Wir werden Ihre Mahlzeit mit auf die Rechnung setzen, und Sie können alles zusammen bezahlen, falls Sie abreisen.« Zu meiner Überraschung sprach sie so fließend Englisch wie eine Muttersprachlerin, wenn man mal von dem kleinen Missgriff von ‚falls' anstelle von ‚wenn' absah. Ihre Stimme war warm und kehlig wie die der Sängerin einer Hardrock-Band … und sie jagte mir Schauer über den Rücken.

Als Dad von der Rezeption zurücktrat und sich zu einem Fahrstuhl umdrehte, der vorher nicht da gewesen war – da war ich mir sicher – schnappte ich seinen Arm und flüsterte: »Dad, dieses Hotel macht mir Angst. Lass uns fahren. Bitte.«

»Warum gehst du nicht zum Spielplatz, Liebes. Ich bin in unserem Zimmer.« Er tätschelte meinen Kopf, wie er es getan hatte, als ich noch klein war. Sein Blick war fest auf die Türen des Fahrstuhls gerichtet.

Spielplatz? Für wie alt hielt er mich? Entschlossen, bei ihm zu bleiben und ihm die Leviten zu lesen, öffnete ich den Mund. Aber mein Körper drehte sich ohne meine Erlaubnis um und marschierte aus dem Hotel hinaus. Ich konnte nicht anhalten. Ich konnte nicht umdrehen. Ich konnte nicht einmal schreien. Meine Kehle war wie zugeschnürt und mein Körper gehorchte mir nicht mehr.

Panik riss mich mit sich wie eine Ozeanwelle das Treibgut: unaufhaltsam, gnadenlos. Meine Hände wurden eiskalt und mein Blickfeld verengte sich, bis nur ein Tunnel übrig blieb, an dessen Ende eine Schaukel stand. Der Tunnel stank nach Urin und Schweiß und fühlte sich realer an als mein widerspenstiger Körper. Mein Herz donnerte und füllte meine Brust mit schmerzhaftem Feuer.

Mom, dachte ich. *Mom, hilf mir.* Bisher hatte mir das immer geholfen, mich zu beruhigen, wenn mich Panik zu überwältigen drohte. Aber dieses Mal passierte nichts. Langsam, aber unausweichlich ging ich durch den Tunnel auf die Schaukel zu. Sie kam näher und näher und wurde dabei immer realer. Das Gerüst war feuerrot. Der Sitz war aus gelbem und die Seile aus blauem Plastik. Hinter der Schaukel stand ein Gebäude, das wie ein Krankenhaus aussah – drei Stockwerke aus Beton, Stahl und Glas mit einem großen Schild neben der Tür, und Rettungswagen, die in schneller Folge einen Seiteneingang anfuhren.

Ich wollte da nicht hingehen. Mir war ohne Frage klar, dass ich niemals zu dem Hotel zurückkehren konnte, wenn ich da draußen ankam. Mein ganzes Ich schrie und kämpfte gegen die unsichtbaren Fäden, die mich unerbittlich vorwärtszogen.

Kurz bevor ich das Ende des Tunnels erreichte, packte eine runzlige Hand meinen Arm. Ich blieb ruckartig stehen, konnte mich aber immer noch nicht umdrehen.

»Wenn du durch das Portal trittst, wirst du deinen Vater niemals zurückbekommen.« Die Stimme war weiblich, unbekannt und krächzte vom Alter, aber es lag eine Wärme darin, die mir gefehlt hatte, seit wir dem Hotel nahegekommen waren. »Wie schade, dass du deinen Traumfänger nicht dabeihattest, als SIE euch schnappten.«

»Wer bist du?« Ich versuchte, den Kopf zu drehen, um sie anzusehen, aber mein Körper gehorchte immer noch nicht. Alles, was ich tun konnte, war die Hand auf meinem Arm anzustarren. Hätte ich nicht tun sollen … Maden wanden sich aus Löchern in der papierdünnen Haut.

»Ich war einmal wie du.« Tiefe Trauer lag in der Stimme der Frau. »Dann stahlen die Nachtmahre mein Leben und meine Familie. Für mich gibt es keinen Weg zurück zu meinem Körper, aber du bist frei zu gehen. Jederzeit.«

»Ich gehe nirgends hin, ohne Dad.« Die Vehemenz, mit der ich diese Überzeugung aussprach, überraschte mich. Sie löste auch endlich die Starre meiner Glieder und ich konnte mich von der Schaukel und dem Krankenhaus am Ende des Tunnels abwenden.

Ich bereute es sofort, denn mein Blick fiel auf die Gestalt, die so dicht bei mir stand, dass mich der Gestank nach verrottendem Fleisch zu überwältigen drohe. Sie wirkte wie die in Lumpen gekleidete Hülle eines kleinen Mädchens, das mit Maden vollgestopft war, die jetzt aus allen Poren lugten. Mein Magen rebellierte und ich würgte, aber nichts kam heraus.

»Sehr gut. Denke immer daran, dass SIE nicht lügen können, nur verhüllen.« Das Mädchenwesen versuchte zu lächeln, aber anstelle von

Zähnen zeigten sich nur weitere Maden. »Sie werden alles versuchen, dich zu verwirren, damit du glaubst, was SIE dir zeigen.«

»Wer sind sie? Und was tun sie? Und warum ich?« Ich verabscheute den Anflug von Panik in meiner Stimme, konnte ihn aber nicht unterdrücken.

»SIE sind nicht hinter dir her. Du bist zu jung und zu unschuldig um IHNEN zu nutzen. SIE versuchen, dich loszuwerden, damit SIE die Lebensenergie deines Vaters ungestört aussaugen können«, sagte das Mädchenwesen. »Erinnerst du dich an das Pärchen im Speisesaal?«

Ich fragte mich, woher sie davon wusste, glaubte aber nicht, ohne Würgeanfall reden zu können. Also nickte ich stumm.

»Sie haben vor vierzehn Tagen geheiratet und kamen auf ihrer Hochzeitsreise hier vorbei.« Ich konzentrierte mich auf die Traurigkeit in der Stimme des Mädchenwesens und versuchte zu ignorieren, wie unnatürlich sich ihre Haut bewegte. »Die Frau ist dreiundzwanzig, ihr Mann drei Jahre älter. Nicht mehr lange und sie werden zerfallen.«

Mein Hirn nahm langsam seine Arbeit wieder auf. »Aber wer tut so etwas und warum?«

»Das sind die N…aaaaah—« Die Ohren der Kreatur schmolzen dahin, gefolgt von ihrem Haar. Die glibberige Masse glitt über ihren Oberkörper, während sich der Rest von oben nach unten ebenfalls aufzulösen begann. Sie öffnete ihren schmelzenden Mund und stieß einen Schrei aus, der so menschlich und so voller Qual war, dass ihr mein Herz entgegen flog. Trotz meines Ekels packte ich ihre madige Hand.

»Gibt es etwas, das ich für dich tun kann?« Die eiskalte Hand mit den Maden, die sich unter der Haut wanden, löste erneut einen Würgereiz aus, aber ich zwang mich, den Blick nicht von dem schmelzenden Mädchenwesen zu nehmen.

»Bnusch die Fantaschie. Isch die eischi Waffe.« Als sie das f von Waffe aussprach, platzten ihre Lippen auf wie zerrissenes Papier und Maden regneten überall hin. Unwillkürlich trat ich einen Schritt zurück, wobei ihre Hand abriss. Ich ließ sie fallen, als hätte ich mir die Finger verbrannt, aber sie flog mit kleinen, ruckartigen Bewegungen höher und vorwärts und packte den Kragen meines Pullovers. Obwohl ich versuchte, sie von mir zu lösen, klammerte sie sich fest und verlor dabei Maden, bis sie leer und lose auf meiner Brust hing. Dann verschmolz sie direkt über meinem Herzen mit dem Stoff. Seltsamerweise machte mir das keine Angst. Im Gegenteil. Es fühlte sich gut an, die Hand dort zu haben, so als hätte mir jemand einen Schutzzauber geschenkt.

Das armlose Mädchenwesen schrie erneut, als es schneller schmolz. Das lenkte meine Aufmerksamkeit von dem Handabdruck auf meinem Pullover ab. Das letzte, was sie sagte, bevor ihr Mund als Brei davon floss war: »Rea da.« Ich nahm an, sie meinte: ‚Rette Dad.'

Sofort rannte ich durch die Dunkelheit, die mich umgab … rannte zurück zu dem Hotel.

Aber es gab keines mehr.

Es gab nicht einmal ein Dorf.

Nur Bäume, die in einem nicht existierenden Wind stöhnten. Die Straße, auf der ich lief, wurde immer schmaler, je länger ich lief. Bald haschten die Äste des Unterholzes nach meinem Pullover und meiner Jeans, als wollten sie mich für die Maden festhalten.

Die Maden, die mich verfolgten.

Die Maden, die mich von innen her auffressen würden.

Die Maden, die mich zum Schmelzen bringen würden wie das arme Mädchenwesen.

Moment mal. Ich blieb abrupt stehen. Maden konnten nicht rennen. Sie konnten nicht einmal besonders gut kriechen. Also warum rannte ich dann? Mit einem Mal kam mir meine Angst ganz und gar lächerlich vor. Ohne es zu bemerken hatte ich mich wohl in eine Panik hineingesteigert, als ich mir vorstellte, wie mich die bleiche, lebendige Masse verfolgte.

Etwas Weiches, Weißes, das sich ungeschickt wand, fiel aus dem Blätterdach und landete auf meiner Hand. Ich zuckte unwillkürlich zusammen. Es schlug auf dem Boden auf, wo es sofort begann, auf mich zuzukriechen. Sein Verhalten war gruselig und unnatürlich. Mit einem Mal begriff ich, was das Mädchenwesen gemeint hatte, als es sagte, dass meine Fantasie eine Waffe wäre.

Weitere Maden tropften auf mich herab, und mein Instinkt befahl mir zu rennen. Ich schloss die Augen und sagte mir selbst mit so viel Überzeugungskraft, wie ich aufbrachte: »Da sind keine Maden. Das ist nur ein Trick von denen, die mich loswerden wollen.«

Das Gefühl von eisigen Tropfen, die auf meinem Kopf, meinen Schultern und Armen landeten, ließ nicht nach, aber als ich meine Augen wieder öffnete, waren es keine Maden, sondern Regentropfen. Ich brauchte einen Unterschlupf.

Ich brauchte das Hotel. Wenn ich meinen Vater retten wollte, war das mein Ziel. Und dank des Ratschlags des Mädchenwesens ahnte ich, wie ich dort hinkommen konnte.

Ich schloss die Augen erneut und konzentrierte mich auf die Fassade des Hotels, um sie herbeizurufen. Aber es ging nicht. Das Aussehen des Hotels war zu verwirrend gewesen, als dass es mir im Gedächtnis geblieben wäre. Außerdem verlangsamte der Eisregen mein Denken. Meine Güte, wenn Dad und ich doch bloß bei aufgedrehter Heizung in unserem Auto sitzen würden. Das wäre gemütlich. Warum zum Teufel hatte ich mich je beschwert? Das kleine Auto war doch perfekt für ein so kleines Land wie Deutschland.

Das Auto!

Ich konnte mich an jede Kleinigkeit davon erinnern. Seine spuckegelbe Farbe und das gerundete Dach mit dem Glas. Das Symbol auf den Radkappen und sogar den Platz, an dem Dad es vor dem Hotel in dem kleinen Dorf geparkt hatte.

Mir war kalt. Sehr, sehr kalt.

Meine Augen öffneten sich so langsam, dass ich schon Angst hatte, sie wären zugefroren. Zu meiner Freude stand ich direkt neben der Sardinenbüchse. Erleichtert küsste ich das Seitenfenster und drehte mich zu dem Hotel um. Genau so hatte ich es in Erinnerung. Es schwankte zwischen modern und alt und es gab dieses ganz einmalige Schild. Ich hastete aus dem Regen in die Lobby. Wenigstens konnte ich mich hier aufwärmen.

Abrupt blieb ich stehen, als ich bemerkte, wie sehr sich der Raum verändert hatte. Die Wände waren zwar immer noch mit roter Seide bezogen, und die Plüschsessel und die Möbel aus dunklem Holz waren auch noch da, aber das Foyer mit der Rezeption war jetzt doppelt so groß wie vorher und alle Türen waren verschwunden. Außerdem leckten kleine Flammen an allem. Dampf stieg aus meiner Kleidung und der Rauch der Flammen brachte mich zum Niesen.

Mist, ich war zu spät – nein, das konnte nicht stimmen. Von außen hatte ich kein Anzeichen von Feuer gesehen. Also war das vermutlich wieder ein Trick meiner unbekannten Feinde. Ich blinzelte und starrte die Wände an, aber es erschien keine Tür. Als ich auf die Stelle zuging, wo der Aufzug gewesen war, öffnete sich im Boden vor mir eine tiefe Spalte. Flüssige Lava blubberte darin, und eine Hand aus Feuer schoss hervor und packte meinen Knöchel.

Unerträgliche Pein schoss durch mich und ich schrie. Wenn bloß der Eisregen in der Lobby wäre, nicht draußen. Trotz der Schmerzen bestand ein kleiner Teil meiner Gedanken darauf, dass ich ihn hereinrufen konnte. Ich musste nur meine Fantasie einsetzen.

Aber es war so schwer. Quälende Schmerzen schossen durch meinen Knöchel, wann immer ich versuchte, mich zu konzentrieren. Ich biss mir kräftig auf die Innenseite der Wange – Schmerz gegen Schmerz – und kämpfte um die Kontrolle meiner Gedanken.

Unvermutet kam mir mein Traumfänger in den Sinn, mein Symbol für Mamas Liebe. Wenn er nur hier wäre. Das Gefühl des glatten Holzrings in meinen Händen umwunden von rauen Fäden war so echt, dass mich die weichen Federn und die glatten Perlen am Handgelenk kitzelten. Erstaunt starrte ich auf meine Rechte. Ich hatte den Traumfänger tatsächlich herbeigerufen. Und er schien gegen die Schmerzen in meinem Knöchel zu helfen, die zu einem sanften Puckern abgeklungen waren.

Schweiß lief mir übers Gesicht und mir wurde mein Problem wieder bewusst. Also rief ich mir erneut den eisigen Regen auf meinen Armen ins Gedächtnis. Ich erinnerte mich an die Platscher aus Kälte und wie taub sich die Stellen jedes Mal angefühlt hatten. Das sanfte Rauschen, das der Regen im Blätterdach verursacht hatte, fiel mir wieder ein. Endlich füllte sich der Raum mit dem Duft nach frisch durchnässtem Wald – Fichtenharz und verrottenden Nadeln – und einem zischenden Geräusch.

Die Schmerzen in meinem Knöchel ließen nach und ich öffnete meine Augen wieder. Die Spalte hatte sich in ein unebenes, felsiges Stück Boden verwandelt, aus dem ein eindeutig handförmiger Felsen ragte. Das Feuer war gelöscht, aber der Regen hörte nicht auf. Ich begrüßte die wohlbekannte Taubheit in meinen Gliedern und untersuchte meinen Knöchel. Haut und Muskeln waren schwarz geworden. Als ich mit dem Finger dagegen stieß, zerbröselte das Fleisch und weißer Knochen wurde sichtbar. Es tat nicht weh, aber es würde unmöglich sein, mit dieser Art von Verletzung zu gehen.

Oh nein, ich war schon wieder darauf hereingefallen. Warum war es so schwer, sich zu konzentrieren? Ich schloss die Augen und stellte mir vor, wie mein Bein ausgesehen hatte, bevor es von der albtraumhaften Lavahand gepackt worden war. Ich dachte an die glatte, viel zu blasse Haut, die ich von meiner Mutter geerbt hatte, und an die kräftigen

Knochen, die von Dad stammten. Und an meine Sommersprossen. Vergiss niemals die Sommersprossen.

Als ich die Augen wieder öffnete, sah mein Bein so aus wie immer. Mit neuer Entschlossenheit stand ich auf und ging auf die Wand zu. Ich wusste, dass da Türen gewesen waren. Wenn ich sie jetzt nicht sehen konnte, gab es sicher Spuren zu entdecken, wenn ich mich gründlich genug umsah. Wer wusste schon, wie viel Zeit Dad noch blieb? Mit einer Hand an der Wand und geschlossenen Augen ging ich durch die Lobby und erwartete jede Sekunde einen Türrahmen.

Und ich hatte recht. Meine Finger berührten einen Rahmen, kurz nachdem ich losgegangen war. Ohne die Augen zu öffnen tastete ich nach dem Griff. In Deutschland hatten Türen keine Knäufe zum Drehen so wie zu Hause, sondern längliche Klinken, die man herunterdrücken musste. Ich sah sie in Gedanken vor mir. Sie waren selbst dann gut zu bedienen, wenn man Gepäck trug – oder seinen Traumfänger umklammert hielt.

Mein Ellenbogen legte sich auf das kühle Metall einer Klinke. Mit einem Lächeln drückte ich sie hinunter und trat durch die Tür. Dann öffnete ich die Augen und sah mich um.

Na ja, das war eindeutig nicht das, was ich erwartet hatte. Das Zimmer war mittelgroß mit Wänden, die hellblau und pink gestreift waren. Spielzeug lag am Boden: bunte Bälle, Porzellanpuppen mit Glasaugen, Glöckchen an Holzgriffen, Bauklötze und mehr. In der Nähe eines Fensters mit Spitzengardinen standen zwei Kinderbetten, aus denen mich zwei Kleinkinder anstarrten.

Ich sog scharf die Luft ein, als ich ihre Gesichter erkannte. Sie waren voller Falten und noch älter als zu dem Zeitpunkt, an dem ich sie im Speisesaal gesehen hatte. Das Mädchen lutschte am Daumen und starrte vor sich hin, aber der Blick des Jungen fing meinen ein.

»Hilfe.« Er flüsterte. Seine Stimme war so rau als hätte er Ewigkeiten lang geschrien. »Rette Lisa.«

Ich trat einen Schritt auf die Bettchen zu, als er plötzlich zusammenklappte und vor Schmerzen wie verrückt schrie. Sein Körper schrumpfte auf die Größe einer kleinen Melone und sein Blick wurde ebenso leer wie der seiner Frau.

Angst schoss mir durch den Magen, als hätte mich eine harte Faust getroffen, und ich schnaufte. War das das, was meine Feinde auch mit Dad machten? Ich musste mich beeilen!

Aber ich konnte die beiden nicht einfach zurücklassen. Das wäre fies. Ich erinnerte mich an das Gewicht meines Rucksacks, dass ich immer gespürt hatte, wenn Dad und ich an einem der wunderschönen Orte gewandert waren, die wir auf unserer Reise entdeckt hatten. Oh, wie ich diese friedlichen Tage vermisste. Die breiten, gepolsterten Ledergurte zogen an meinen Schultern, aber nicht zu stark, denn Dad hatte immer sichergestellt, dass ich nicht zu viel einpackte.

Da war der Rucksack und hing wie erwartet von meinen Schultern. So langsam wurde ich besser bei dieser Sache mit den Vorstellungen. Schnell packte ich die Wasserflasche und den Beutel mit Nachos aus, die noch darin waren. Dann schnappte ich mir das geschrumpfte Pärchen und setzte sie vorsichtig in den Rucksack. Für einen Moment überlegte ich, ob ich sie mit einer Decke aus dem Kinderbett auspolstern sollte, entschied mich aber dagegen. Wer weiß. Wahrscheinlich war es besser, wenn sie nichts berührten, was unseren Feinden gehörte. Ich ging lieber kein Risiko ein. Es wäre nicht gut, wenn sie völlig dahinschwanden, bevor ich sie und Dad hier herausbringen konnte.

Wenn ich nur wüsste, wohin ich gehen musste. Sicher war Dad nicht in dem Zimmer, das ihm die Rezeptionistin genannt hatte. Immerhin war das hier kein normales Hotel. Doch dann erinnerte ich mich daran, dass das Mädchenwesen gesagt hatte, meine Feinde könnten nicht lügen. Also gab es vielleicht doch einen Raum zweihundertfünf.

Um die Hände frei zu haben, hängte ich den Traumfänger außen an den Rucksack, schulterte ihn, drehte mich um und packte die Klinke. Dabei stellte ich mir ein Treppenhaus vor und zog die Tür auf.

Ein Treppenhaus war genau das, was mich erwartete; schlichter, schmuckloser Beton ohne Verzierungen mit ein paar Spinnweben hier und dort.

Ich stemmte mich gegen das Gewicht meines Rucksacks und stieg die Treppe hinauf. Je höher ich kam, desto mehr Spinnweben füllten den Raum vor mir. Die Treppe schien endlos und überall lugten Spinnen hervor. Ich hasste Spinnen – auf ewig. Als eine von ihnen begann, parallel zu mir zu klettern, blieb ich stehen und stellte mir einen Treppenabsatz mit einer Tür vor.

Er erschien direkt vor mir aus dem Nichts; eine große, dunkelblaue Eins war auf das Türblatt gemalt. Mist. Ich hatte vergessen, dass in Deutschland die Stockwerke bei Null begannen (sie nannten den ebenerdigen Stock Erdgeschoss). Ich musste also noch einen Stock höher.

Ich saugte die Unterlippe ein und dachte über die Spinnen nach, denn meine Verfolgerin hatte Freundinnen gefunden. Und keine von ihnen war kleiner als ein Chihuahua. Ein Besen würde nicht ausreichen, sie zu vertreiben. Auch kein Staubsauger. Ich brauchte was Größeres.

Die Spinnen füllten jetzt das ganze Treppenhaus vor mir. Die meisten hatten acht winzige Augen auf dem Kopf, aber einige besaßen nur sechs kleine und zwei riesige Augen. Mit ihren schwarz glänzenden Linsen wirkten sie erschreckend intelligent. Ich zuckte unwillkürlich zusammen, als sich die Masse von Spinnen auf mich zubewegte.

Ohne nachzudenken entließ ich aus meiner Fantasie eine riesige Wolke von Vögeln so groß wie Kondore; die meisten waren überdimensionale Amseln. Sie warfen sich auf die brodelnde Spinnenmasse, schnappten sich eine nach der anderen, als wären sie nichts weiter als Futter für den Nachwuchs.

Das machte den Spinnen nichts aus. Ganz gleich, wie viele Spinnen die Vögel fraßen, es strömten wieder ebenso viele aus den oberen Stockwerken herab. Und sie schoben sich erbarmungslos voran.

Feuer, dachte ich und entließ die gesättigten Vögel dorthin, woher sie gekommen waren. Dann stellte ich mir vor, wie die Spinnennetze Feuer fingen. Da das ganze Treppenhaus mit den weißen, klebrigen Fäden verstopft war, brüllte das Feuer wie ein Monster und ließ nur die verkohlten Überreste noch zuckender Spinnen zurück. Erst als sich die Letzte nicht mehr bewegte, wagte ich es weiterzugehen. Ruß schwärzte die Stufen und Wände, aber ansonsten hatte nichts Feuer gefangen.

Mein Herz donnerte und das Blut rauschte in meinen Ohren, als ich über die Kadaver stieg. Was, wenn sie wieder lebendig würden? Das Bein einer Spinne zuckte, und ich kletterte schneller, versuchte dabei aber, nicht auf Spinnen zu treten.

Das Abdomen einer riesigen, toten Spinne platzte auf und eine Million winziger Spinnen krabbelte heraus. Sofort folgten sie mir alle.

Ich rannte und stellte mir dabei die Tür zum zweiten Stockwerk vor, so gut ich konnte. Da war sie. Ich schlug sie hinter mir zu und sah kurz suchend den Flur entlang, der ausnahmsweise wie ein normaler Hotelflur mit beigefarbenen Wänden und dunklen Holztüren aussah. Dann stellte ich mir vor, wie die Wand ohne die Tür zum Treppenhaus aussehen würde.

Einer einzigen Spinne gelang es, sich unter der Tür hindurchzuquetschen, bevor die Tür verschwand, als hätte es sie nie gegeben.

Ich zerstampfte das Tier mit beiden Füßen, bis es von anderen dunklen Flecken in dem dunkelbraunen Teppich nicht mehr zu unterscheiden war.

Dann drehte ich mich um und marschierte den Flur entlang. Dabei las ich die Zimmernummern. Es sollte nicht zu schwer sein, Zimmer zwei null fünf zu finden.

Aber das war es. Die Zimmernummern waren komplett unsortiert, manche gab es sogar doppelt und dreifach. Und der Flur verlief schnurgerade; er schien einfach immer länger zu werden, je weiter ich ging. Ich war so genervt und frustriert und wütend und gleichzeitig in Sorge um Dad, dass ich schneller und schneller ging. Ich war mir ganz sicher, dass die Zeit knapp wurde.

Wegen meiner Wut bemerkte ich die Nässe zuerst nicht. Als ich es dann tat, war der Teppich durchgeweicht und meine Füße klatschten bei jedem Schritt. Bäche einer roten Flüssigkeit liefen die Wände hinab und hinterließen rötlich-braune Streifen auf der beigefarbenen Tapete. Der Geruch von gesüßtem Rost verstopfte meine Nase. Echt jetzt? Blut? Das war doch voll Klischee!

»Verschwinde von hier. Sofort!« Die Stimme war kaum mehr als ein Wispern, das den Flur entlang hallte, aber ich wusste, dass sie meinen unsichtbaren Feinden gehörte. »Oder es wird dein Blut sein, das die Flure füllt.«

Eine direkte Drohung … ich musste meinem Ziel nahe sein. Mein Herzschlag beschleunigte sich vor Vorfreude. Wenn es die Was-immer-sie-waren nötig fanden, mich zu bedrohen, musste es möglich sein, Dad zu retten.

Etwas hinter mir klickte laut. Vielleicht hatten SIE eine weitere Spinne oder irgendein anderes gruseliges Vieh heraufbeschworen, aber ich weigerte mich hinzusehen. Ich musste zu Dad, bevor es zu spät war.

Ich drehte mich zur nächstbesten Tür um und erwartete einfach, dass es zwei null fünf war. Zu meiner großen Freude war es tatsächlich das Zimmer, nach dem ich gesucht hatte. Also trat ich ein und versuchte, Dad gesund und wach vorzufinden und mit dem Bedürfnis, mir zuzuhören.

Das funktionierte nicht, und wenn es geklappt hätte, hätte es mich misstrauisch gemacht … ich stand in einem unbeleuchteten Raum, der so dunkel war, dass ich meine Finger nicht sehen konnte. Ich tastete nach dem Lichtschalter und befürchtete das Schlimmste. Hatten SIE

Dad zerstückelt – das Blut im Flur musste ja von irgendwoher gekommen sein – oder hatten SIE ihn geschrumpft, so wie SIE das Pärchen in meinem Rucksack geschrumpft hatten? Oder noch schlimmer, hatten SIE mir erlaubt, dieses Zimmer zu betreten, weil es leer war?

Meine Finger fanden den Schalter. Licht flutete den Raum und beleuchtete einen Kleiderschrank, eine Kommode mit einer eingebauten Minibar und einem kleinen LED-Fernseher darauf, einen kleinen Tisch mit zwei Stühlen und ein breites Doppelbett, in dem jemand lag. Trotz des hellen Lichts war die Person darin schwer zu erkennen. Die Brust schien extrem vergrößert, der Rest war unscharf.

Als ich näher trat, erkannte ich den Körper, der mit gefalteten Händen auf dem Rücken lag, als wäre er längst tot. Ich stolperte vorwärts. »Dad!«

Die Beule auf der Brust verwandelte sich in eine spindeldürre, menschenähnliche Kreatur mit vertikal-ovalen, gelb glühenden Augen und spitzen Ohren. Sie saß auf Dads Händen und hob und senkte sich mit jedem seiner ruckartigen Atemzüge.

»Geh weg. Er gehört mir!« Die Kreatur zischte und kochend heißer Dampf schoss auf mich zu. Etwas zerrte an meinem Pullover, gerade über meinem Herzen, und riss mich im letzten Moment beiseite. Was zum …

Der Dampf löste die halbe Wand auf, und heftige Schmerzen schossen mir durch den Kopf. Was hatte das Wesen gemacht?

Ein weiterer Schwall kochender Hitze schoss auf mich zu, und erneut zog mich etwas Unsichtbares seitwärts. Der Schrank verpuffte und wieder brannte mein Kopf.

Zur Hölle! Ich musste was tun. Schnell.

Ohne groß nachzudenken erinnerte ich mich an die Sardinenbüchse und stellte mir vor, am Steuer zu sitzen. Ich durfte in Deutschland zwar noch nicht fahren, aber zu Hause hatte ich den Führerschein schon. Egal, das hier war ziemlich eindeutig nicht das normale Deutschland.

Ich ignorierte die Kopfschmerzen, so gut ich konnte, drückte das Gaspedal bis zum Boden durch und stellte mir vor, die Sardinenbüchse würde abheben und über das Bett fliegen.

Oh, diese Schmerzen. Der Rucksack in meinem Rücken störte zwar, aber die Federn des Traumfängers kitzelten mich im Nacken, als wollten sie mich ermuntern durchzuhalten. Ich blinzelte immer wieder, um mich dazu zu zwingen, mein Ziel im Blick zu behalten.

Die Albtraumkreatur versuchte sich zu ducken. Offensichtlich war sie nicht bereit, ihren Sitz auf Dads Brust aufzugeben.

Saurer Dampf umhüllte die Front der Sardinenbüchse.

Bump, plonk … etwas gab nach.

Die Kreatur schrie so laut, dass mir die Trommelfelle zu platzen drohten.

Ich schrie auch – die Verdampfung des Autos brannte in meinem Hirn. Ich musste die Überreste gehen lassen.

Schwankend stand ich auf der anderen Seite des Betts. Als ich mich umdrehte, war das Zimmer bis auf das Bett verschwunden. Wir waren von Nebel umgeben – einem Nebel aus dem mich etliche vertikal ovale, gelb glühende Augen anstarrten.

Das Jaulen der Kreatur verstummte.

Erst da begriff ich, dass sie nicht länger auf Dads Brust saß. Der spindeldürre Körper lag vor meinen Füßen, der Kopf einige Schritte entfernt. Die Augen glühten nicht mehr. Hatte ich sie umgebracht?

Gut.

Ich stellte sicher, dass mein Rucksack mit dem geschrumpften Pärchen und dem Traumfänger noch an seinem Platz war, packte Dads Arm und zog. Dabei behielt ich die glühenden Augen im Blick, die langsam, aber unausweichlich näher kamen. Dad stöhnte, ich zog, die Kreaturen knurrten.

Was zum Teufel waren das für Geschöpfe? Ich stellte mir einen riesigen Stein, einen Weltraumasteroid vor, der aus dem Himmel auf die Viecher stürzte, aber ihr Anführer ließ ihn mit einer Handbewegung verschwinden.

Ich zerrte Dad mit mir, obwohl er noch stöhnte und kaum alleine gehen konnte.

Weitere Kreaturen mit gelb glühenden Augen tauchten in dem Nebel auf.

»Du hast unser Baby getötet!« Die Stimme des Anführers war weder weiblich noch männlich, aber in ihr lag Hass. »Nachtmahre vermehren sich nur einmal im Jahrhundert.«

»Dafür töten wir dich«, sagte eine der Kreaturen neben ihm und kreischte. Mein Hirn drohte zu explodieren.

»Wir töten dich«, wiederholten die anderen und kamen mit ausgestreckten Armen auf mich zu. Die Spitzen ihrer Finger endeten in widerhakenbewehrten Klauen so lang wie meine Daumen. Als sie die Münder öffneten, starrte ich auf zahllose spitze Zähne, dünn und zerbrechlich und tödlich wie Klingen aus Glas.

Das entsetzte Heulen eines Kleinkindes – beziehungsweise zweier Kinder – löste einen Instinkt aus. Ich duckte mich und zog Dad mit zu Boden. Rasierklingenscharfe Klauen, die von hinten kamen, verpassten unsere Kehlen nur um wenige Zentimeter. Danke, Babys.

Ich träumte uns vor das Hotel. Der Nebel verschwand und enthüllte Fachwerkhäuser und eine Straße. Die Sardinenbüchse stand auf dem Parkplatz, als wäre nichts passiert. Vielleicht konnten wir damit fliehen.

Just in diesem Moment tauchten die Kreaturen rund um uns herum auf. Ich zerrte Dad auf das Auto zu, und er gab sich Mühe, mitzukommen, aber wir waren zu langsam. Mehrere Nachtmahre kreischten erneut, und der Schmerz trieb mir Tränen in die Augen.

Wir mussten hier raus.

Jetzt!

Aber wie?

Ich erinnerte mich an den Tunnel mit dem Krankenhaus am Ende. Vielleicht konnte ich ihn nachbilden. Aber zuerst brauchte ich ein wenig Platz zum Atmen. Den Blick auf die anrückenden Schreckgespinste gerichtet, stellte ich mir vor, sie wären eine Meile entfernt anstatt wenige Schritte.

Schlagartig schrumpften sie und die Welt versank erneut im Nebel. Doch ihre Schreie gellten mir in den Ohren und im Kopf, als stünden SIE direkt neben mir.

Salzige Tränen weinend versuchte ich mich auf den Tunnel zu konzentrieren, aber alles, an das ich mich erinnern konnte, war das Krankenhaus mit seinem großen Neonschild, auf dem »Notaufnahme« stand. Ich stellte mir eine schwarze Röhre vor, die darauf zuführte, war mir aber nicht sicher, ob ich sie richtig gemacht hatte. Warum tat das Denken so weh?

Ich war kaum in der Lage, Dad zu stützen, und musste Tränen zurückhalten, während ich nach meinem Rucksack tastete. Er war noch da. Wenn wir es schafften, würden wir *alle* aus ihren Klauen befreit sein. Hoffte ich jedenfalls.

Als die Nachtmahre wieder auf uns zukamen – viel schneller diesmal und SIE kreischten dabei wie Banshees – stolperte ich in den kurzen Tunnel, den ich erschaffen hatte, und zerrte Dad mit mir. Irgendetwas fühlte sich nicht richtig an, aber ich wusste nicht genau, was. Mein

Kopf platzte fast von dem ständigen Geschrei. Ich konnte mich kaum konzentrieren.

Ich stolperte über einen Stein am Boden. Das war es! Der andere Tunnel war völlig glatt gewesen. Und er hatte sich viel realer angefühlt. Dies war nur wieder eine meiner ausgedachten Fantasiekreationen, die mir in dieser seltsamen Welt so leicht fielen.

Tränen liefen mir mal wieder übers Gesicht. Sie rochen süß und rostig, also wusste ich, dass es keine normalen Tränen waren. Und sie schmeckten nach Blut. Platzte mir der Kopf vom andauernden Gekreische der Kreaturen?

Ein Daumen streichelte mein Schlüsselbein und Wärme floss von dem Handabdruck auf meiner Brust durch mich hindurch. Die Kopfschmerzen ließen ein wenig nach, und ein schlichter Gedanke tauchte auf, als hätte ihn jemand dorthin gestellt: *Lass dich von deiner Sehnsucht nach Hause ziehen.*

Meiner Sehnsucht? Wie sollte ich ... ich wusste ja nicht einmal, nach was ich mich sehnte. Sicher nicht nach einem Krankenhaus in einem fremden Land. *Mom.* Ich schluchzte. *Wenn du nur hier wärst.* Tränen flossen über meine Wangen, aber diesmal rochen sie nach Salz wie normale Tränen. Die Tatsache registrierte ich nur am Rande, denn ich konnte nur noch weinen und Dad stützend vorwärts stolpern. Alle Gedanken verschwammen in Traurigkeit.

Deshalb brauchte ich eine ganze Weile, um zu bemerken, dass das infernalische Geschrei aufgehört hatte. Ich blickte zurück. Der Tunnel schien hinter uns in Leere und Dunkelheit zu führen, und obwohl etwas raschelte, war von der Albtraumwelt, die wir zurückgelassen hatten, nichts zu sehen. Ich drehte mich gerade wieder nach vorne, als wir aus dem Tunneleingang traten.

Dad wurde mir aus den Armen gerissen, das Gewicht des Rucksacks verschwand von meinen Schultern, und der Handabdruck auf meinem Pullover verdampfte, als hätte er nie existiert.

Nein! Mein Ruf verhallte ungehört, und dann rutschte die Welt zur Seite und zuckte. Ich stolperte, fiel, wurde durchgeschüttelt und umgedreht. Ich presste die Augen zusammen und rollte mich ein.

Als die Welt zur Ruhe kam und ich die Augen wieder öffnete, lag ich in einem abgedunkelten Zimmer in einem Bett mit Sicherheitsgittern und einer hellblau und gelb gestreiften Bettdecke. Mein Kopf war verbunden, was es schwierig machte zu sehen, und mein linkes

Bein steckte in einem Gips, der von so etwas wie einem Galgen aus Metall herabhing. Ich lächelte, als ich meinen Traumfänger bemerkte, der von demselben Galgen baumelte. Hatte Dad ihn da hingehängt? Wo war er?

Den Kopf zu bewegen tat weh und der halbdunkle Raum bewegte sich, als wäre ich auf einem Schiff. Was war passiert? Ich versuchte mich zu erinnern, wie ich hierher gekommen war, aber alles was ich mir einfiel, waren Monster mit gelb glühenden Augen.

Ich sah mich im Zimmer um. Dad saß in einem ungemütlich aussehenden Plastikstuhl, die Beine ausgestreckt und mit zurückgelegtem Kopf. Er schnarchte sanft. Auf der Brust seines Hemds war ein dunkler Fleck, der da nicht sein sollte.

In einem weiteren Bett, das meinem sehr ähnelte, lag ein junger Mann. Ich konnte nicht mehr erkennen als die Spitze seiner Nase, aber das Gesicht des Mädchens, das in derselben Position wie mein Vater in einem Stuhl neben ihm saß, kam mir bekannt vor. Sie schlief ebenfalls. Und sie hatte denselben Fleck auf der Brust wie Dad. Was waren diese Flecken? Und wo hatte ich dieses Gesicht nur schon gesehen? Ich zerbrach mir den Kopf, bis mir das Pärchen aus meinem Albtraum einfiel.

Ja doch. Sie war die Braut, nur wesentlich weniger verschrumpelt. Also hatte ich ihre Leben doch retten können, so wie sie Dads und meines gerettet hatten.

Erleichtert lehnte ich mich zurück. Moment mal. Was, wenn das alles nur ein Traum gewesen war? Immerhin schienen wir nicht wirklich von albtraumhaften Monstern verschleppt worden zu sein. Aber warum war ich in einem Krankenhaus? Und warum war das Zimmer so dunkel?

»Dad?« Ich streckte die Hand aus, um irgendeinen Teil seines Körpers zu schütteln, aber er saß zu weit weg. Ich setzte mich auf, und bemerkte erst jetzt Kabel, die von meiner Brust hingen. Ich folgte ihnen mit dem Blick zu einer Maschine, die sanft piepte. Wie hatte ich das ewige *blib, blib, blib* überhören können?

Kopfschüttelnd drehte ich mich um, um Dad zu wecken, und kreischte erschrocken auf.

Eine halbdurchsichtige, spindeldürre Kreatur hockte auf seiner Brust, die Klauen tief in sein Fleisch geschlagen. Blut quoll aus den Wunden. Hinter Dad sah ich zwei weitere Kreaturen, die auf dem Mädchen und dem Mann hockten.

»Du wirst uns nie entkommen. Nachtmahre sind überall. Außerdem können wir durch die Gedanken von Träumenden reisen.« Die Kreatur auf Dads Brust grinste mich mit einem zahnreichen Lächeln an. »Wir kriegen dich. Und dann töten wir dich und dein Körper wird nur noch eine leere Hülle sein – wie der deiner Mutter.«

»Was wisst ihr schon von meiner Mutter?« Ich funkelte sie wütend an. »Sie war noch nie in Deutschland.«

»Ich sagte doch, wir sind überall. Willst du mal sehen, was noch von ihr übrig ist?« Mit einem fiesen Grinsen winkte es mit einer dreifingrigen Hand, von deren Klauen Blut tropfte. Die dunkle Flüssigkeit lief auf unnatürliche Weise auf dem Boden zusammen und verdichtete sich zu einer menschlichen Gestalt, die ich kannte. Es war das Mädchenwesen, das ich in der anderen Welt gesehen hatte. Die Hand fehlte immer noch und es schien bewegungsunfähig zu sein. Aber wenigstens waren die Maden verschwunden.

»Das ist nicht meine Mutter.«

»Oh, aber natürlich ist sie das.« Die Stimme tropfte in mein Ohr wie Gift. Das Gesicht des Mädchens veränderte sich, wurde in wenigen Sekunden länger und älter.

Der Nachtmahr hatte recht. Es war meine Mutter.

Mein Herz zog sich so heftig zusammen, dass mein ganzer Körper wehtat. Alles in mir schrie danach, aufzuspringen und meine Mutter in die Arme zu schließen, aber die Panik in ihren Augen hielt mich davon ab.

Sie blinzelte … zweimal. Ich war mir sicher, dass sie mir etwas sagen wollte. Meine Gedanken rasten. Warum hatte die Kreatur sie hierher gebracht? Und warum hatte sie mich nicht gleich getötet?

Moms Blick ruckte mehrmals nach oben und nach rechts. Hätte ich sie nicht so intensiv angestarrt, wäre es mir gar nicht aufgefallen. Ich sah in die Richtung, die sie angedeutet hatte. Mein gebrochenes Bein?

Vielleicht sollte ich den Nachtmahr mit meinem Gips zerstampfen. Aber ich bezweifelte, dass das klappen würde.

»Steh ruhig auf und sieh genauer hin, wenn du es wagst.« Die Stimme des Nachtmahrs betäubte meine Sinne. Ohne es wirklich zu merken, hakte ich mein Gipsbein aus und schwang beide Füße aus dem Bett. Nur wenige Schritte brächten mich zu Mom.

Aber just, als ich von der Matratze rutschte, erkannte ich den Triumph in den Augen des Nachtmahrs und begriff, dass ich einen Fehler gemacht hatte. Aus irgendeinem Grund war das Bett mein sicherer Hafen gewesen. Aber warum?

Mit ausgestreckten Klauen griffen mich alle drei Nachtmahre an. Die Krallen des ersten schnitten durch mein Hemd und bohrten sich in meinen Bauch. Rasende Schmerzen, so wie ich sie noch nie gefühlt hatte, schossen durch meinen Körper. Jede Muskelfaser, jede einzelne Zelle schrie vor Pein. Meine um sich schlagenden Hände waren mir kaum bewusst. Der Schmerz musste weg. Es musste doch eine Waffe geben, die ich benutzen konnte.

Meine Finger schlossen sich um etwas Rundes und etwas Weiches strich über mein Handgelenk.

Die Qualen ließen nach.

Instinktiv schlug ich mit meinem Traumfänger nach dem Nachtmahr, der angefangen hatte, mir die Eingeweide herauszureißen. Wenn ich hier und jetzt sterben sollte, würde ich wenigstens eines der Biester mit mir nehmen.

Das Netz des Traumfängers berührte die Haut der Kreatur und das Monster verschwand schlagartig. Eine der anderen beiden Kreaturen war zu langsam und ich erwischte sie, bevor sie sich zurückziehen konnte. Aber die dritte hielt abrupt an und floh Richtung Ausgang. Ein dunkler Tunnel öffnete sich direkt neben der Zimmertür.

»Wart's nur ab«, kreischte der Nachtmahr, als er in die Dunkelheit floh. »Wir kriegen dich schon noch.«

Ich versuchte, ihn zu erwischen, bevor sich der Tunnel schloss, stolperte aber über meinen Darm und ging zu Boden. Schmerzen puckerten in meinem ganzen Körper. Ich schloss die Augen und weinte. Wie würde Dad zurechtkommen, wenn ich tot und Mom komatös war?

»Keine Sorge.« Moms Stimme ließ meine Tränen versiegen. »Ihr seid immer noch halb im Reich der Nachtmahre. Benutze deinen Traumfänger, um alle hier rauszubekommen.«

Mit meinen Gedärmen rund um mich verteilt, war ich nicht in der Lage aufzustehen, selbst wenn dies nicht die reale Welt war. Ich rollte mich auf den Rücken und zog den Traumfänger an mein Herz. Dann lächelte ich Mom an.

»Lass uns heimgehen.«

»Ich kann nicht mitkommen.« Ihr Gesicht war unendlich traurig und sie starrte auf den Boden. »Ich bin zu verbraucht. Außerdem muss ich anderen helfen, die in IHR Netz geraten.«

»Das machen wir gemeinsam.« Ich ließ die Liebe, die ich für meine Eltern empfand in den Traumfänger fließen. Irgendwo hörte ich leise den schmerzerfüllten Schrei eines Nachtmahrs, dann verlängerten sich die Bänder mit den Federn daran und wickelten sich um die Handgelenke von Dad, Mom und dem jungen Ehepaar.

Ich schloss die Augen und atmete tief aus. Dabei wünschte ich mir von ganzem Herzen, daheim zu sein.

Als ich die Augen öffnete, saß ich in der Sardinenbüchse, mit den Füßen auf dem Armaturenbrett. Das Auto stand auf einem Parkplatz unter einem mir unbekannten Bäumchen mit einer runden Krone. Vor uns befand sich ein Fachwerkhaus mit einer Neonreklame, die es als ‚Hotel und Restaurant' identifizierte. Obwohl mir der Magen knurrte, ließ mich das Haus erschaudern.

Ich drehte mich zu Dad um, der neben mir saß und sein Handy anstarrte, und fragte: »Können wir woanders essen, bitte?«

Er antwortete nicht.

Ein Auto fuhr an uns vorbei und bog vom Parkplatz auf die Straße ab. Die Gesichter des jungen Paars darin brachten mich zum Lächeln. Es schien so, als hätten es die frisch Vermählten heil zurück geschafft und hätten es nun eilig, diesen Ort zu verlassen.

Ich sah wieder zu Dad. »Geht das?«

Wortlos hielt er mir sein Handy hin. Ein Lächeln breitete sich langsam auf seinem Gesicht aus. Ich las die SMS, die meine Tante geschickt hatte.

Sie ist aufgewacht. Kommt nach Hause. Sofort!

Ich hätte nie gedacht, dass ich mich einmal so glücklich fühlen würde. Die Freude schien mir fast die Brust zu sprengen, bis ich mich an jenen Doktor erinnerte, der uns damit hatte trösten wollen, dass es viele Menschen im Wachkoma gab.

Entschlossen drehte ich mich um und zog meinen Traumfänger aus dem Rucksack auf dem Rücksitz.

»Worauf wartest du?« Ich hängte ihn an den Rückspiegel. »Los geht's.«

Der Motor des kleinen Autos erwachte zum Leben. Im selben Moment griff ein spindeldürrer Arm aus der runden Krone des Baums nach uns. Als er sich dem Traumfänger näherte, zuckte er zurück.

Ich grinste. Es gab noch viel zu tun für Mom und mich, aber wenigstens waren wir jetzt gut bewaffnet.

Über Sarah Drews

Sarah Drews wurde 1983 in Hamburg geboren. Im Alter von 5 Jahren entdeckte sie ihre Liebe zu Büchern und liest bis heute alles, was sie in die Finger bekommen kann.

Nach einer klassischen Ausbildung in der Gastronomie, erweckt sie seit Dezember 2016 ihre eigenen Geschichten zum Leben. Inzwischen lebt sie mit ihrem Mann und ihren vier Jungs in der Nähe von Hamburg.

Aktuell schreibt sie an ihrem ersten Roman für Erwachsene, einem Jugendbuch, sowie einer Fortsetzung ihres Sylt-Krimis.

Neben zahlreichen Kurzgeschichten sind bis jetzt folgende Bücher erschienen:

Magie der Angst
Keihnachten
Falsches Spiel auf Sylt
Das Gruselhandy

Homepage: www.sarahs-buecherwelt.de
Instagram: @sarahdrews.author

Über Kim Rylee

Kim Rylee, in Hamburg geboren, zog es in den 90ern nach London um dort Technical Theatre and Stage Management zu studieren. Nach ihrer mehrjährigen Tätigkeit in künstlerischen Bereichen an diversen Theatern innerhalb Europas kam sie im Jahr 2000 zurück nach Deutschland und entdeckte ihre Passion für das kreative Schreiben.

2015 veröffentlichte sie ihren Debüt-Roman „Kalte Gefühle“ und erhielt dafür den ‚Planet Award 2016‘ als bester Krimi.

Als passionierte Selfpublisherin veröffentlicht Kim Rylee Kindergeschichten, sowie unter dem Label „Arc of Suspense“ Geschichten in den Genres Thriller und Fantasy.

Sie fotografiert gern und unterstützt die „WDC“ bei der Rettung der Wale und Delfine, sowie das „Koala Hospital Port Macquarie“, das sich dem Schutz und der Erhaltung der Koalas widmet. Eine weitere Leidenschaft von ihr ist das gesprochene Wort. Für eine Autorenkollegin hat Kim ihr erstes Hörbuch eingesprochen und wenig später auch ihre eigenen Kinderbücher.

Für das Drehbuch zum Krimifilm „Elbkartell“ von der ShiningFilm Production, der 2021 als Beitrag auf diversen Filmfestivals gezeigt wird, fungiert Kim Rylee als Co-Autorin.

Heute lebt sie mit ihrem Mann in Schleswig-Holstein und schreibt bereits an ihrem nächsten Fantasyroman.

Weitere Informationen über Kims Projekte finden Sie
auf ihrer Homepage: www.kim-rylee.de,
auf Facebook (www.facebook.com/KimRyleeWriter)
und auf Instagram (www.instagram.com/kim.rylee_autorin).

Über Katharina Gerlach

Katharina Gerlach wurde 1968 geboren und wuchs mit drei jüngeren Brüdern mitten in einem Wald im Herzen der Lüneburger Heide auf. Schon früh verschwand sie tagelang in magischen Abenteuern, vergangenen Zeiten oder unheimlichen Märchenwäldern, denn auch junge Wilde lernen irgendwann Lesen.

Es blieb nicht beim Lesen. Während einer Lehre zur Landschaftsgärtnerin schrieb sie ihren ersten Roman, ein Buch voller Anfängerfehler. Zum Glück gab es auch Bücher darüber, wie man es richtig macht, und so erschienen bald die ersten Kurzgeschichten. Einige Zeit störte die Realität ihre Träume vom Schreiben, aber nach einem abgeschlossenen Forstwissenschaftsstudium und einem Dr. in Naturwissenschaften kehrte sie zu ihrer Berufung zurück. Sie schreibt am liebsten Fantasy, Science Fiction und historische Romane für alle Altersgruppen.

Zurzeit lebt sie mit ihrem Mann, drei Kindern und einem Hund in einem Häuschen nicht weit von Hildesheim und – na, was wohl – schreibt an ihrem nächsten Roman.

Besuche Katharina Gerlachs Webseite (de.katharinagerlach.com),
ihre Facebook Seite (www.facebook.com/KatharinaGerlach.Autorin),
oder folge ihr auf Twitter (@CatGerlach),
Instagram (www.instagram.com/katharinagerlach68/)
oder Pinterest (www.pinterest.com/catgerlach/)

Printed in Poland
by Amazon Fulfillment
Poland Sp. z o.o., Wrocław

18480386R00128